U0901835

我的倾城谋划师

[下册]

山涧清秋月 著

青岛出版社
QINGDAO PUBLISHING HOUSE

Chapter 18

陈振东到九晟来了，夏一心看到他的时候，差点没认出来，一年多没见，他瘦了不少，苍老了不少，看来这一年当中，他经历的事不少。夏一心推测，他来找司昭南肯定是因为东方实业已经到了生死存亡的关头。

秘书进去送了两次茶。陈振东在司昭南的办公室待了四个多小时才出来，司昭南把他送到门口，见夏一心一直愣在办公桌前，走过来问：“怎么不出去吃午餐？”

夏一心问：“陈振东的项目，你打算让谁来做？”

司昭南说：“我来做，他那个人戾气太重，交给其他的人我不放心。”

跟陈振东这样的人合作会很有压力，稍有不慎，对方可不是解约这么简单。

自从接了陈振东的项目，司昭南来公司的时间就少了，夏一心能见到他的时间也少了，她不知不觉想念每天早上来的时候，他笑着对她招呼的那声“一心”。

芸竹要跟她核对这个月的账目。一下班，夏一心就去了咖啡店。芸竹把账目拿出来，她仔细地看了一遍。最近半年来，营业额非常稳定，她忙起来，顾不上咖啡店的时候，芸竹也能很好地把店打点好，她正打算对咖啡厅的盈利进行重新分配，分给芸竹的份额多一点，才能对得住她的辛苦。

芸竹把一盒包装精美的巧克力交给夏一心：“帮我转交给顾从诫。”

算算日子，快到情人节了，夏一心说：“干吗让我转交，这种东西肯定是要自己给的。”

芸竹一脸沮丧：“我要是能见着人，还用得着你转交吗？”

夏一心一直以为两人打得火热，尤其是芸竹这种活泼玩闹的性格，再闷的人都经不住软磨硬泡。她说：“卓颖一走，他就升成了副总，最近又接手了一个大项目，是挺忙的，我在公司也只是偶尔能见到他，你这个忙，我不一定能帮上。”

芸竹问：“情人节，你打算送司总什么？”

夏一心嘀咕：“我干吗要送他情人节礼物，我们又没什么关系。”

芸竹恨铁不成钢地说：“你是瞎子吗？这么优秀的男人你都不要，你要找什么样的？小心过了这村，没这店，悔死你。”

见夏一心不说话，芸竹接着说：“我看得出来，他很喜欢你。依我看，他绝对不是个容易见异思迁的人，我给你提个醒，现在的女人都不是瞎子，当心被人捷足先登。”

芸竹每每聊起别人的恋爱，俨然一个爱情专家，为了不让她继续说下去，夏一心敷衍着：“知道了知道了。”

顾从诫送了一张温泉票给夏一心，一家新开的温泉度假酒店，在缙云山上。这个时间，缙云山上的雪还没有化，一边泡温泉，一边欣赏雾凇雪景，应该非常不错。

夏一心看看日期，是情人节那天的，她说："你可以邀请芸竹去，你现在忙得神龙见首不见尾，她失落着呢，趁这个机会好好安慰安慰她吧。"

顾丛诚挠挠头："我最近忙得日夜颠倒，哪还有那个闲情，而且这张票是一个客户送的，他们的温泉酒店新开张，去了还有小礼物可以拿，重要的是要给他们做调查问卷，我正在做他们的项目，去了不利于理性思考，所以这个忙一定要帮。"

夏一心想着情人节也是一个人过，去一个热闹的地方，有吃有喝有玩，是个不错的主意，于是接过来："保证完成任务。"

好久不见的秦烁出现了，他现在瘦了不少，眼睛却非常有神，以前一头灿烂的黄发也染回了黑色，穿着干练的西装，举手投足间稳重了不少。夏一心笑着调侃："都说认真工作的男人最有魅力，看来你长大不少。"

秦烁一听，立即比了一个耍帅的手势，向她眨眨眼睛："你的意思是说，我现在帅得让你移不开眼？"

夏一心白了他一眼："少来啦，给你一根杆子，你还真往上爬呀！"

秦烁的笑容意味深长："一心，情人节那天，商场联合超市有大型促销活动，还能赢奖品，你来吧，我刷卡，要什么给什么。"

情人节很多商场都会以情侣游戏当噱头，吸引顾客。

夏一心摇头："我要去帮忙做一个市场调查，下次吧。"

她正好把顾丛诚送的票拿来当借口，去山上躲躲。

秦烁丧气地道："什么调研这么重要，商场打折促销，去买东西能省不少钱。"

夏一心笑："哟，花钱如流水的人竟然会说出打折、省钱这种话来，看来真要对你刮目相看了。”

秦烁得意：“以后的我会让你特别有安全感，让你恨不得立刻就嫁给我。”

情人节正好是星期六，夏一心的休息日。前一天，她就把去缙云山的用品收拾好，准备晚上趁着人少，开车上山，先在那里住一晚，第二天是双休日，又是节日，上山的人肯定不少，堵起车来，花在路上的时间比泡温泉还要多。

她正要出门，却接到司昭南打来的电话：“明天你到公司来一趟，帮我弄一些资料。”

她的情人节温泉之行就这么泡汤了。

夏一心一大早去到公司，因为是假期，不少人都约会去了，办公区非常安静，司昭南的办公桌上堆了不少资料，他正在手绘图表，专注的样子真的很帅，低垂的眼眸，浓密的长睫毛，眼神很深邃，每一次看他，她都会心如鹿撞。

看着图纸上写着“东方化工”四个字，夏一心问：“东方集团的项目进行得怎么样了？”

司昭南身体微微往后靠在椅背上，微皱着眉头，她已经猜到几分。

司昭南说：“陈振东前年从国外购买了一批新设备用于生产水性涂料，但我发现这些设备是一批淘汰机械，所以他的生产成本相对较高，市场的竞争力也比较低。我细问了一下，这批设备是他一个朋友当中介买来的。”

他话里的意思，她明白，商场上没有永远的朋友，只有永远的利益，想必当时也是出于朋友间的情谊，所以陈振东才毫不犹豫地下了这批订单，如果让陈振东知道这位朋友暗中坑了他，只怕会做出不好的事情来。

夏一心说：“你找我来，是想让我帮忙做东方集团的市场预估？”

司昭南摇头："东方集团的负债太多，我建议宣布破产，否则这个烂摊子，陈振东背不起。"

想起上一次不愉快的见面，陈振东对他的事业很是看重，夏一心问："他能接受吗？"

司昭南说："这不是接不接受的问题，是只能这么做，我们只是顾问，又不是神，无法撼动经济的法则。"

说着，他把一份资料交给她："鹤圣美妆想对产品定位进行评估，市场方面你最在行。"

夏一心点点头，接过来，正准备转身出去，司昭南叫住她："你去哪儿？"

"回家呀。"她得先通过网站和论坛了解一下美妆行业的现状，这个在家里做也是一样的。

司昭南说："我不止一次说过实践的重要性，反正你今天也闲着，就现在做吧，回你的办公室。"

看来他今天是要逼着自己加班了，领导都开口了，不好拒绝，她没好气地哦了一声，去了自己的办公室。

夏一心已完全专注于工作中。司昭南不知道什么时候站在办公室的门口，见她一直低着头，只得敲门提醒，她抬起头："司总，有什么事吗？"

"没打算下班吗？"

她赶紧看看电脑下方的时间，下午五点，平时这个点还没有下班。

司昭南说："走，一起吃饭。"

"哦。"她把下载的文件保存好，关上电脑，拿上包，"走吧。"

走出办公室，夏一心才诧异，自己为什么要那么听话，他叫来就来，他叫走就走？刚才她正把近五年来美妆的发展历程整理好头绪，脑袋里装的全是数据，一时犯晕，就被他给忽悠了，已经走出公司，她只得硬着头皮继续跟在他后面。

出了电梯，夏一心突然接到顾丛诫打来的电话，问她是否去了温泉酒店，她很抱歉，因为临时加班没去成。

顾丛诫说："不要紧，下次有机会再去吧。"

她听出顾丛诫的声音里带着遗憾，于是说："你哪天休假，叫上芸竹，我们一起去吧。"

挂断电话后，司昭南问："谁约你今天去泡温泉？"

夏一心解释："丛诫哥送了我一张门票，是客户新开的度假中心，请人去体验一下，给点意见。"

街上的餐厅门口都立着情侣餐的广告牌，司昭南知道夏一心喜欢吃火锅，提议去公司对面的火锅店吃饭。他想要包间，但今天生意太过火爆，只有靠墙角的位置，只能将就。

菜端上桌，司昭南突然从外套口袋里拿出一个深蓝色的小绒布盒子，递到夏一心面前："送给你的。"

夏一心惊讶："情人节礼物？"

司昭南说："看看喜不喜欢。"

夏一心接过来，轻轻地打开，里面是一条银白色的项链，坠子是蝴蝶形状的，中间嵌着一颗约有一克拉大小的钻石，晶莹透亮。

她知道这种大小光面钻石的价格，赶紧合上，递还给他："太贵重了，我不能收。"

他不接，说："觉得过意不去，可以回礼。"

这是明摆着交换情人节礼物，其实能在浪漫的节日里收到礼物，她心里是开心的。但她接着又问："你今天叫我来加班，不会就是为了送我礼物吧？"

司昭南笑了笑，没有回答，她像只刺猬一样畏畏缩缩，他就只能主动一点。

他说："我帮你戴上吧。"

礼物都收了，自然是要戴上的，夏一心不好意思地点了点头。

司昭南接过盒子，走到夏一心的身后，将她披在身后的长发轻轻一撩，露出雪白修长的后颈。古人云，美颈如玉，大概指的就是这个样子。

白金的项链贴在锁骨上，冰冰凉凉的，心却是暖的，夏一心说："谢谢。"

"你喜欢就好。"

尽管两人之后的话题一直与工作相关，但气氛变得温暖而宁谧。

吃完饭，司昭南送夏一心回家，车开到小区门口，门卫说："夏小姐，您的花还放在我这里。"

说着，门卫转身走进休息亭，从里面抱出一大束香水百合交到她手里。

司昭南问："谁送的？"

夏一心看了看上面的卡片，是秦烁送的，在公司的时候接到快递打来的电话，秦烁以为她在家，把花送到家里，结果没人，她只得让门卫暂时代收。

司昭南一踏油门，车驶进了小区的车库，他心里有点不是滋味，看来她挺招人喜欢的，前面有秦烁，后面有顾丛诚，他现在仗着近水楼台的优势，一定要让这个小女人先接招。

车停在公寓楼下的车库里，夏一心说了声"谢谢"，正要伸手开车门，司昭南突然说："今天晚上的火锅太咸了，请我上去喝杯茶吧。"

家里的茶叶正好喝完了，夏一心问："柚子茶可以吗？"

前天芸竹送了两罐亲手做的柚子茶给她，因为她不喜欢太甜的东西，所以芸竹特意放了很少量的糖，口感还不错，也适合男士喝。

司昭南点头："好啊。"

走到公寓门口，夏一心才想起家里乱糟糟的，以前开咖啡店的时候时间充裕，收拾打扫房间是一种休闲与乐趣，现在忙起来，她只能趁休息日收拾打扫房间，昨天想着去温泉度假中心，只顾着收拾出行的东西，没有整理房间。想到司昭南的家收拾得整齐妥当，一尘不染，她就觉得羞愧。

在门口停住，她问："你能不能过十分钟再进去？"

司昭南已经猜到了："没收拾？"

夏一心红着脸："忘了。"

"我帮你收拾。"

他握住她的手，将食指放在指纹锁上一扫，门就开了。推门进去，几件这个星期穿过的外套搭在沙发的扶手上，茶几上一堆凌乱的书，地上有外卖的打包盒。她喜欢泡茶，桌上放着的白色瓷杯里，底部积了一层薄薄的茶垢。

一进屋，司昭南就俯身开始收拾东西，分类、打包，连衣服哪些可以机洗、哪些必须干洗，都分得清清楚楚。

他说以前做过成衣的项目，对衣服的材质和洗涤方面的知识做过很细致的调研，没想到这些在生活上还很适用，至少他的衣服从来没有洗坏过。

夏一心赶紧去泡茶，等她把茶端出来的时候，司昭南已经把客厅收拾妥当，垃圾扔到外面的收纳箱里，连地板都打扫过，凸显出她像个生活白痴，需要人照顾。

夏一心说："谢谢。"

司昭南走到她面前，接过茶喝了一口，说："别光嘴上说说，至少得有点实质性的感谢行动。"

夏一心疑惑："你想要什么感谢？"

她刚一说完，他就俯身下来吻她，他们的身高差让他把腰弯得很低很低，跟上次一样，就在两人唇瓣只差一厘米的距离时，她想开溜，却被司昭南紧紧地扣住肩头，他的吻不再是轻轻地一碰，而是热烈地将她的唇瓣含住。炽热的气息，就像一团火，夏一心被这团火一点一点地融化着，早已经忘了要和他保持距离。

她从来不知道，原来吻可以缠绵悱恻，就像小时候吃过的软糯的热糍粑。寒冷的冬天，她和爸爸一起去巫溪的乡下，那里过年的时候会打糍粑，用石锤把白色的糯米打得又黏又软，然后放在瓷碗里，拌上炒米、花生、芝麻和黄糖磨成的粉，好想一口一口吃下去，永远不要停。

夏一心轻轻地哼了一声，司昭南的手迅速往下滑，来到她的腰间，手臂用力一带，她的身体就瘫软地倒向身后的沙发。司昭南用手臂紧紧地护着，她倒下去的时候，只跌在又软又暖的垫子上。

他的吻让她不能呼吸，缺氧让脑海里一片空白，也带走了她的理智与坚守，她用手环住他的脖子，不由自主地回应着他的热情。

突然，司昭南的手再次扣住她的肩头，往下一压，两人的唇就分开了，明明是他先挑起的激情，却在炽热得快要让彼此融化的时候戛然而止，夏一心疑惑地问："怎么了？"

司昭南站直身体，嘴角带着坏坏的笑："今天就到此为止，时间不早了，早点休息。"

诱发的激情还在夏一心身体里蔓延，呼之欲出，司昭南却在这个时候收手，就像做好了满桌的山珍海味，却不让人动筷，活活馋死人。

夏一心又羞又臊，却难以启齿让他留下来，索性赶紧背过身不看他。

司昭南忍俊不禁："晚安。"

很快，她听到了清脆的关门声，他真的走了。

夜色深沉，夜场会所这类销金窝里的沸腾与喧嚣才刚刚开始，陈振东从包间出来去了卫生间，顺便透口气。现在公司运转困难，他正需要大笔的资金贷款，今天请的人可是他的财神爷，招待好他，是公司起死回生的关键。

卫生间里，陈振东拧开水龙头，洗手的时候不禁抬起头，看着镜子里的自己又苍老了不少。许多人羡慕他有这样纸醉金迷、挥金如土的生活，又有多少人知道这背后的辛酸与奋斗？

他目光往右，发现旁边一个男人目光炯炯地看着他，男人面相斯文儒雅，眼神柔和中却透着凌厉之气，不像是泛泛之辈。

陈振东觉得眼熟，却想不起在哪里见过。

对方先开口：“陈老板，久仰久仰。”

陈振东疑惑地问：“你是？”

“我在九叕工作，陈老板是司总的座上客，哪记得我这样的小人物，我叫顾丛诫。”

原来是工作之余的寒暄，陈振东兴趣不高，敷衍地哦了一声，正要离开，顾丛诫突然开口说：“我正替陈老板感到不值。”

陈振东停住脚步：“你说什么？”

跟司昭南一起去商会的秘书打电话给顾丛诫，说半道上有人截停了他们的车，然后司昭南被一帮人强行带走了，秘书认不得来人，于是记下了车牌号，让作为副总的顾丛诫想想办法。

夏一心正跟顾丛诫一起吃午餐，她知道陈振东脾气发作的源头，公司除了司昭南，能拿主意的就是顾丛诫了。

顾丛诫从不把她当外人，直接说出他的想法：“陈振东是典型的利益至上的人，解铃还需系铃人，我们要从他那里救人，得知道司总到底是什么地方触怒了他。”

夏一心说：“东方化工已经没什么前景可谈了，水性涂料的市场已经进入饱和期，陈振东守旧的思想和刚愎自用的管理已经让公司不堪重负，他贷款去购买新设备本来就是失误的决策，再支撑下去，只会让公司负债更多，不如就此收手，清算公司还可以留存一些实力。因为之前在莲初的收购案上，司总和陈振东发生了一些不愉快，他大概是觉得司昭南在借机报复。”

人如果放不下过去，就看不到未来。商场上，不会有永远的赢家，也不会有人永远一败涂地。

顾丛诫说："你先别急，我找个中间人去探探陈振东的意思。"

他派司机去把秘书和车一起接回公司，秘书心急，把司昭南被人强行带走的事说了出来，公司里突然人心惶惶。司昭南一直是公司不可动摇的领袖，现在主心骨没有了，流言四起，有人说现在的商业竞争如同战场厮杀，对手为了打垮九罡，才不惜对司昭南下手，这次只怕有去无回了。也有人说司总得罪的是黑社会，别人故意找他麻烦，只怕很难脱身。

夏一心觉得，司昭南不在的时候，一定要稳住公司的人心。

她让顾丛诫把秘书叫到办公室，告诉其这件事的利害关系，让秘书以公司稳固为先，承认所说的话只是个人揣测。

顾丛诫接着把公司的全体员工叫到会议室，当着大家的面责备了秘书不负责任的言行，秘书承认，在传达的时候夸大其词，司总只是跟客户产生了一些意见不合的矛盾，双方争执起来，司总一个人留在那里处理客户关系让她担忧，才说出不负责任的话，引起公司的骚动。

原来是虚惊一场，大家也能放心地回到各自的岗位上继续手头上的工作。

时间一分一秒地过去，夏一心担忧司昭南的处境，尽管他不是个善茬，但在陈振东这种不讲规矩的人面前，难免会有所掣肘。想来想去，她等不及顾丛诫这边的消息了，毕竟顾丛诫是个外省人，人脉大多是在工作中建立的，涉及自身利益时，不少人会很客气，但真正需要他们帮忙，尤其是会得罪人的忙的时候，对方就未必肯出手了。

庆市的商人们很自然地分成三派，一派出身优渥家庭，父母都是有名望的人，他们的商业之路起点很高，再加上后天努力，取得了卓越的成绩，例如秦宇川；有一类出身草根，但踏实刻苦，抓住了机遇，一飞冲天，在发达后也能克己律人，例如夏翔文；最后一类，他们也出身贫寒，凭着摸爬滚打拥有了自己的一片天地，他们对于竞争，对于敌手，做法会稍偏激，戾气颇重。在第一派人眼里，他们是不入流的商人，却也是最不想招惹的一类，例如陈振东。

不到万不得已，夏一心是不会去打搅秦宇川的，秦伯伯帮了她太多，她有自知之明，不想让对方觉得她是个依赖人的寄生虫，所以有困难的时候，她都会自己想办法解决，但眼下，求助于秦宇川是唯一的办法。

尽管秦宇川不屑于跟陈振东这类人打交道，但就他在庆市的商业地位而言，陈振东是会忌惮几分的。在莲初的收购案中，陈振东选择作为辅助司昭南的下手，就是惧怕天临集团的实力，不敢直面跟秦宇川抗衡。

夏一心给秦宇川打去电话，秦宇川惜才，很爽快就答应了，让她别担心，在公司等消息。

司昭南很快就回来了，他跟陈振东晓之以理，动之以情，最后握手言和。看来是她想太多了，以司昭南的口才，在商业方面的言谈，很少会有不信服他的人。

司昭南说："我怀疑有人故意在他面前诋毁我，否则，他不会这么激动。"

陈振东多疑又固执，身边并没有什么智囊，所以在经济转型期，没有顺应市场的变化，才导致满盘皆输。

夏一心问："你是担心那个人在一直针对你？"

司昭南突然笑了。

夏一心感到莫名其妙："你笑什么？"

"你在担心我。"

这场突如其来的劫持有惊无险，反而让司昭南感到高兴，她的心疼与着急，可不是装出来的。

正如司昭南所说，陈振东不是按常理出牌的人，夏一心担心真有人在背后针对司昭南，陈振东再反悔，后果无法预料，她决定去缓和对方的情绪，一来看看到底是谁在后面替陈振东出谋划策，二来化敌为友，她可不想司昭南再有什么突发状况。

陈振东喜欢吃小面，她费了番功夫才打听到陈振东这个习惯，每天早上上班之前，会去一个小摊子吃面，她决定去制造一场“偶遇”。

夏一心踩着时间过去，站在小摊边上等着陈振东。大约过了十分钟，那辆黑色的加长林肯缓缓地驶过来停在路边，陈振东带着司机下车，司机小跑到面摊老板面前，付了钱，就去拿面。夏一心也跟在后面，等到陈振东拿着小凳坐定，她才端着面过去：“陈老板，真巧。”

陈振东瞥了她一眼，脸上似笑非笑，想跟她打招呼，却又觉得关系微妙，不适合打招呼。

夏一心装作没事人儿一样，坐到陈振东的旁边：“旁边没位子了，不介意我在这里挤挤吧？”

陈振东嘴角往上弯了弯，还是没说话。

夏一心低下头吃面，暗忖着，这么一个接地气的人，不可能是铁石心肠。她突然哎哟一声，闭紧眼睛：“辣子沾到眼睛了！”

她低着头，说话时难受地带着鼻音，抽泣似的把手伸向陈振东：“麻烦你给我拿一张纸巾吧。”

说完她微微侧头，眼睛睁开一条小缝，观察着陈振东的举动，只见后者摸了摸口袋，似乎没找到合适的东西，然后向司机递了个眼色，示意其到面摊上去拿纸巾。司机飞快地跑过去，又回来，将纸巾塞到夏一心手里。她赶紧擦了擦眼睛，又揉了揉，眼球要泛红才像真的。

擦完后，她眨了眨眼睛，说：“谢谢。”

随即她又说：“你没有传说中那么不近人情嘛。”

陈振东撇了一下嘴，似乎在说，谁在背后说我的坏话！

夏一心笑了，旁边的人却板着脸：“你吃饭就不能安静点吗？好歹也是大家小姐出身，这么没规矩。”

她撇着嘴："大家小姐跟普通小妞有什么区别？还不都是人，都要吃东西，而且我爸在的时候，我们都是吃饭的时候交流，因为只有吃饭的时候我才能看到他。"

陈振东脸上严肃，但嘴上已经放松："有什么就一次说完，我吃完就要走了。"

夏一心说："没什么要说的了。"

吃完面，陈振东带着司机走了，夏一心笑了笑，有些事情是要循序渐进地发展的。

听说司昭南要给新来的一批实习生讲课，夏一心抽了个空，悄悄地躲在会议室门口看。只见他分享着公司的核心价值观，注重事实，追根溯源，激励和要求所有的人拿出最佳状态来。他站在那里，身姿挺拔，声音抑扬顿挫，演讲时声情并茂又不失诚恳。

夏一心目不转睛地看着司昭南的眼睛，他目光坚毅，缓缓流转，仿佛在与所有人真情交流。

有位实习生提问："司总，九戥有什么样的工资标准和计算准则？你要知道，我们工作的最终目的，就是为了获得报酬。"

司昭南笑了笑："九戥没有工资标准，也没有任何计算准则，我们要完善的只有一件事，就是如何为客户提供更好的服务。如果我们为客户提供更好的服务，我们就会有更好的收入，而如果我们把注意力放在收入上面，我们既不会有客户，也不会有收入。"

他的话，让人无可反驳。

司昭南注重人才的选拔和晋升，致力于把九戥打造成为一所领导者的制造工厂，他会不遗余力地为每个员工创造领导的机会，你现有的位置不代表你可以一直稳坐，随时会有优秀的后来者代替你。如果你在九戥工作满六个月，还没有做出优秀的成绩，那么就代表你要走人了。

发言的人很多，他都耐心地一一解答。

不知不觉夏一心身后站了好几个女同事，七嘴八舌地说：“司总怎么会这么迷人！”

“以前以为他跟卓副总是一对儿，没想到卓副总竟然走了，现在鹿死谁手，就要各凭本事了！”

“你们说司总到底喜欢什么样的？”

夏一心心里在笑，他当然是喜欢我这样的！

Chapter 19

夏一心约了芸竹一起去那家小面店，芸竹是无肉不欢的，要了牛肉面，牛肉麻辣入味，入口即化，芸竹感叹，这才是正宗的红烧牛肉。

陈振东又来了，依旧是那辆耀眼的加长林肯，不过这次他和司机一起走过来，打着招呼："夏小姐，咱们又见面了。"

他能主动跟自己打招呼，让夏一心感到很意外，于是赶紧回应："陈老板，早上好。"

芸竹没心没肺，想着是熟人，就招呼着："一起坐吧，这种东西要大家一起吃着才热闹。"

没想到陈振东一口答应了，芸竹见是长辈，主动去拿了两张小板凳递给对方："蹲着吃怪难为人的，不过好东西就是这样。"

陈振东的体形偏胖，蹲在地上就像没有脚一样，像个圆润的不倒翁，芸竹忍俊不禁，极力地克制着。

面碗端上来，他和司机埋头就吃，这样的氛围不像是老板和司机，倒像是一对难兄难弟。陈振东难得有这么接地气的时候。

芸竹觉得亲切，和他聊起天来："陈老板，我是开咖啡店的，就在前面拐角的地方，有空上我那儿去坐坐呗，我煮最地道的蓝山咖啡给你喝。"

陈振东点点头，没有半点大老板的架子，吃完，道别，然后跟司机上车。

芸竹问："他是你们的客户？"

夏一心和芸竹讲过陈振东逼她吃生海鲜，害得她过敏住院的事，她一说是那人，芸竹震惊道："他怎么看也不是凶神恶煞的人。"

夏一心说："每个人都不是天生的大恶，他们只是在生活的过程中习惯了某种保护自己、争取利益的方式，看他的举止行为，想必也是出身平凡。拥有那么大的家业，肯定是一点一点辛苦赚来的，因为太过珍惜，害怕失去，有时候就会采取过激的手段。"

芸竹感叹："庆幸我自己做的是小本生意，没那么多钩心斗角，想吃就吃，想睡就睡，乐得自在。"

陈振东的司机去而复返，回来告诉夏一心："我们老板明天想请你去他家吃面。"

夏一心赶紧说："好，明天一定去。"

大概是觉得只邀请一个女孩子去家里有点唐突，司机又说："老板让你带个朋友一起来。"

夏一心想了想，决定带芸竹去。

芸竹一听："我感觉有点像舍命陪君子。"

夏一心拽着芸竹一定要去："就当助人为乐呗。"

陈振东的别墅在市郊，那里是有名的富人区，一栋栋独栋别墅有二十年的房龄了，但这灰瓦白墙、精致的镂空花窗，现在看也不过时。

进入小区后，芸竹感叹："这里才称得上古色古香，比那些现代古镇强多了，一堆人成天还跑去参观。"

夏一心按响陈宅的门铃，开门的是一个很朴素的大婶，对她们笑着说："我听陈先生说了，有客人，是远房侄女，没想到是这么漂亮的两个小姑娘，快进，快进。"

夏一心暗忖，大概是怕老婆误会，陈振东才说是远房侄女。

别墅的陈设简单朴素，跟他平时在外面的奢华大相径庭，不过现在的生意人都喜欢撑面子，豪车相送，才能给人家大业大的感觉。

陈振东从楼上下来，说："我老婆正在厨房里煮面，很快就好了。"

芸竹小声说："没想到他平时凶巴巴的，结果是个妻管严。"

陈振东跟她俩打完招呼，就去厨房了。夏一心开始仔细参观客厅的陈设，木制的沙发没有软垫，坐惯了柔软的沙发，坐这样的纯木质沙发，她还有点不习惯。

夏一心注意到沙发的后面是照片墙，大大小小的相框里，记录着这家人生活的点点滴滴，照片里有不少黑白相片。陈振东现在大腹便便，年轻的时候还真是个体态健美的大帅哥，他的妻子也很漂亮。相片中还有一张很老式的婚纱照，陈太太头上戴着当年很时髦的纱帘帽子，婚纱是奥黛丽·赫本款的灯笼袖，想必现在老了，也一定非常优雅。

陈振东有一个儿子，他带着儿子放风筝，做玩具模型。他心狠手辣只是针对外人，在家里，绝对是个好丈夫、好爸爸。

很快，用人就端着面条出来，陈太太却在陈振东的搀扶下慢慢地从厨房里走出来。陈太太比陈振东还胖，两只眼睛几乎要被脸上的肉所遮盖，只留下很小的一条缝，剃着光头，单看脑袋，有点像刚剥好的芋头，根本看不出曾经是位美丽俏佳人。

夏一心猜想，难道是生了什么病?

扶着太太在桌子边坐下，陈振东赶紧拿纸巾给太太擦汗："真是累着你了。"

陈太太笑着："你侄女来，该早点告诉我，我好准备一大桌菜招待她们。”

陈振东安抚着：“你煮的面最好吃，她们肯定喜欢。”

陈振东给她俩递眼色，示意配合一下，夏一心想了想，说：“表舅妈，我妈跟我说过，你煮的面是最好吃的。”

芸竹也附和着：“是，是的。”

陈太太说：“唉，自从我病了，家里人就很少走动，难得你们能来坐坐，真让我高兴。”

看来她猜得没错，陈太太应该是生了场大病，含有激素的药会让人身体发胖臃肿。

陈振东说：“吃吧，凉了就不好吃了。”

大概是家里很久没来过客人了，陈太太闲聊的兴致很高，絮絮叨叨地说着一些家常，夏一心能从话里听出陈太太对这个家的歉意，也能听出陈振东对太太手艺的怀念，所以请她来吃饭不过是让太太亲自下厨的借口罢了。

陈振东好歹曾经也辉煌过，身家过亿，却能对妻子保持始终如一的心，也算难得。

陈太太身体不好，坐了一会儿，陈振东就亲自送她上楼去休息。

夏一心问旁边的用人：“陈公子会经常回来探望父母吗？”

用人叹了口气：“两位小姐还不知道吗？先生的儿子去年车祸过世了。”

一个心疼老婆的人，心眼总坏不到哪里去，而且又遭遇丧子之痛，难怪现在的陈振东比起两年前，少了些傲气和不羁。夏一心想到这里，开始心生同情。

从楼上下来，陈振东把她叫到旁边的小休息厅里，说：“我知道你缠着我是为了什么，那天我跟司总谈过，也想明白了，万事不能强求。人再强，能强过老天爷？我们早就一笑泯恩仇了，你如果想讨好我，就多过来陪陪你表舅妈。”

夏一心心里暗忖，这么简单就攀上亲戚了？

九罭发展得很快，夏一心来公司不过一年多，从刚来时的十多个人，已经发展到五十多人，各个部门的制度也规范起来。她又从隔断办公室搬进了封闭的玻璃房办公间，从窗口看出去，不再是密集繁忙的商业大楼，而是内庭的绿色植被。

夏一心去茶水间泡咖啡，出来的时候，看到司昭南领着几个人往楼上的总裁办公室去。走在司昭南后面的是一个年约六十岁的男人，穿着正装，个头儿不高，却眉目威严，她看着眼熟，仔细回想，才确定是摩托大王霍光宗。

霍光宗跟父亲是同一期做摩配生意的，在经历了商场竞争、岁月积淀后，成了最后的赢家。

尽管她已经远离摩配这个行业，但由于思念父亲，加上从小耳濡目染，偶尔还是会关注一下这个行业，看一些报道和杂志。近两年来，平价代步车的兴起，对摩托行业重创很大，销量成年下降，霍光宗现在会来九罭，看来生意并没有外界所宣扬的那样风生水起。

秘书过来叫她："夏经理，司总让你过去。"

夏一心来到司昭南的办公室，办公室里只有他和霍光宗，跟着霍光宗来的几个人在隔壁的会客室休息。

桌上泡着茶，夏一心闻香味就知道是顶级的明前龙井，这茶，司昭南只拿来招待贵宾。

司昭南向霍光宗介绍道："这位是夏一心，我这里很优秀的项目经理。"

霍光宗愣了一下，才说："你就是夏翔文的女儿？"

夏一心点头："夏翔文正是家父。"

霍光宗笑着说："真是虎父无犬女，夏老兄有你这么一个优秀女儿，肯定会很骄傲。"

夏一心知道这是客套话，这些年听太多了，有点麻木了。

霍光宗的话里带着亲近，但父亲跟他并没有多少交集，那时的他只是一个生产汽车仪表的工厂老板。

夏一心向对方伸出手："我可是对您久仰大名。"

待夏一心坐下，霍光宗开始直言："我也是听了一个老朋友大力推荐，才上这里来的，我经营的光启产业，你们应该是知道的。"

司昭南说："光启主要做出口业务，霍老可是国内名副其实的摩托大王。"

听到司昭南的夸赞，霍光宗眼里颇有自豪和得意，但眼底的光很快就黯淡下去："想必司总也知道，这两年国内的摩托产业不景气，很多同行都忙着转型，光启也是如此，我希望你们能给出一套合理的方案。"

这个问题从表面看并不难解决，但霍光宗找上门付高昂的咨询费用，想必其中问题很多，也很复杂。

司昭南说："有客户信任我们，这本身就是对我能力的一种认可，我很愿意为您效劳，既然是老朋友介绍，想必他也跟您说过，我致力于为每个客户解决难题，真诚以待每位客户，我也希望客户以同样的真诚给予我了解的空间，把握信息的正确性。"

要让对方帮你解决问题，你就要帮助对方找准问题。霍光宗点头："那是当然。"

司昭南说："这个项目我会亲自负责，夏小姐当我的助手。"

老板亲自出马，又有与摩托行业颇有渊源的夏一心相助，霍光宗信心满满，似乎所有问题都能迎刃而解，便说："那你安排一下时间，到时候我会派秘书亲自来接二位。"

送走霍光宗，夏一心站在原地发愣，司昭南问："在想什么呢？"

夏一心说："有点感叹，如果我爸没有失踪，我相信现在站在这个行业顶端的人应该是他。"

茶还没凉，司昭南说：“坐下把茶喝完再回办公室。”

夏一心呷了一口茶，发泄着心里的不甘：“十年前，中国的摩配行业正值混乱时期，很多制造商像雨后春笋一样冒出来，大家都把竞争放在摩托的动力、载重和速度上，可我爸就已经看准未来的前景，那就是环保和人工智能的运用。”

她问：“你知道我父亲是做什么起家的吗？”

司昭南脱口而出：“令尊最早是汽修工人。”

夏一心想到之前他曾看过关于朝峰的资料，其中过往肯定会了解一些，点头：“我爸有时候会给我讲以前的事，他每每说起爷爷，就特别自豪。朝峰的前身是一家叫作国豪的零件厂，爷爷是车队的队长，我爸在很小的时候，爷爷就带着他出车，那时候有车坐可威风了，他也在耳濡目染之下，十四五岁的时候就敢拆发动机、修轮胎，有时候队里修车缺人手，就会叫他去帮忙。我爸因为喜欢捣腾这些东西，考上大学也不去念，爷爷没办法，最后让他也进国豪当了一名司机。”

说着她突然伤感起来，眼眶微微发红：“我爸失踪前就在着手研究发动机能源的改造，用电力代替汽油，可以减少尾气的排放，他那时就已经看准环保和智能在未来发展的重要性，而且把眼光放到了国外。国外对机动车尾气排放和能源消耗上都有严格的规定。后来事实也证明，我爸的设想是对的，霍光宗能够在行业中脱颖而出，就是因为他率先抓住了这个先机。”

霍光宗的起点比夏一心的父亲好，他出国留过洋，那个时候的留学生全是货真价实的实业家。他经营的仪表厂在西南地区小有名气，公司运作成熟之后，也把眼光放到了国内的摩托行业，他跟一家发动机企业共同研发出性能卓越的电力发动装置后，迎来了事业的辉煌。

正因为光启生产的电力摩托车在环保和减排上的优势，轻而易举就拿到了出口订单，光启才能在竞争激烈的摩配行业里独占鳌头。

司昭南轻抚她的肩头，表示安慰：“别再回忆过去，像夏爸爸一样把眼光放长远一点，你也会有自己的事业。”

收拾好行李，司昭南带着夏一心飞往江洲。江洲是有名的机电工业之城，地处平原，附近省市的摩托动力车使用比较广泛，推动了摩托和相关产业的发展，而庆市有内地最大的港口和集装箱码头，更有利于发展进出口贸易。

霍光宗派了秘书来接，把他俩安排在江洲的一家豪华五星饭店里，秘书说明天九点会派车过来接他们去光启产业的总部跟霍光宗会面。

酒店的大堂放有江洲的简介，夏一心拿起来认真地看了一遍，正是工业给这座城市带来了繁荣，外来打工人口的数量已经远超当地居民。不过除了钢筋水泥的工厂和轰鸣运转的机器，这里还是有悠闲清静的旅游胜地——稻光寺和红翠岭。

红翠岭的名字听着俗气，却因为最近一部武侠剧而声名在外。那里遍植桃林，春天更是十里桃花，犹如仙境。

司昭南说：“明天就要开始工作了，你还盘算着去玩？”

夏一心打趣着：“还是某人告诉我的，要了解一个企业的大环境，就要先了解所在城市的背景，要了解背景，当然得从这些宣传册开始。”

司昭南开玩笑：“你已经学以致用，看来要饿死师父了！”

长途奔波有点累，司昭南提议就在酒店的餐厅用餐，然后回去休息，说不定明天一去光启实业，他们就会收到一个大“惊喜”，得有充沛的精力去应对。

两人坐在靠窗的位置，一边欣赏城市夜景，一边享受当地的特色菜肴。这样的场景很温馨，让夏一心不由自主联想到“约会”两个字。她吃得很少，司昭南关切地问：“不舒服吗？”

“有点累。”昨天晚上她看了半夜的资料，为的就是多了解光启集团，一大早马不停蹄地往江洲赶，其实在候机的时候，她就差点睡着了。

“吃过饭，你早点休息，养好精神，明天要开始工作了。”

邻座有位年轻的男子，三十岁出头，戴着黑框眼镜，穿着正装，相貌清秀，却气质不凡。夏一心隐隐觉得，似乎在哪里见过，男子应该是下班后到这里来用餐的，一个人坐着，大概是等待的朋友还没到。

男子不时看向她和司昭南，她下意识地摸了摸脸颊，对方是对她有兴趣，还是对司昭南有兴趣？

过了一会儿，男人起身走过来，走到司昭南面前：“我听说光启产业的霍总经理请了一位高级智囊，是什么咨询管理公司的，不知道是不是这位先生？”

司昭南起身，客气地问：“请问您是？”

男人客气地伸出手：“我是光启产业的副总，蒋筝。”

夏一心眼睛一亮，难怪觉得面熟，她在行业杂志上见过这个人，在一些重要的会议上，他会担任光启集团的发言人。

司昭南和他握手：“幸会幸会，我是九戥咨询管理公司的负责人，我叫司昭南。”

闲聊中，夏一心才知道这家酒店也是光启的产业之一，光启都在这里接待客户，而且光启的员工在这里消费有很大的优惠折扣，因此这里就成了光启员工的休闲娱乐场所。他俩在不经意间，已经跟光启的很多人打过照面了。

蒋筝说：“我一早就听霍总说，要去请一位‘高人’来指点公司的内务，我就不明白了，什么样的‘高人’能比我们这些常年在光启工作的人更了解光启？”

司昭南知道他是故意刁难，因为蒋筝是留学过的高才生，不可能不知道咨询管理这个行业。但司昭南还是客气地问：“蒋先生，你有没有听过‘效率专家’这个说法？这个跟术业有专攻是一个意思，世界冠军的教练也未必是世界冠军，正如我所做的专业只涉及管理，就管理经验而言，我很自信。”

司昭南不喜欢别人打扰他的私人时间，于是说：“如果蒋先生有什么指点，大可以明天抽个时间，我好好讨教一下。”

这种挑衅的人突然出现，夏一心也不觉得奇怪，人多的地方，是非也多，尤其像光启产业这种大公司，板块多，业务广，牵扯的权力和利益也多，尔虞我诈的争斗是难免的，这个蒋筝很有可能是刻意在这里吃饭，想看看他俩到底有多少能耐。

这时，从餐厅门外走进来一个人，对着蒋筝招了招手，蒋筝客气地告辞，然后和那人一起去了餐厅的包间。

司昭南说：“刚才进来的那个人是光启的财务总监。”

看来他做的“功课”远比自己做的多。

夏一心说：“我觉得光启发展受阻，不光是产品方面的问题，很有可能内部管理才是最大的病因。”

司昭南点点头，赞同她的看法。

夏一心信心满满，对摩配行业的了解比起其他项目入门要快，回到房间，根据网上的新闻报道，她把光启产业高层管理人员的信息梳理了一遍。

从工商部门登记的公开资料来看，霍光宗持有光启百分之七十的股份，拥有绝对的控股权，其他大大小小的股东六个，都是陪他创业、一路走来的骨干，财务总监卢况升就在其中。倒是态度傲慢的蒋筝，是个外聘人员。是什么让他如此有底气，敢挑衅霍光宗的权威?

从一些资料上可以看出，蒋筝是麻省理工的高才生，猎头公司找来的，三年前开始在光启产业工作，任常务副总。外头传言，因为霍光宗对他很“宠爱”，他几乎算是光启的决策者。

夏一心有预感，他们在这里的工作会因为这个叫蒋筝的人，阻碍重重。

早上九点，司昭南带着夏一心准时走进光启产业集团的办公大楼，在霍光宗的办公室里，几个工作人员进进出出，搬来一堆文件资料，霍光宗对司昭南说：“这些是你需要的资料，另外一些我让秘书发到了你的邮箱里，田秘书全权负责与你们的对接工作，有什么要求，尽管跟他说。”

没有划分工作范围，夏一心也驾轻就熟，知道做一个项目该从什么方面入手，她需要了解光启产业的整条生产线。

田秘书带着司昭南和夏一心最先去的地方是发动机的配装工厂。摩配产业的发展快速得超乎夏一心的想象，想起以前父亲的工厂，机器声轰鸣，火花迸裂，长长的传送带两边坐满整齐的工人，手工装配在整个生产中占有百分之八十的比重。

光启的工厂则宽敞明亮，白色的地板、白色的墙都体现着工厂整洁和过硬的卫生要求，一台台整齐的设备井然有序地工作着，配装几乎实现了全自动化，只需要人工简单操作，机械手臂就能将每一个零件丝毫不差地组装起来，组装好的配件，也会通过精密的仪器进行检测，保证质量合格。

霍光宗事先打过招呼，所以当夏一心向工人请教起工作中的问题时，对方也很乐意跟她交流。

他们只参观了两个厂区就接近午饭时间了，秘书原本安排了酒店的餐厅，司昭南却要求去员工食堂，员工在食堂的表现最能体现一个公司的企业文化。

为了体现上下齐心，管理层和基层工人都在一个地方用餐，用餐的氛围很不错，大家都井然有序。员工的级别可以从制服体现出来，没有包间或是额外的优待，菜色不错，荤素搭配，八菜一汤，需要自己动手取。

司昭南发现夏一心坐在旁边，一直沉默不语，把头放得很低，问：“怎么了？”

夏一心用手抹了一下脸颊，说：“是我太感性了，今天去光启的工厂转了一圈，我有种回到朝峰的感觉。我突然很想我爸，特别是摸到组装好的发动机时，就想起那个时候，爸带我去生产车间，他跟我说，将来生产会走向全智能化和机器完美衔接……”

每个人心里都有无法忘却的痛，它会在不经意间跑出来，让你悲伤不已。

不过，她很快就调整好情绪，把话题转到工作中：“虽然光启在国内的摩托行业里独占鳌头，近几年国内市场却不景气，尤其是小型汽车市场大幅度降价，对摩托行业的影响很大，很多摩托企业要么减产，要么研发更能吸引人们眼球的产品，局面不乐观。”

光启集团的管理层都是双休，霍光宗约了司昭南和一些高层去打高尔夫。每周六，除了特别紧急的工作外，夏一心一般都是休息，今天她起了个早，觉得酒店前面那条临河的石板小道不错，是跑步的好地方，最重要的是那条小道绕着光启产业的厂区。并不是因为工作对光启产业的厂区有偏爱，而是它满足了她对朝峰的所有思念。

夏一心的运动服是很久之前买的，她看到司昭南除了工作外，很注重通过运动健身来保持旺盛的精力，她也跟着学，做好准备，却因为早上赖床，没坚持两天。不过她出差还是会带着，要是哪天有空了呢，比如今天就派上了用场。

江洲虽然是一座工业重城，到处都是钢筋水泥建筑，充满机器的轰鸣，城市绿化却格外漂亮。道路两边是高大的梧桐树，金秋时节肯定是金黄一片，听秘书介绍，旁边的这条河原来是江洲的护城河，随着城市经济不断发展，大量的城市资源被利用或者浪费，护城河的水也日渐枯竭，是霍光宗出了一大笔钱对护城河进行清理和维护，才保住了现在这条狭窄的河道。河水很清澈，水中还倒映着旁边的碧树高楼。

这让夏一心对霍光宗有了一种亲切感，想到自己的父亲曾经说过，社会为我们提供了发展的机遇，所以不能忘本，要用一颗感恩的心去回报它。

这时，一个穿着光启产业员工制服的男人迎面跑过来，男人右手的衣袖左右摇晃得厉害，夏一心才发现他是一个只有左手臂的残疾人。男人与她擦身跑过，她回过头，才发现男人制服的背部写着“保洁”两个字。

原来霍光宗还为残疾人提供工作岗位，她对他的好感又增加了几分。

“夏小姐，这么巧！”

夏一心侧头看过去，发现蒋筝站在公路的对面，和她一样，穿着一身运动装。她笑着和对方打招呼：“没想到蒋副总也是跑步爱好者。”

蒋筝感叹：“为了方便工作，我就住在厂区的宿舍楼里，这一带位置比较偏僻，找不到合适的健身房，只能跑跑步了。一起？”

这是个沟通的好机会，夏一心点头：“一起吧。”

蒋筝人高腿长，为了配合夏一心的速度，不得不慢下脚步，夏一心暗忖，从修养上来看，这人倒是个君子。

她笑着问：“我听说蒋副总是麻省理工毕业的，我们司总跟你是校友，不知道在美国那会儿，你们认识吗？”

蒋筝说：“我俩的年龄相差五岁，我入校那会儿，他已经毕业了。”

夏一心听卓颖提起过，司昭南在麻省理工华人圈子里是非常有名的，而且他还为不少华人学弟提供帮助，蒋筝怎么可能没听过？

该蒋筝反问她了：“我也听说夏小姐家里以前是做摩托车生意的，而且规模还不小。”

两人都是聪明人，知道知己知彼。

夏一心不避讳什么，聊着：“因为我爸失踪了，家道中落，现在想想，就跟一场梦一样，不过到光启这几天，我感触良多，我很喜欢这里。”

“夏小姐是个非常感性的人。”

两人沿着小径跑了一会儿，路边有卖米粉的，蒋筝问：“要不要一起用早餐？”

夏一心是空腹出来跑步的，现在出了一身热汗，这会儿该是吃早餐的时候了，于是说：“好啊，正好尝尝这里的米粉跟庆市的有什么不同！”

卖米粉的大婶跟蒋筝是熟识，都没问就知道他的口味，夏一心觉着对方一身的名牌，却一点架子都没有，看来平时喜欢走亲民路线。

江洲人的口味比较清淡，夏一心想着正好清清肠胃。蒋筝说：“我很喜欢跟夏小姐这样的年轻人打交道，人年轻才会知道变通，大胆去尝试新鲜的事物，其实我是很看好你们的工作的。”

“蒋副总能支持我们的工作，我感到非常荣幸。”

司昭南到了晚上才回来，给夏一心打电话，让她去他的房间，他身上带着酒味儿，看来晚上应酬的时候喝了不少。

夏一心问：“要不要帮你泡杯热茶？”

“谢谢。”他表示同意。

把热茶交到他手里，夏一心关心地问：“有没有不舒服？需不需要买一点解酒的药？”

司昭南笑着：“我很好。”

喝了一口茶，他说：“今天去的光启高层不多，聊了一会儿天，发现有一半的人进光启工作的时间不长。看来最大的问题不是出在产品上，而是在管理上。我想，霍光宗这次请我来，是想让我帮他赶走蒋筝。蒋筝不是光启的股东，职位又在霍光宗之下，却让他如此惧怕，来头怕是不小。”

司昭南继续猜测：“光启很有可能有其他的幕后大老板，而蒋筝很有可能就是那个幕后老板安插在这里的人。因为前一任常务副总也是空降来的，霍光宗对光启产业的一些决策，似乎有故意回避那位常务副总。”

夏一心明白为什么司昭南会如此在意这些，如果光启的决策权在这个幕后老板手里，只要幕后老板不认同，他们做再多的工作也是无用功。

她点头表示赞同，其实今天她在跑步的时候遇到蒋筝，就知道他跟霍光宗关系不睦，否则霍光宗他们打高尔夫不会不叫上蒋筝。

夏一心说：“我倒觉得蒋筝是个挺有亲和力的人，而且是你的校友，在能力上完全不用担心，我现在担心的是霍光宗。虽然他也是留学回来的，有头脑有才华，在百废待兴的时候抓住了机遇，但那是十年前的事了，国家越来越强大，经济的发展趋势随时在变，谁适应不了，谁就会被淘汰。”

司昭南说：“接下来的工作继续静观其变吧。”

Chapter 20

夏一心想要查阅光启的档案，这些是公司的机密文件，必须得到霍光宗的亲笔签名批准才可以看，但偏偏霍光宗出去了，夏一心给他的秘书打电话，秘书说要经过他的同意才能答复。

夏一心继续给霍光宗打电话，对方在勿骚扰状态，大概是在见重要的人，这些资料她不急着看，等等也无妨。正在此时她在走廊上遇到了蒋筝，蒋筝主动跟她打招呼："夏小姐！"

"蒋副总！"她笑着回礼。

蒋筝问："夏小姐到这里来有事？"

"我想看一下你们集团在生产方面的资料，可惜霍总不在，没拿到他的批准。"

蒋筝疑问："对你的工作有帮助？"

夏一心解释："当然，我需要生产流程和成本之类的资料用来做比对。"

蒋筝说："这个我可以效劳。"

蒋筝领着夏一心来到档案库，在查阅处签了自己的名字，资料管理员就让夏一心进去了。

其实刚才她是在试探蒋筝，像这类机要的资料，都必须得到总经理同意才能查阅，蒋筝却答应得如此轻松，想来定是胸有成竹，看来司昭南的猜测不是空穴来风。

夏一心想要查看光启产业跟外包的转动装置厂之间的协议和成本，还有近几年的供货量，不得不说，光启的档案资料整理得非常整齐，有纸质的，也有电子版的，每个架子的外侧都有目录和编码，找起来非常容易。

只是档案室的清洁卫生疏于打理，很多资料上都积了一层薄薄的灰，她把合同拿出来时，灰尘翻飞，呛得她直咳嗽。

阳光从高高的窗户透进来，让她可以看清那些小小的铅字。突然，她感觉有影子在晃动，以为有人进来了，抬起头，什么都没有，不知不觉到了午后，窗户上栏杆的影子正随着阳光移动。

看来管理这些资料的人偷懒，疏于打理，这点她必须提出来。

把合同放回去，她继续查找需要的材料。走过两排高大的档案架，夏一心在翻找一沓资料时，一张黄纸掉了出来，她捡起来，一眼就看出是发动机的图纸，画在一张草黄色的牛皮纸上。

用这种纸张做图纸是早几年的事了，她的父亲也喜欢用，拿在手里她竟然有一种亲切感。

她仔细看了看图纸，上面的日期是十年前。十年前正是光启产业走向辉煌的时候，它们研发出了发动机小型化独有的关键技术。

当看清上面的数据时，夏一心的身体止不住颤抖起来，她担心自己看错了，走到窗户下面，阳光照在纸面上，一项项数据清晰可见。

这跟父亲设计过的一张图纸一模一样，这个情况，让她不禁毛骨悚然。

她赶紧拿出手机将图纸拍下来，然后按照编号将图纸放回到档案架上。

回到酒店，夏一心对着手机上的照片发呆，设计师一栏上写着霍光宗这个名字，她得先确定，这张图纸是关键。

她跟司昭南请假回庆市，司昭南好奇地问："你回去做什么？"

没有确定的事，她得暂时保密，只说："咖啡店出了点问题，我得回去处理一下。"

咖啡店是她一手经营起来的，也明白它在她心里的重要性，于是司昭南说："去吧，如果需要我帮忙的尽可告诉我。"

夏一心笑："在庆市有难得到我的事吗？"

她匆匆地赶回家，在储物间里找出那个装着父亲遗物的大纸箱子，那个箱子她整理过无数遍，每一件东西都记得很清楚。

父亲留下过一张发动机的设计图纸，当时被她用来折纸飞机了，还是她在后来整理东西时无意中发现的，父亲那时找过，还问过她。她当时没记起来，这才保留了下来。

她将两张图纸仔细比对，不仅引擎参数是一样的，就连涡轮增压、气缸间歇的参数都是一样的。她瘫坐在地上，有种恐惧在心里蔓延，难道父亲的失踪，跟霍光宗有关？

夏一心努力回想小时候的事，与父亲交好的朋友中并没有霍光宗，而且父亲失踪时已经临近傍晚，如果不是很重要的朋友，父亲是不会贸然前去的。她立即想到了那个神秘的幕后老板，会不会是他和霍光宗联手，杀害了父亲，抢走了图纸？

她攥紧了拳头，恨不得立即跑到霍光宗面前，质问他为什么要偷取父亲的图纸，他跟父亲失踪的案子，到底有什么关系。

在回江洲的飞机上，夏一心冷静下来，就这么去问，霍光宗怎么可能承认？如果确定那张图纸确实出自父亲之手，那么作为偷窃人的他，在他建立光启的时候，早就做好应对的准备了吧。

夏一心在酒店门口遇到正要出门的司昭南，她拖着行李箱，脸色苍白。司昭南看到她忧心忡忡的样子，担心地问："一心，你怎么了？是身体不舒服吗？"

她挤出笑容："只是来回奔波有点累。"

她是个藏不住心事的人，什么都写在脸上，可不止累这么简单，司昭南猜测着："是不是咖啡馆出什么事了？很难解决吗？"

昨天赶回庆市，她几乎一夜没睡，为了不耽误工作，天亮又马不停蹄地往江洲赶，图纸的事带给她的震撼太大，现在的她身心俱疲，需要好好睡一觉来清醒头脑，想想接下来怎么对付霍光宗。

她眼神呆滞地往前走，司昭南越看越不放心，伸手去拽住她的胳膊，准备问个清楚，谁知道她两腿一软，身体失去重心往后倒了下来。他手疾眼快，赶紧将她的肩头揽住，把她抱在怀里，另一只手抱起她的腿，将她送去房间。

夏一心只是疲劳过度，睡一觉精神就缓和了很多，醒过来，床边坐着司昭南，他握着她的手，开口道："太累就休息两天再工作，不知道的人还以为我对员工很苛刻呢。"

她哪有心思休息，恨不得立即飞到霍光宗面前，把他那张伪善的皮给剥下来。

他说："我打过电话给芸竹，咖啡馆并没有发生什么需要你去处理的事，而且昨天你根本就没去过咖啡馆，你去哪里了？"

她低下头，担心司昭南会看穿她的心。

见她把头放得很低，像个做错事的孩子，他追问："你不会又去给林承志解决烂账了吧？"

她依旧不说话，他提醒道："遇事三思而后行，欲速则不达。"

司昭南看看手表，已经是晚上九点了，他大半天都在守着她，还有很多工作要处理，便站起身，说："过会儿我让服务员送些清淡的粥进来，你现在脾胃弱，饮食要清淡一点，我把房间换到你隔壁了，有什么事就打电话给我。"

出门前，他又补了一句："我以上司的身份命令你明天休息，把身体养好了才能继续后面的工作，我可不想临时换助手。"

他关门的声音很轻，房间里安静下来，回想他刚才的话，欲速则不达，夏一心决定要按捺住，把所有的证据收集齐全，才能让霍光宗无力反驳，如果太鲁莽，一旦打草惊蛇，反而会坏事。

为了宣传光启的发展，霍光宗让一家媒体做过一套记录光启大事记的书，夏一心找出那本书，仔细翻看，上面写着霍光宗留过洋，是机械专业的研究生，因为研发了GQ140发动机，为光启的辉煌奠定了基础。

夏一心以要了解一线的生产流程为借口，去了发动机生产车间，经过一番询问，找到了当年第一批生产组装过GQ140发动机的人，其中一个师傅已经是工厂生产的负责人。

她说："因为家里的渊源，我从小对发动机构造性能方面挺有兴趣，而且我知道，光启能够在短短十年之内成为国内摩托行业的领头企业，发动机GQ140的诞生功不可没，但为什么这十年来，霍总没有继续研发更新换代的产品呢？这样会让光启在行业里更有竞争力呀。"

师傅笑着说："霍总哪有那个时间。"

的确，光启几乎是江洲的支柱产业，各种考察调研项目的首选企业，霍光宗忙着接待、忙着演讲、忙着管理企业，人一旦迷失，就再难找到初心。

说着，霍光宗正领着一群人走进来，有七八个人，都穿着非常正式的西装，看到她，霍光宗笑着问："夏小姐对生产线感兴趣？"

夏一心看着周围的人用敬佩和崇拜的目光看着霍光宗，想到这些原本应该是属于父亲的荣耀，被眼前这个男人盗取了，这个人甚至有可能将父亲残忍地杀死了，她就按捺不住那股愤怒，攥紧的拳头止不住地颤抖。

她问："霍总，我有一点好奇，为什么你明明是生产汽车仪表的，突然研究起发动机来，还这么专业？"

"我本来就是学机械出身。"霍光宗对着旁边的人笑了笑，"从我爷爷那辈人起，就跟车子打交道，我也算传承家业吧。"

说完，大家又向霍光宗投来赞赏的目光，仿佛在说，虎父无犬子，霍光宗有这样的成就，一定是得了父辈的真传。

夏一心说："传承家业？那为什么霍总十年前研发了节能发动机之后再无建树，是能力有限，还是霍总的心思压根儿就不在这上面？"

霍光宗脸上得意的笑容瞬间就僵硬下来，秘书赶紧替他解围，走过来对夏一心说："夏小姐，你不是想了解近三年来的生产资料吗？请跟我来。"

被秘书一拦，夏一心也没机会再问下去，只好跟着秘书离开了现场。

三天后，霍光宗突然提出解除合同，并让他们交回所有的光启资料，违约金他会全额支付。

霍光启在亲自委婉地表达解除合同后就不见踪影，连电话都不接了，说他们有任何疑问，可以跟秘书沟通。

司昭南很诧异，工作一直进展得非常顺利，昨天他还跟霍光宗聊到国外摩托产业的发展趋势，只过了一个晚上，对方就变卦了。

一定是发生了什么事，或是有什么人，让霍光宗对他们失去了信任。

夏一心却更加确定霍光宗就是杀害她父亲的凶手，一定是那天听到她怀疑他研发能力的话后，他内心感到恐惧害怕，担心她一旦深入了解光启，自己会露馅。

看着司昭南微皱的眉头，夏一心不敢把真相说出来，回想起来也是自己一时口快，打草惊蛇，错失了能继续寻找证据的机会，现在的她也是后悔不已。

这是司昭南亲自负责的项目，他在业界里一直有着不败之王的称号，被客户突然中止合同，应该是头一回吧。她对此充满了歉意。

他说："一心，你先别忙着收拾资料，我去找霍光宗谈谈，或许会有转机。"

司昭南给霍光宗打电话，对方已经将他屏蔽，去公司拜访，人也不在，秘书说去外地考察了，不知道什么时候能回来，九叚撤场的事，由他来交涉。

夏一心说："他是明摆着要跟我们划清界限，即使不合作，见面谈清楚也是最基本的礼貌。"

尽管不甘心，司昭南也表现得很淡然，既然客户不信任，也不宜急功近利，只能等客户态度缓和之后再谈。

霍光宗坐在办公室里，从各个厂区和分公司发过来需要他处理的文件挤满了电子邮箱，处理起来颇费精力。他最近身体不好，加上年纪大了，已经有点力不从心。

这时，他的手机响了，看到显示屏上的名字，他叹了口气，然后接起来："秦大哥，有什么事吗？"

"我吩咐的事办好了吗？"

"我已经告诉他们解约的事了，违约金也已经打到他们公司的账户上，过不了几天，他们交接完手上的工作就可以走了。"

"我不想等，让他们离开，越快越好！"对方似乎急不可待。

霍光宗不明白："我需要一个合理的解释，你那么信任司先生，而且是他帮你完成了莲初超市的收购项目，现在光启有困难，应该让他鼎力相助。你可是光启最大的股东，我们发展到今天很不容易，你有很多产业，而我只有光启！"

"你当初找他，为什么不告诉我一声？"秦宇川声音严肃。

"是尹会长大力向我推荐的，而且尹会长不也是你的好朋友吗？当初也是他大力向你推荐司昭南的，你可以用，为什么我不可以？"

"这个原因你不要问，让他们立即离开，接下来的事我会让蒋筝负责。"

挂断电话，霍光宗感到头痛，蒋筝拥有名牌大学的光环，头脑是有的，却行事乖张。霍光宗总感觉蒋筝像是对方派来监督他的，蒋筝看人的眼神，让霍光宗浑身不舒服。

司昭南也是秦宇川的人，霍光宗却对其有种说不出的欣赏与喜欢，跟他聊天，轻松惬意，一些工作上的难题，寥寥数语，竟能让自己茅塞顿开。

霍光宗还喜欢他谦和的态度，在华尔街那么凶残的商场上拼斗厮杀多年，身上却没有一点浮躁之气，如果不是秦宇川强烈反对，司昭南是个可以委以重任的人。

想到这里，霍光宗一拳重重打在红木桌面上，他可不想一辈子都被秦宇川压着。

黄昏的天空红霞满天，层层叠叠的鱼鳞云蔓延到天边，司昭南说："今天资料交接已经结束，后天启程回庆市。不如我们走之前领略一下江洲的风光，去一趟稻光寺，也不算白来一趟。"

夏一心说："这个时候出现鱼鳞云应该会下雨。"

司昭南开玩笑道："下雨去才显得虔诚。"

他的提议很好。最近发生的事太多，让夏一心缓不过来，她需要出去走一走，清理一下头绪。

第二天出门的时候是阴天，司昭南穿了早上跑步时的运动装，浅蓝色，夏一心则穿着一套粉色的运动装，很像一对情侣。对于这个巧合，两人相视一笑，司昭南也不刻意去提醒什么，只说："我担心午后雨会更大，我们早去早回。"

他租了车，把车开到山脚下，再步行上山。路上，他说："昨天晚上我进江洲的旅游论坛浏览了一下，似乎当地人都喜欢雨天去，因为有一年有人在当地论坛里发了一张照片，照片上乌云密布，一条龙影出现在乌云与光的交会处，那人说是雨天去稻光寺的路上拍到的，所以很多人相信雨天登上稻光寺，运气好的就会看到龙。也因此稻光寺一直香火不断，很多人都去求平安。"

夏一心打趣道："你提议上这里来的，难道你也有事想求求菩萨？"

司昭南笑了笑："我不信这个，但路遇寺庙，还是会进去拜一拜。"

稻光山可谓是市郊的一块清静之地，市区工厂密集，大楼林立，人口密度很高，城市再喧哗，都没想过去打扰这片佛家圣地。稻光山郁郁葱葱，就像是钢筋水泥丛里开出的一朵天山雪莲，是神圣的信仰，不可侵犯。

上山的路是碎石拼成的小道，比较陡峭，似乎暗示着朝圣的路崎岖艰难，只有最虔诚的人才能到达。

夏一心说："难怪你的身材和心态保持得这么好，忙时竭尽全力，闲时就四处散心旅游。是我就做不到，如果不把一件事办好，根本没心情出来玩。"

司昭南微皱着眉头："你是在话里有话地说我很老吗？"

夏一心笑了笑没回答，心里却在嘀咕，在"90后"的眼里，"80后"是挺老的，但她不敢说出来。

他们刚走了一小段，天空中就下起了小雨，雨点又细又疏，反而让人神清气爽。

碎石小道的两旁种的是杨柳，碧绿的柳枝夹着雨粒在微风中轻轻飘动，正应了那句"杨柳如烟"。

司昭南从背包里拿出伞，撑开，遮在夏一心的头顶上，她对着他笑了笑，没有推辞，享受着他的体贴照顾。

到了稻光寺的门口，天突然放晴了，太阳拨开层层乌云，在天空中开出一朵金色的花，灿烂炫目，夏一心问："你知道这叫什么吗？"

司昭南抬头："叫什么？"

"这叫天国之花，当明光与暗云相拥，天空中就会开出绚丽的花朵，那就是天国之花。"

这根本就是胡诌，他问："你从哪里看来的？"

夏一心对着他吐舌头，他有老学究的气质，什么都要用事实来证明，如果真当他的女朋友，这辈子就跟"浪漫"两字无缘了。

美景和放晴的天让夏一心原本阴郁的心情渐渐好转。寺门口有一口小池塘，一支竹子伸出来，山中的清泉从中流出，拜佛的人须洗净双手，再进入寺庙。

今天是假期，来的人很多，洗手的人排起长队，夏一心和司昭南也在其中。她说：“俗语说佛门是清静之地，我似乎还没见过清静的寺庙。”

司昭南说：“那是你没参悟透，清静指的心里，只有心里清静透彻，才是真正向佛的人。不是有句诗这么写吗，菩提本无树，明镜亦非台。本来无一物，何处惹尘埃。”

夏一心瞪大了眼睛：“你在国外待了这么多年，老祖宗的东西还真是一点没忘。”

司昭南得意地笑：“天生聪明！”

夏一心来稻光寺并没有嘴上说的那么惬意，只是来散心，她诚心地来求菩萨保佑能找到父亲的下落，那张似曾相识的图纸，冥冥中似乎就是在等待她的到来，她相信，这是上天的指引，是父亲给她的启示。

她双手合十，跪在佛像前久久不起，司昭南问：“跟菩萨说什么呢？菩萨可不喜欢贪心的人。”

夏一心抬起头，眼眶中有隐隐的泪光：“我相信天网恢恢，疏而不漏。绑走我父亲的人会受到报应的。”

她的声音在颤抖，小小的身体似乎快被那些夜以继日的寻找和思念压垮，司昭南再也玩笑不起来，把手放在她的肩上：“会的，他们都会有报应的！”

他的手在轻轻颤抖，却透着无比的坚定与执着。

好不容易夏一心的情绪才稳定下来，司昭南拉起她的手走出寺庙。夏一心感受到他掌心的温度，他的手温暖又厚实，仿佛能为她遮挡一切风雨，而且她坚信，他有这样的能力，只是期盼着，他能这样一直牵着她，永远不放手。

到了庙门口，一个看卦的小贩跑过来说：“小姐，要不要算一卦？

我看你眉头紧锁，心里肯定有解不开的结。”

司昭南担心小贩说出不好听的话，更加影响夏一心的情绪，说：“不好意思，我们急着下山。”

夏一心却说：“那你给我算一卦吧。”

小贩说：“好，我一定好好给你看。”

小贩将三枚旧铜钱装进直径有一个碗大的竹筒里，让夏一心摇一摇，倒出来后根据铜钱的位置看看卦。

铜钱落地后，小贩问：“小姐想问什么？”

夏一心想了想：“我想寻人。”

尽管已经知道结果，但这十年，她始终没有死过心。

小贩看了看卦象，皱起眉头：“艮下、离上，流浪之象。”

司昭南瞬间脸色就不好了，说：“算了，还是别看了。”

谁知小贩一点眼力见都没有，叨咕着卦象的意思；“奔波阻隔重重险，带水拖泥去度山，更望他乡求用事，千乡万里未回还。”

司昭南不想再细听下去，掏出钱放在桌子上，想拉着夏一心走。她却坚持要把卦听完，追问小贩：“无论什么样的结果，我都能承受，你就告诉我吧。”

小贩说：“千山万山，阻隔重重，即使寻找，脚步沉重，建议另谋他图。”

放弃？这是她永远不会接受的妥协。

司昭南会竭尽全力呵护着她，就像呵护捧在手里的水晶球，强悍得不容一点伤害靠近，他说：“放心，有我呢，不论发生什么，我都不会放开你的手，三分天注定，七分靠努力，不要去在意一个相卦的。”

夏一心笑了：“我知道。”

夏一心平时缺少运动，刚才上山就让她腿软脚酸，现在下山，明天肯定会腿酸得站不起来。

司昭南突然蹲下身："上来吧。"

她说："好端端的，干吗让你背？"

"你就别逞强了，刚才上来的时候，你中途歇了好几次，你以为我听不出来你气喘吁吁的声音？叫你多运动，你老是偷懒。"

他个子太高，下蹲的动作比普通人吃力，刚趴到他背上的时候，亲密的接触让夏一心的身体有种不适应的僵硬。走出一段路后，她就瘫软下来，将下颌放在他的肩头，说："为什么你会喜欢我？"

这是恋爱中的人最喜欢问的傻话。

"爱一个人需要理由吗？"

夏一心说："爱一个人不需要理由，但至少会有一个契机，让你觉得，他是值得让你爱的人。"

"你很想知道这个？"

"是的。"早在他们相识之前，林承志就跟琳达在一起了，这是她心里的结。

司昭南顿了一下，说："其实我很早以前就认识你了，那个时候，我还是朝峰孤学院的学生。"

夏一心惊讶："你在朝峰孤学院住过？"

司昭南继续说："我是孤学院第五期的学生。我记得你那时才十岁。"

"真的？"她半信半疑。

父亲的朝峰摩托落败之后，朝峰孤学院也跟着关了门，学院的资料在搬迁的过程中流失了，刚开始还有一些学生会关心父亲的事，跟她联系，随着时间的推移，大家都有了各自的新生活，那个曾经祥和的大家园也随之被人淡忘。

司昭南一边走，一边缓缓地说："那时候宿舍外面的房檐下系着一个晴天娃娃，下面还吊了一个大铃铛。早上，宿管员就摇那个铃铛，叫大家起床。有些同学犯懒，不想起床，就把铃铛剪掉了，后来宿管员又找回来，重新系上，如此几次，那根绳子上就有了很多结。”

如果不是在那里生活过，谁会知道这么细小的事？

“一心，你要相信我，我一定会找到那个绑架夏爸爸的杀手。”

司昭南感觉肩头的衬衫湿了，他耳边传来细微的抽泣声，于是赶紧问：“一心，你怎么了？”

“光启的事情都怪我！”夏一心颤抖着声音道，“光启集团当年凭着节能发电机占领市场先机，我发现霍光宗研发的节能发电机，跟我父亲失踪前正在着手研发的产品的设计图一模一样。而且节能发电机问世的时间，就在我父亲失踪后没多久。”

司昭南眉头拧紧：“你说的是真的吗？有这种事？”

夏一心说：“我正在找证据，那天我没忍住，当着一些参观人的面提到GQ140发动机，霍光宗整个脸色就不好了，没几天，他就提出解除和九罭的合同，这么惊人的巧合，让我不得不怀疑那个凶手就是霍光宗。”

司昭南安抚她：“你别着急，这件事要从长计议。”

夏一心懊恼地说：“我真不该冲动，如果能继续光启的项目，或许还有机会深入了解霍光宗，现在被对方拒之门外，他又有了怀疑之心，恐怕很难了。”

司昭南却很坚定：“事在人为，任何事都没有百分之百的定论。”

接着他又说：“上次不是说怀疑蒋筝就是那个幕后老板安插在光启产业里的人吗？你刚才这么一说，这个幕后老板说不定跟夏爸爸的失踪也有推脱不了的关系，或许从蒋筝这里着手，进展还大一些。”

夏一心现在是乱了头绪：“你会帮我的，对吗？”

司昭南把手轻轻覆在她的小手上，说：“会的，我用生命起誓。”

Chapter 21

我 的 倾 城 谋 划 师

既然霍光宗要求他们撤场，继续坚持下去只会让对方更加防备，不如以退为进，再找机会。第二天，司昭南带着夏一心离开了江洲。

夏一心坐在自己的办公室里，窗外是如常的景色，周围是熟悉来往的同事，她依旧心有余悸，她不知道怎么平复这种不甘心，明明已经有了线索，半道放弃让她如鲠在喉。

司昭南说要出差，他以公司的名义对一所乡镇小学进行资助，这次带她一起过去。

他们约好早上出发，司昭南已经等在那里。他是个很守时的人，今天穿着一身白色的运动服，很像篮球场上的运动少年。

夏一心知道路途远，而且还要走两个小时的山路，特意以一身轻装上阵。

司昭南开了辆新车，奔驰越野。夏一心问："你买的新车？"

他点点头："怎么样？"

"不错。"越野的粗犷与豪迈很适合他。

夏一心看到后备厢里塞满了纸皮箱子，问："你都带了些什么？"

"一些生活用品和学习用具。"

这次她们去的是庆市边界一个叫盛州的地方。司昭南是盛州人，其实他家在离盛州城较偏远的山区，山区里只有一所小学，小学里有一个长年驻守的老师。小时候，每周他都要走四个多小时的山路去上学，平时住在学校，周末回家。

夏一心开玩笑道："那你还真是不折不扣的凤凰男。"

司昭南笑着回应："我一直以为凤凰男是褒义词，不知道什么时候变成贬义词了。"

最美的夏天都在山里，绿树茂密，花草葳蕤，空气清新，吸一口，感觉整个肺都清凉舒爽。只是山路非常崎岖陡峭，奔驰越野的山路上性能虽好，但走起来也颠来簸去的，山路走到一半，夏一心竟然晕车了，胃里翻涌得难受。

司昭南停了车，等她吐完，再继续走。

见她难受的样子，他有点愧疚："不好意思，都没问过你的意见，就擅自做主把你带来了。"

夏一心摆了摆手："没什么，我很愿意帮助那些需要帮助的孩子，正是出于同样的原因，我爸爸才创立了朝峰孤学院。"

车开到一处山坡下，前面就没有路了，一排穿着破旧衣服的孩子等在那里，领头的是一个皮肤黝黑、满脸皱纹的男人，看面相约有六十岁。在路上司昭南说起过，刘老师的实际年龄只有四十岁，贫穷清苦的生活让他显得更加苍老。

停好车，司昭南赶紧下车，快步迎上去握住男人的手，激动地叫着："刘老师。"

夏一心走过去，主动打招呼："刘老师好！"

刘老师双眼含泪："有十多年没见了吧！"

司昭南点点头，赶紧打开车子的后备厢，让孩子们搬东西。

到山岭小学，车去不了，只能靠脚。为了等他们到来，刘老师带着孩子们提前下山等在路口。

上山要走近两个小时的路，孩子们一个个面黄肌瘦，扛一箱东西在肩上竟然还健步如飞。走了一段，夏一心就掉队了，为了不耽误孩子们的脚程，司昭南对刘老师说："你们先上去吧，我同事身体不舒服，估计会慢一点。"

司昭南半蹲下来："我背你。"

反正在稻光寺他已经背过她了，再背一次，也不会突兀。

夏一心不肯："我才不要成为你的拖累，会被小孩子们看不起的。"

司昭南也不跟她争辩，强硬地背起她就走。山路狭窄危险，她不敢挣扎，索性就趴在他宽阔的背上。

校舍比夏一心想象中的好，是一排整齐的砖房，红砖的颜色依旧鲜艳，应该才建没多久。刘老师介绍道："阿南，这排教室就是用你寄来的钱盖的。山里路远，工人很不好找，红砖是我和孩子们一起背上来的，花了整整一年的时间才建好。"

教室里的桌椅也是新的。孩子们很爱惜，桌面上用废旧的衣服盖着，怕弄出划痕。

刘老师的家靠角落的一间屋子，里面很简陋，一张办公桌，一张单人床和一个破旧的立柜而已，司昭南问："刘老师，你还是一个人？"

刘老师笑得坦然："习惯了，感觉挺好。"

学校通了电，但很多时候会因为天气，供电线路受损而停电，学校没有冰箱，孩子们都是吃土豆和红薯。司昭南带来了很多食物，大多是真空包装，能放置一段时间。

孩子们的食物非常贫乏，看到司昭南送来的鱼肉和零食，尽管惊喜，却没有争先恐后地争抢，纷纷说有好吃的都要留给刘老师。

山里的老鼠多，孩子们把食物装进袋子里，再用绳子吊在房梁上。

学校没有因为他们的到来而休息，搬完东西，大家又回到教室继续当天的课程。夏一心趴在窗户外，听刘老师讲课。

整个学校就只有一位老师，不同年龄的孩子在一起上课。刘老师的普通话说得很好，想必以前也是个前途无量的高才生，只是为了这群渴求知识的孩子，他放弃了自己的美好前程，甚至是爱情婚姻。

煮晚饭要烧柴火，司昭南很熟练地在操场的一角劈柴，热出一身汗，他索性就把衣服脱了，裸着上半身。

夏一心平时只觉得他清瘦修长，没想到，他的身材简直好到爆，结实的肌肉轮廓分明，偾张有力，她赶紧别过头，怕再多看一眼就要流鼻血了。

司昭南叫她："一心，帮我拿一下手帕。"

她赶紧过去，从外套里拿出手帕递给他。

司昭南擦着额头上的汗，问："你怎么了，脸这么红，是不是山里冷，感冒了？"

"没……没有。"夏一心揉了揉脸颊，怪自己没定力，恨不得赶紧找个地洞钻进去。

递完手帕，她飞快地跑到校宿舍后面去了。

下课后，司昭南要帮忙做晚餐，但一群孩子非拉着他打篮球。夏一心要帮忙，刘老师却不让，他笑着说："一看你的手，就知道是没干过粗活的千金小姐，山里水冷，很僵手，像你这样细皮嫩肉的，回去肯定得裂口子。我习惯了，还是让我来，有学生帮忙就行了。"

夏一心有点不好意思，只得从厨房里退出来，坐在操场边看司昭南打篮球。球篮是孩子们自己搭的，系在一棵树上，高度跟司昭南差不多，他只要轻轻一抬手，就能来个大灌篮，孩子们很高兴，都说将来要长他这么高。

司昭南被孩子们簇拥着，脸上快乐的笑容灿烂无比。

听到敲碗盘的声音，孩子们扔下篮球，飞快地往食堂跑去。蒜苗炒肉、清炒白菜和一些腌好的咸菜，简单的菜式，对孩子们来说却是难得的盛宴。大家没有狼吞虎咽，而是互相谦让，肉放在碗里舍不得吃，总要留到最后。

有个小同学从屋后蹿进厨房，从衣服口袋里拿出一把红色的果子递给夏一心，她有点惊讶："给我的吗？"

孩子捣蒜一样点着头，脏脏的、没有洗干净的脸蛋上有两团高原红，流着鼻涕，山里空气长年清冷，孩子手上的冻疮虽然好了，却留下触目惊心的痂。

夏一心鼻子发酸，赶紧接过来："谢谢。"

她认得这果子，叫树莓，吃了一颗，很甜，比超市里精心包装销售的味儿好多了。

学校提前吃了晚饭，为的就是让他们早点下山，赶回市区。山里天气变化太大，快吃完饭的时候，天色瞬间就阴沉下来，下起大雨。刘老师说："这雨下不了多久，但山路湿滑，你们还是等明早再下山吧。"

出于安全考虑，司昭南说："那我们就在这里住一晚。"

孩子们的宿舍很小，男女孩子各一间，摆放的两张上下床挤着八个孩子，还有几个打地铺。刘老师要把房间让出来给他们住，司昭南却说在厨房将就一晚，刘老师明天还要上课，可不能跟他们一样折腾。厨房里有炉火，比较暖和。司昭南一再坚持，刘老师抱了两床被子过来，说："这两床被子是新的，还是我妈在世的时候缝的，说给我结婚的时候用，我是用不上了，送给你们用。"

夏一心一愣，难道今晚她要和司昭南睡在同一个房间里？

司昭南走过来说："山里条件简陋，只能将就了。你放心，你睡到炉子旁边，我到那边角落里坐一晚。"

山里昼夜气温的确相差很大，白天上山的时候，阳光灿烂，夏一心热出一身汗来，晚上却像掉进了冰窖里，尽管炉子里的柴火烧得啪啪作响，她依旧觉得冷，忍不住咳嗽了两声。

司昭南坐在角落里查看手机邮箱里的信息，她回过头，轻声问：“你不冷吗？”

“还好。”司昭南抬头看了她一眼，目光又回到手机的屏幕上。

她暗忖，男人自带三分热，难道是真的？

“你把被子拿到这边来吧，暖和一点。”

“可是……”他欲言又止。

夏一心听出他话里的意思，他不敢主动靠近，担心她会觉得他是个轻浮的人，她说：“我不介意。”

司昭南不好意思地笑了笑，然后拿着被子，坐到离她大概一米的位置。

雨停了，又刮起大风，乱飞的石头打在房瓦上当当地响，夏一心睡不着，和他闲聊起来：“你念书的时候，刘老师还很年轻，对吗？”

司昭南想了想说：“那时候他才二十岁，很帅，我一直把他当成偶像，但我没有他的勇气，离开这里，直到现在才回来。”

夏一心说：“人各有志，你也很优秀，帮助孩子们的方式有很多，他们小学毕业后，我可以联系城里的初中，给他们解决读书和住宿方面的问题。”

白天走多了山路，身体疲累得犯困，如果不是冷，夏一心早就睡着了，跟司昭南聊了一会儿天，精神一放松，更加昏昏欲睡了，她的头一侧，枕着一个温暖又坚实的东西，好半天她才回过神来，睁开眼睛，自己不知何时靠在了司昭南的肩头。

她没好气地说：“你是故意的吧？”

司昭南对着她笑：“是的，我就是故意的。”

自从稻光寺之行，他能感觉到夏一心对自己的防备已经完全卸下，他需要一个契机来确定两人的关系，才决定带她一起过来。

在情感上，她是害羞内向的，只能由他来主动跨出这一步。

“一心，我爱你。”司昭南伸手想把她揽进怀里，手试探着碰到她的肩头，她没有抗拒，他就大胆地把她搂进怀里，低头，在她额间轻轻一吻。

在司昭南的怀抱里，夏一心的身体渐渐暖和起来，她才慢慢地睡着了。夏一心有认床的毛病，到一个新的环境，需要时间慢慢适应。迷迷糊糊地睡了一会儿，她又醒了，身后没了温暖的靠垫。她半眯着眼睛，看到司昭南正披着外套在炉子边添柴火，很快，炉火又旺起来，映红了半个屋子，他小心翼翼地回到被子里，把她重新抱在怀里。

她假装没醒，翻过身，让自己完全融入他的怀里。

山里的孩子没有因为条件艰苦有丝毫懈怠，天刚蒙蒙亮，孩子们就在操场集合开始做早操了。风雨都停了，小鸟的叫声是从未听过的清脆悦耳，一轮明亮的红日从远处的山峰慢慢往上升，翠绿的林野蒙上一层淡红的光，有种万物复苏的蓬勃感。

夏一心迅速掏出手机，拍下眼前的美景，发到朋友圈。

等他们收拾好，孩子们已经把早饭煮好了。早饭是青菜粥，吃完后他们就赶着下山，刘老师要送，司昭南不想耽误他上课，笑着说："这条路都二十多年了，一点没变过，我闭着眼睛都能走下山。"

刘老师送了些山货给他们，是早上带着几个学生去林子里采的新鲜蘑菇，蘑菇带着晨露，有淡淡的清香，夏一心把蘑菇抱在怀里，连连道谢。

下山的时候，她说："我很喜欢这里，以后我们经常回来看看，好不好？"

司昭南爱怜地摸着她的发顶，笑着说："好。"

夏一心穿了一条粉色的连衣长裙走进办公室，裙角飘飘，神采飞扬，有同事打趣她："打扮得这么漂亮，恋爱了吧！"

她笑了笑，说了声"早上好"，就坐到办公桌前。她做市场调研的时候经常要跑外联，平时穿裤装比较多，今天穿亮色的裙子，同事自然觉得耳目一新。

夏一心在茶水间里遇到顾丛诚，他问："都说人逢喜事精神爽，说吧，是不是又有大客户了？"

她笑着说："不过换了条新裙子而已，女孩子在穿新衣服的时候，心情都会特别好。"

晚上司昭南有应酬，六点准时下班走了，夏一心一直在办公桌前伏案搜索资料，反正回去也是一个人，无聊，不如在公司加班，让后面的工作轻松点。

快十点的时候，司昭南打电话给她："关灯下来吧，我在楼下。"

应酬的时候他喝了酒，只得叫代驾送他回去，经过前面路口的时候，他有预感她还在公司，于是绕路过来看看，果然跟他猜的一样。

夏一心拎着包走出办公大楼，四下环顾，然后飞快地上了停在路边的车，他笑她："为什么鬼鬼祟祟的？"

其实夏一心不说他也知道，两人的关系变成了情侣，她担心被同事知道后，以后的工作会被人诟病是他为她开后门。怕她在公司诚惶诚恐不敢做事，他只得默许。

车直接驶进别墅的停车位，送走代驾司机，司昭南邀请夏一心："去我那里喝点东西再走吧。"

夜深人静的时候，一个男人邀请一个女人去他家，肯定带着些暧昧亲昵的情愫在里面。现在是个开放的时代，夏一心不是个矫情的人，男欢女爱，顺其自然。她想了想说："好吧，我去喝杯水再走。"

走进别墅，他便去厨房里泡茶，想让酒精挥发得快一点。为了让她晚上有个好梦，他给她倒了一杯热牛奶。

晚上吃饭的时候，服务员不小心把油渍溅到了他的外套上，于是他把外套脱下来放到一边，对她说："麻烦你去衣帽间帮我拿一件家居外套。"

夏一心径直上楼。在买这栋别墅前，他带她来参观过，她隐隐记得卧室是哪一间，衣帽间在卧室里面。

她推门进去，打开房间的灯，一眼就瞥到黑色柏木床头柜上醒目的位置放着一个深蓝色绒布盒子，她忍不住好奇，走过去打开，里面是一朵粉色绸质的蝴蝶花，中间嵌着一颗心形的粉水晶。

她心里微微一动，这就是Dennis提到过的那朵司昭南从未离身的蝴蝶花。她心里吃味儿得厉害，至少他是真心爱过那个女孩子的，虽然两人没有在一起，但那份情不会轻易就磨灭吧。

她想得入神，竟忘了拿外套的事，直到听到司昭南进来的脚步声，这才回过神来。她窥探了他的隐私，赶紧把蝴蝶花放回盒子里，站起来道歉："对不起，我没克制住好奇心，动了你的东西。"

司昭南走近她身旁，拿起那朵粉色的蝴蝶花，别在她的发侧。

夏一心赶紧摘下来放回到他手里："别人的东西，我才不稀罕。"

他笑了："这是你自己戴过的东西，难道一点记性都没有吗？"

小时候，父亲很喜欢把她打扮成小公主，给她买篷篷的纱裙、各种颜色的头花。她拿起来仔细端详，发现自己的头花太多了，她已经记不得这是她的东西："这花真的是我的吗？"

那段回忆是美好的，所以他眼睛里充满了幸福的光。

司昭南说："那天你跟着夏爸爸到孤学院来，我们整齐地站在操场上迎接你们，你穿着一条白色的裙子，头上就别着这朵花。当时你十岁，像个漂亮的洋娃娃，晨光洒在你的身上，你就像闪闪发光的天使。我们班所有男孩子的目光都没有从你身上移开过。"

女孩子都喜欢别人的赞美，听到他这么说，她笑了。

司昭南接着说："你在音乐教育里跳舞时裙角飞舞的样子，非常美，你走了之后，我就捡到了这朵头花，原本是该还给你的，但我有私心，我希望能有与你共同的东西，就把它悄悄藏起来了。"

带着水晶的花，对于那时的他来说是贵重的，藏着发卡，就像是小偷怀揣着赃物，他是想看着她慢慢长大的，结果没多久，他以优异的数学成绩，被麻省理工录取了，夏父给予了他很大的支持。

当他完成学业的时候，有过很迷茫的时期，夏父栽培了他，他想要回报，进入朝峰，贡献自己的一份力量。但在校期间的一次聚会上，他认识一位做咨询管理的学长，与学长的畅谈，让他被这个行业所深深吸引。自古忠义两难全，还是夏父在电话里鼓励他，让他遵从自己的意愿。

夏父创办孤学院，不是为了让这些孩子将来学有所成回来报答他，而是让孩子们拥有更广阔的天空，成就自己想要的人生。

夏父出事的时候，司昭南因为滑雪受伤在医院疗养，等他康复出院，给当时朝峰集团的副总写信，信上表明自己希望能回来工作，却被对方拒绝了。

司昭南一直等到自己羽翼丰满，有了足够的实力才能保护夏一心，只是回来的时候，她已经成为别人的女朋友。

他说："我无法挽救朝峰，但我会守护着你，然后找到夏爸爸失踪的真相。"

孤学院的所有孩子都称夏翔文为"夏爸爸"，这么多年了，他一直没有改口。

夏一心心中的疑惑全解开了，原来在很久以前，司昭南就对她动了心思。

司昭南说："仅凭小时候的惊鸿一瞥，的确不足以支撑我的情感世界，也或许是抱着对夏爸爸的感恩，我对你有种特殊的偏爱。你是一个独立的人，不属于任何人，我不可能要求你的爱情只属于我，我回来的时候，如果你过得幸福，我会祝福你。"

他也不是没考虑过私人情感，但他太忙了，忙着让自己进步、变得强大，没有时间，也没有心思去顾及一个女孩子的情感。

他承认，回到庆市的第一件事就是调查她，她的工作、她的生活，甚至她的情感。她继承了父亲的商业天赋，哪怕是一间小小的咖啡屋，她都能经营得风生水起。尤其是在畅天电器的咨询案里，她发挥出的智谋让人惊叹。

如果林承志是真的爱她，司昭南是会放手的，毕竟她的幸福和快乐，才是他最在意的事。他主动接触过林承志，林承志乳臭未干、心浮气躁，司昭南只使了那么一点小计谋，林承志就上钩了，弃她而去。

正因为如此，他才坚信，她和他的缘分是命中注定的。

夏一心笑了，证明他的解释她很满意。

她问："我有像你想象的那样合适吗？"

司昭南故作严肃，似乎在很仔细地思考："只有一点，你不够爱我。"

他伸手轻轻捧起夏一心的脸，吻过她柔软的唇，她的嘴角扬起快乐的笑意，他索性握住她的手腕，身体微微向下倾斜，将她压倒在柔软的大床上。他的吻继续往下落，再不是之前的温柔轻吻，而是热烈得像要把她生吞入腹。他紧紧封住她的唇，掠夺她所有的甜美，他温热的气息夹杂着葡萄酒的香味，让她喘不过气，身体里的某种东西似乎被他点燃了，炽热难耐。

因为缺氧，她的脑袋昏昏沉沉，完全失去了判断能力，他已经松开她的唇，她依旧觉得窒息燥热。

她忍不住轻轻地哼了一声。

司昭南那颗激情难耐的心再也按捺不住，他开始疯狂地亲吻她，温热的嘴唇沿着她纤细的颈项往下滑，又酥又麻的感觉反而让她不习惯，她试着想推开他，他烫得像火炉一样的胸膛硬得像墙，她抵在他胸膛上的手臂无异于螳臂当车。

他的吻来到她的胸前，肤白胜雪，美好的弧形半隐半露，撩拨着他最后的理智。

司昭南摸到她胸前的纽扣，愣了一下，声音温柔："可以吗？"

他尊重她的意愿，不希望天亮之后，她会后悔懊恼。

夏一心仰面看着他，激情还没有完全模糊理智，轻轻地摇摇头："别这样，我还没有想好。"

她没有拒绝婚前性行为的传统思想，她也知道在这座纸醉金迷、物欲横流的城市里，男欢女爱、激情泛滥是很正常的事。她喜欢司昭南，带着仰慕的爱，只是现在还不是水到渠成的时候。

他松开她，用手把她额前的乱发别到耳边，不好意思地笑了笑："牛奶热好了，下去喝吧。"

星期天何芸竹有事要办，夏一心就选择星期天休假看店，长时间不待在店里，煮咖啡的手艺都生疏了，还差点煮煳掉。

有熟识的客人进来跟她打招呼，说她现在倒成了店里的稀客。司昭南下班就往咖啡店跑，要跟她一起吃晚餐。过惯了每天绕着工作转的日子，他很期待下班后恋爱生活的新体验。

司昭南说："我该好好秀一秀厨艺的，只是现在赶回去做太晚了，就叫外卖吧。"

公司附近的馆子几乎被他们吃了个遍，他说："我记得那天路过春晖路的时候，你说边上那家的小龙虾好吃，就叫那家吧。"

夏一心坐在吧台里，用手支着下颌，手掌把脸颊遮住，侧头，悄悄地笑着。她常听到别人抱怨，有才华的长得不好看，长得帅的不赚钱，挣钱多的不顾家，顾家的没出息，有出息的不浪漫，会浪漫的靠不住。司昭南似乎把优点都占全了，缺点一点也没有，自己的爱情运向来坎坷，是不是就是为了等待他的到来?

司昭南看着她："傻妞，笑什么呢?"

她赶紧收起笑容："我哪有在笑。"

司昭南剥小龙虾的技巧让夏一心大开眼界，她和芸竹都喜欢吃小龙虾，两人有时候下了班去夜宵店，一次能剥五六斤。他轻轻去掉虾头后，在虾身的两侧一捏，肉就完好无缺地被抽出来，连虾线都粘在壳上，夏一心惊喜地说："你是怎么做到的？"

他笑着说："我老家的水塘里到处都是这个，小时候吃太多了，所以现在不怎么喜欢。"

司昭南买东西，也是依据她的喜好来买。

他说："今天霍光宗给我打电话了，约我找个时间跟他好好谈谈。"

真是意外的惊喜，夏一心追问："你们在电话里聊了些什么？"

司昭南说："都是些客套话，不过听得出，他很着急，他需要一个有能力的人去对付蒋筝，大概想来想去，只有我最合适，毕竟光启带给他的荣耀，让他无法坐视不理。"

夏一心很高兴："那我们有跟光启继续合作的机会喽？"

"我会全力以赴，只是……"他有些犹豫，顿了一下，说，"我希望你不要参与到这件事里，会很危险。"

离真相越近，就意味着离危险也越近。

司昭南说："如果能继续光启的项目，我想带江泽过去。"

"不行。"夏一心说，"我已经知道他跟我父亲的失踪有关，就做不到视而不见，而且光启的项目我已经做了很多前期工作，换成江泽，他又要从头再来，会很麻烦，也会让对方觉得我们不专业。"

司昭南知道劝不动她，于是提醒："如果再次跟光启合作，有任何动向，你一定要告诉我，不能再鲁莽行事。"

司昭南比自己更深谋远虑，有了前车之鉴，夏一心是不会再轻举妄动了。

芸竹推门进来的时候，桌子上已经堆了一堆红虾壳。夏一心正津津有味地喝着可乐，芸竹说："有情况呀！"

夏一心笑着问："你怎么过来了？我以为你办完事就直接回家了。"

芸竹噘着嘴："我要是直接回家了，就撞不到你的奸情了！"

"谈恋爱而已，奸情？被你说得这么难听！"

芸竹凑上去："哟，能自己说出来'谈恋爱'三个字，真是不容易，快说，是谁？"

然后她又指了指桌子上的龙虾壳："这个人很有心机嘛，吃饭都知道点这种聊天神器。"

"聊天神器？"夏一心觉得芸竹脑子里新奇的想法很多。

芸竹解释："小龙虾要两只手剥，就没法玩手机，不就得一边剥一边聊天吗？"

司昭南上卫生间去了，回来的时候看到芸竹，笑着说："好久不见！"

芸竹一看到司昭南就两眼放光，对着夏一心竖拇指："你还真行，丢了芝麻，还真捡个大西瓜回来。"

芸竹赶紧站起身："你们慢慢聊，我只是有东西落在店里了，回来取。"

事情进展比想象中快，不过一个星期，司昭南就跟霍光宗谈妥，继续之前未完成的项目，最主要的是，要和蒋筝暂时建立和谐的关系，才能让光启渡过难关，这个中间人，必须由司昭南来做。

在夏一心看来，这几乎是个不可能完成的任务，霍光宗跟蒋筝共事三年，两个人的矛盾日积月累，就像结在铁上的锈，要清除干净，非一朝一夕能成事。司昭南的看法却恰恰相反，正因为他们的关系特殊，才需要有个妥当解决的办法。

霍光宗和蒋筝都是大忙人，司昭南把两个人约去江洲市郊一家度假酒店进行为期三天的培训，这三天，他要求两人关闭手机，暂时不与外界联系，仔细想想自己在工作中需要对方配合的地方，方便交流。

司昭南一个人飞去了江洲，等霍光宗跟蒋筝的问题解决后，夏一心再过去，否则做再多工作也是徒劳。

秦烁打来电话，大呼小叫道："你真的跟司昭南那厮在一起了？"

肯定是芸竹说出去的，夏一心说："是在一起了。"

"你在哪里，我现在要见你！"

夏一心把秦烁约到了咖啡店，他急匆匆地赶过来，见面就说："你干吗不提前告诉我一声？"

"我谈个恋爱为什么要告诉你！"她已经习惯了秦烁对她的恋情大惊小怪，然后强烈反对。

秦烁叹着气："一心，你怎么不等等我呢，我已经变了，不再是以前那个一天只知道吃喝玩乐的纨绔少爷，我跟着郑劲松一点一点地学，现在很多事他都放手让我去做，我相信过不了多久，爸就会信任我，把公司交给我了，到时候他肯定也会同意我们在一起的。"

夏一心蹙着眉头："我以为那天你逃婚跑到公寓来找我的时候，我就已经说得很清楚了。烁哥哥，我们之间不可能的，我很珍惜你对我的好、我们的友谊，我不希望到最后连朋友都做不成。"

秦烁赶紧把矛头移到司昭南身上："我还以为那厮追求你不过是对我的激将法，没想到他玩真的，不公平，太不公平了，我还没跟他一试高下呢！"

夏一心白了他一眼："别越说越离谱，我又不是物件，谁赢就是谁的，我知道要跟什么样的人在一起。"

秦烁不服气："你什么都好，就是眼神不好，你看之前的林承志，我说那小子一看就不是好东……"

夏一心瞪着秦烁。

秦烁担心夏一心会发火，只能住嘴，但他还是不甘心地说："反正我不会放弃的，那厮不合适你。"

Chapter 22

夏一心睁开眼睛，灰蒙蒙的天空让人觉得压抑，喘不过气，她坐在窗边，窗口正对着花园的中庭，中庭的黄桷树是父亲亲手种下的，每天傍晚，父亲的车会从大门口开进来，围着黄桷树绕一圈，再开进车库。

汽车围着黄桷树绕圈的时候，父亲会按响喇叭，她就会听到。这是他们的约定。

她呆呆地坐着，期盼着那个身影再次出现，可有人告诉她，父亲或许永远回不来了。

眼泪滑过脸颊，她低头轻轻抽泣着，在一个人的房间里，她不用坚强，可以肆意地发泄。

突然，一只手放在她的肩头，吓得她颤抖了一下，回过头，是秦宇川慈爱的脸。

父亲失踪前有三个好友，除了秦宇川之外，另外两个对她很疏远，警察根据收集的证据推测，父亲是被熟人绑架的，所以人人自危，不敢在这个节骨眼上接近她，怕被误会居心叵测，只有秦家人对她处处照顾。

秦宇川说：“一心，这个时候你一定要坚强，不能让别人看出你很伤心，要坚信你父亲会回来。”

她故作坚强：“嗯。”

“收拾一下，跟我下去见见客人。”

她收起眼泪：“我不去，他们都假惺惺的，有什么好见。”

“就算做做样子也得去！”

父亲失踪让她成了媒体的焦点，外界一直传言，父亲五年不归，她就会成为上亿财产的唯一继承人，庆市最年轻的女首富。如果不是因为这个，估计没多少人会来看她吧！

秦宇川蹲下身，轻抚她的发顶：“好孩子，就算是为了你父亲。”

夏一心视线里出现一堆人脸，熟悉的、陌生的、男的、女的、老的、小的，她目光茫然，凶手会在里面吗？

是谁？是谁？这个问题扼得她无法呼吸。

一张帅气青涩的脸慢慢放大，走过来的男孩儿递给她一枝玫瑰花，她说：“烁哥哥，拜托你不要摘院子里的玫瑰好吗？那是我爸亲手种的。”

秦烁不好意思地摸摸头：“太好看了，没忍住。”

他依旧把花递给她：“一心，你别难过，等你长大了，我娶你，保护你！”

年少的她笑了：“你真的会娶我吗？”

“一心！一心！夏一心！”

夏一心被司昭南给拍醒了，刚才的场景只是一场梦，她揉了揉太阳穴，日有所思，夜有所梦，最近她老想着老爸的事，做梦时就回到了从前。

她又揉揉眼睛，看着司昭南严肃的脸，迷迷糊糊地问：“你回来了？”

他问："你刚才说谁要娶你？"

夏一心现在脑袋里一片混沌，什么都想不起来："我有说吗？"

"别想蒙混过关，我听得很清楚。"

她的眼睛一下红了："刚才在梦里，梦到以前的事，有点难过。"

司昭南扶她坐起来："很困吗？让你来帮我给花儿浇浇水，你竟然躺在沙发上睡着了，也不拿被子盖一盖，当心感冒了。"

有客户送了司昭南两盆名贵的兰花，这种兰花娇贵得很，每天都要细心打理，他出差了，就把这件事交给她来做。司昭南想着以后她会是这屋子的女主人，让她经常进进出出，可以提前熟悉这里。

夏一心浇好水，就到楼上参观他的书房。司昭南喜欢看书，买了各种书籍，天文、地理、历史、哲学、金融等专业书籍，密密麻麻地塞满了整壁柏木书架，难怪他能口若悬河、侃侃而谈。

夏一心拿了本书靠在柔软的沙发上看，不知不觉就睡着了。她问："光启那边的事怎么样了？"

司昭南说："这次效果还不错，让他们两人当着面把工作和想法交涉一下，增进彼此的了解，以后在工作中才能相互理解。我把光启集团目前的危机跟他们说了一下，尽管两人在经营理念上大相径庭，但都不会拿公司的利益来开玩笑。"

霍光宗是个实干派，一直管理着公司，特别是在生产标准化这方面，很有建树，是不少同类公司学习的榜样。而蒋筝是个活跃派，他在国外留学，有很多大胆新奇的想法。这样两个不同性格的人在一起共事，有利有弊，要想让这两个人静下心来往同一个方向努力，除了面对面沟通，司昭南还向两个人施了一下"压"，局势紧迫，没有太多的时间让他们犹豫思考，只能合作。

司昭南总能化腐朽为神奇，夏一心再次对他刮目相看，也更加肯定，自己的选择没有错。

她又问："我们什么时候能过去？"

“后天。”司昭南说，“下飞机的时候接到秦老板的电话，让我明天去一趟天临集团，有事找我商量。”

秦宇川在收购了莲初连锁之后，也拥有了一条成熟的物流配送线，这两年物流行业发展得如火如荼，秦宇川也想利用自己的优势去分一杯羹，但在投资之前，希望听听司昭南的意见。

司昭南从秦宇川的办公室出来，在电梯口遇到秦烁，他笑着和秦烁打招呼：“真巧。”

秦烁说话素来直白：“我等你老半天了，你跟我来，我有话跟你谈。”

秦烁领着司昭南去了天临的休息间，现在是工作时间，休息间里没有人。进去后，秦烁就质问他：“你非得从我这里抢走一心？”

司昭南感到无奈：“这不叫抢吧？窈窕淑女，每个男人都有追求的权利，至于谁追得到，各凭本事，没有什么抢不抢的。”

秦烁皱起眉头：“你知道我喜欢她很久了。”

司昭南也不示弱：“这不是时间长短的问题，是合不合适的问题，我能无所顾忌地爱她，让她随心所欲地做自己，你能给她什么？”

秦烁哑口无言，他的心是真诚的，但父亲是他最大的阻碍，他嘴上说得轰轰烈烈，但十年了，始终没有跨过父亲那道坎。

司昭南看得明白，问：“如果有一天，你父亲……我只是打个比方，如果你父亲要伤害一心，你会怎么做？”

“我会挡在他的面前！”秦烁毫不犹豫地说。

“希望你能做到！”司昭南笑了，轻轻拍了拍秦烁的肩头，然后转身走了。

秦烁知道他的笑容带着嘲讽，自己连在父亲面前提跟一心在一起都没有胆量，哪里还谈得上保护她？

他们这次去江洲，预计要一个月左右的时间。夏一心拿了一个大箱子，把衣服和生活用品装进去。

司昭南带了晚餐过来，是他亲手做的三明治。

这次去江洲，司昭南一共带了六个人，除了夏一心之外，还有他的老搭档江泽和郝丽。原本江泽手里有独立的项目，但司昭南觉得此事事关重大，自然要用放心的人。此外他还带了两个实习生做助理。

这次要他们对光启产业的整个运营管理系统、供应链、持续化的管理系统和财务进行全方面评估，工作烦琐，责任重大。

夏一心好奇："当初霍光宗和我们解除合约的时候，那么坚决，不留一点余地，为什么突然又重新跟我们合作呢？"

司昭南说："半个月前，《江洲日报》上刊登了一篇社评，文章客观地分析了光启产业近几年的发展情况，尤其是他们两年前收购文胜转动装置厂的时候，违反协定弃用了原厂的很多职工。那段时间，一起民工欠薪案正在舆论的风口浪尖上，外来农民工和基层工人的生活受到领导的高度重视，所以这篇社评一经刊登，一些地方的新闻媒体就转载，光启立即成为舆论的焦点。光启的股票第二天就跌停了，让霍光宗不得不着急。"

那篇报道是谁的主意，不言而喻。

司昭南问夏一心："我通过特殊渠道看过夏爸爸失踪案的卷宗，我想知道当时的你看到了什么。"

夏一心的笔记本电脑里一直保存着几张父亲失踪后警方在离别墅不远的树林里拍摄的照片，父亲那辆黑色的凯迪拉克在朝阳里却显得孤寂又冷清，打开的车门里，父亲的物品都留在车上，钱包、手机……

这些照片夏一心看过很多次，但每一次看，她都激动得难以自制。

她捂着嘴，怕自己会哭出声来。

司昭南拿过她的笔记本电脑："让我仔细看看。"

这些照片他在卷宗里看过，不过他习惯一次又一次地看，他常说的话就是，线索总是藏在一些细枝末节的地方，等待你去发现。

当时警察判定为熟人作案，因为前一天傍晚下过小雨，路有些泥泞，车轮滑过是会留有痕迹的，而当时地面上的痕迹就只有这辆凯迪拉克的。车开到它最后停留的位置，夏爸爸就下车了，朝着旁边树林深处走去。

那是一片荒芜的树林，里面没有人家，除了与熟识的人相约，谁都不可能会下车单独过去。树林里杂草太多，进去之后，脚印就消失了，夏爸爸应该就是在那里被绑架的。

司昭南说："警察勘查行车路线的结果是，夏爸爸的车从别墅开出，进入不远的思伊小镇，然后在返回途中被劫持。我在想有没有这种可能，夏爸爸在思伊小镇上已经被人劫持，然后绑匪开着他的车返回，穿上他的鞋走进树林。"

夏一心说："警察当初也有过这样的设想，但我爸那辆凯迪拉克是定制的，装有防弹玻璃，而且改装过，如果不是很熟悉的人，刚开始用起来会很麻烦。但从行车痕迹来看，车的返回路线非常顺畅，中途连停顿都没有，那个时候郊区没有天网，证据收集就不是太齐全。"

司昭南疑惑："那辆车平时都有哪些人在开？"

"我爸和林伯伯。"

司昭南问："是林承志的父亲？"

"是的，警察也曾怀疑过他，不过案发的时候，他回老家探望母亲去了，而且有他病重的老母亲和一干亲友作证，所以他的嫌疑被排除了。"

这起案件已经过去十年了，除了上述这些证据外，再无其他线索。所以夏一心才着急，才会死死抓着那张图纸的线索，焦躁难安，担心再错过这次的线索，父亲的下落就真的要石沉大海，永无音信了。

她心里明白，父亲是不可能再回来了，或许早在十年前，他就被人害死了，但即使父亲现在只剩下尸骨，她也要找回来，让父亲在夏家的墓园里落叶归根，把凶手绳之以法。

司昭南紧紧握住她的手："我们一定能找出真相。"

夏一心揉了揉酸痛的脖子，抬起头，大家都在有条不紊地工作，气氛严肃，她悄悄地走出去，在外间拿了一瓶柠檬水，走到长廊上。

栏杆的外面就是光启整齐的厂房。今天天气不错，光滑的外墙在阳光的照射下，就像璀璨的宝石。

这景色，像极了当年的朝峰。夏一心的父亲最喜欢在晨光中注视它们，那个时候她还小，不知道父亲在看什么，现在想想，父亲看到的除了希望，还带着一种苦尽甘来的喜悦吧。

司昭南轻轻拍了拍她的肩头，问："看什么呢？"

他是从外面进来的，夏一心问："霍光宗又约你谈什么了？"

"光启之前与一家国外的公司签订了十年的出口协议，眼下正是合同到期的时候，霍光宗心里着急，因为限摩令和其他问题，国内市场一直在缩减，很多大型摩托生产厂家都在找出路，听说已经有好几个厂家跟国外的公司接洽过，他担心会有变故。"

夏一心冷笑，盗取别人的东西也风光不了一世，面对风云变幻的市场，迟早是要还的。

喝果汁的时候夏一心轻轻仰头，她感到颈椎又在隐隐作痛，不禁蹙紧眉头。司昭南说："我帮你按摩一下。"

夏一心朝他挤眼："要是被同事看到了怎么办？"

司昭南没好气地说："如果我俩一直在九罭工作，难道得一辈子地下情？"

有他这样优秀的男朋友，夏一心是喜悦的，巴不得让所有人都知道。但办公室恋情容易引人闲话，而且他还是大老板。上次华孟的事还让她心有余悸。夏一心说："缓缓吧，等光启的项目结束再说。"

司昭南摇了摇头，她平时工作起来干练通达，一点不拖泥带水，现在却扭扭捏捏，让他心里很不痛快。

“司总，你回来啦！”一个实习女生的声音打断了两人的闲谈。

女孩子拿了瓶装的橙汁递给司昭南：“司总，你辛苦了！”

司昭南接过来：“谢谢。”

听到他的道谢，实习女生的脸上笑开了花儿。

夏一心脸色一僵，转身走进了工作室。

她突然意识到，如果不公开跟司昭南的恋爱关系，肯定有很多女孩子会对他大献殷勤。现在的女孩子们可都不是瞎子，优秀的男人，攻陷一个就少一个。于是夏一心心里生出一股危机感。

在工作区，实习小女生用娇嗔的语气向司昭南撒着娇：“司总，我们来这里也有一个星期了，天天看资料，眼睛又酸又胀。刚来公司的时候我听前辈说，你提倡劳逸结合，我是第一次来江洲，人生地不熟的，你能带我们去放松放松吗？”

郝丽插一句：“你想怎么放松？”

女孩子红着脸：“就是四处转转呗，江洲的风景挺不错的。”

司昭南说：“这个星期天，我们去红翠岭走走，听说那里的鱼不错，我请客。”

玩归玩，但工作仍是首位，话音一落，他立即变得严肃起来，说：“现在开会，把每个人手头的工作汇报一下。”

夏一心首先说：“光启走的一直是大品牌路线，对于授权的加盟商，评估的标准和保证金门槛比较高，现在市场很不景气，这无疑将很多实力稍弱的加盟商拒之门外。我建议放低标准，不收或少收保证金，并对加盟商门店的标准、形象和发票进行统一规范。”

司昭南点头：“缩产不代表没有市场。稳定企业的基础，就是在原产品的销售上进一步扩大市场。”

他随即看向郝丽，郝丽说：“我发现光启在售后服务这块的费用每年都非常低，低于行业标准，这并不是好的现象，具体的情况我需要进一步核实。”

司昭南补充：“国内摩托车市场较为混乱，大部分城市中的摩托车购买者都选择购买价格低廉的拼装摩托车或二手摩托车，以此减少在限摩区域行驶时被没收的损失，而限摩政策也使得国内正规摩托车厂商不愿研发和生产高端摩托车。同时一些没有出台限摩政策的中小城市由于消费能力不足，消费者也倾向于购买低端摩托车，这使得低端摩托车逐渐成为正规厂商研发的主力产品，忽视了高端摩托车的生产。此外，中小城市消费者对于价格的敏感也使得很多厂商陷入了价格战的怪圈，这不是一个良性的市场发展趋势。”

江泽把做好的记录拿出来：“我跟司总讨论过这个问题，我俩都觉得未来高端摩托车和重型机车会有很大的市场。越是没有人愿意做的东西，越有发展空间。”

江泽把一组数据发到共享群里，说：“这是我收集的国内几家大型摩托车厂家的出口数据，虽然我们的摩托车一年能卖出这么多，但是有一个不争的事实，那就是我们的摩托车和雅马哈这样的大品牌还是有不小差距的，我们的摩托车企业应该想的是如何把摩托车的质量提上去，而不是一味追求数量。”

最近一直忙着项目的事，夏一心几乎没什么时间去调查父亲的案件，这让她很焦躁。她决定从蒋筝身上下手，看看那个所谓的幕后老板是何方神圣，是否跟父亲的失踪案有关。

秦宇川的秘书是个IT男，以前在老家做过私家侦探，专门帮别人调查婚外恋之类的事件，后来被朋友介绍来天临集团上班。他跟秦烁年龄相仿，两人很是合得来，一来二去的，就跟秦烁私下成了铁哥们儿。

秦宇川找秦烁麻烦的时候，这个朋友时常给秦烁通风报信。

前两年何芸竹怀疑她老爸有外遇，秦烁自告奋勇说可以通过电话号码找人，在拿到何爸爸的身份证之后，秦烁就让这个朋友把何爸爸的聊天记录给拉了出来，最后找到了何爸爸的外遇对象。芸竹拿出庆市妹子特有的泼辣劲儿，把“小三”打了一顿，何爸爸自知理亏，也就回归家庭了。

夏一心觉得可以找秦宇川的这个秘书帮帮忙。她打电话给秦烁，希望秦烁能让他那位哥们儿帮忙把蒋筝的通话记录拉出来看看。

秦烁一接到她的电话就开始诉苦，说她没良心，只有要帮忙的时候才会想起他。

夏一心说：“行了，要帮就帮，不帮拉倒。”

“别，举手之劳，肯定帮，办好了，你得承认欠我一个人情。”

“行。”她把号码发送过去，看他又耍什么花样。

星期天，司昭南一行人去红翠岭登山。红翠岭最高的地方叫盘龙峰，山不高，步道蜿蜒，中间还有供人休息的凉亭。大家都被沉闷的工作压迫了两个星期，集体出游正好可以让公司里所有的人更好地融合在一起。

一改工作时的严肃，大家都换上了运动装。他们全是俊男靓女，走在那里就是一道引人注目的风景线。司昭南似乎永远鹤立鸡群、让人仰望。一路上，他都被两个实习女生围着。夏一心瞥了他们一眼，主动隔了一段距离，跟江泽和郝丽一起走在后面。

江泽看着司昭南被两个女生缠得脱不开身，在后面忍俊不禁。

郝丽问：“有什么好笑的？”

“司总在工作上可以说是八面玲珑，没有他搞不定的客户，但偏偏面对年轻女孩子，就没那么游刃有余了。”

郝丽没好气地说：“她们以为缠着司总，司总就会喜欢她们？”

江泽跟郝丽关系好，两人说话也直白：“那你就不懂了，俗话说‘女追男隔层纱’，感情都是聊出来的，说不定就合口味了呢？”

郝丽白了他一眼：“我去卫生间。”

夏一心平时在办公室里久坐惯了，缺乏锻炼，走了一段路就上气不接下气，只得坐下来休息，反正上下山的路就只有这一条，不用担心会走丢。

她休息了十分钟，抬起头，发现大家已经消失在前面两块磐石形成的“一线天”路口。她想快步追上去，可走了一段路，又走不动了，见旁边有一处凉亭，里面还放有供饮用的纯净水，就在饮水机的柜子里拿了一个一次性的纸杯。她接上半杯水，刚喝了两口，一只大手突然搭在她的肩头，吓得她差点丢掉手里的杯子。

她回过头，发现竟然是司昭南，有点惊讶：“你怎么在这里？”

司昭南抓住她的胳膊，说：“跟我来。”

司昭南拉着夏一心走进旁边的樟树林，将她轻轻抵在粗壮的树上，什么都没说，低头就准备吻她。夏一心侧过头：“被同事看到怎么办？”

司昭南说：“不会的。”

最近这段时间，虽然两人天天见面，却要装得跟普通上下属一样，谨言慎行，更没有独处的时间。

夏一心太在意别人的目光，所以不会主动靠近。

司昭南抬起她的下颌，低头用力地吻住她的唇，为了防止她抵抗，还握住她的手腕，轻轻地扣在两侧。

夏一心感受着他炽热的吻，紧绷的情绪慢慢缓和下来，开始热情地回应他。

“司……总……对不起……我……”

郝丽红着脸从后面的草丛里钻出来：“我掉队了，现在就赶上去！”

说完，郝丽一溜烟地跑了。

夏一心捂着脸：“完了完了，这下公司的人都知道了。”

司昭南很淡定：“知道了挺好的呀，免得跟你谈恋爱像做地下工作似的，累得慌。”

夏一心转身就要走。司昭南伸手抵在树干上，拦住她的去路：“再吻一下。”

她蹙着眉头：“快走吧，我们已经落下很长一段路了。”

司昭南耍起了赖皮，非得吻了再走，直到夏一心仰起头，贴着他的唇瓣亲了一下，才心满意足地拉着她：“走吧。”

两人登到峰顶，江泽正在跟两个小女生聊天，郝丽独自坐在另一边的石凳上，脸上表情气乎乎的。

司昭南索性牵着夏一心的手走过去，夏一心想挣开，手却被他握得紧紧的。

江泽最先看到他们两个牵着的手，笑着问：“我错过了什么精彩的故事？”

司昭南说：“是挺精彩的，可惜不能跟你们分享。”

过了一会儿，司昭南和江泽去旁边抽烟了，一个实习女生凑上来问夏一心：“你是怎么追到司总的？”

夏一心红着脸说：“日久生情，就跟普通谈恋爱一样嘛。”

郝丽话里透着酸溜溜的醋味：“司总到底看上你哪一点？”

这些都在夏一心的预料之中，她傻笑道：“运气好而已。”

夏一心很久没有运动了，下山之后，小腿酸痛，而且饥饿感特别明显，肚子咕咕地哼了两声。为了犒劳大家，司昭南请大家在山脚下的农家小馆吃晚餐，吃多了酒店的自助餐，突然吃一些新鲜的农家小炒，也别有一番风味。

餐桌是圆桌，司昭南最先入座，夏一心瞥了他一眼，故意与他隔开了两个座位。他问：“你就不能主动坐到我旁边吗？”

江泽在一旁玩笑道：“一心，别害羞了，我巴不得司总赶紧有女朋友，免得他夜里寂寞难耐，拉着我加班。”

走了一天的山路，大家都累了，吃完饭就回了酒店休息，第二天还有一堆工作需要处理。夏一心走到房门口，正想开门进去，司昭南握住她的手："去我那里坐坐。"

跟在后面的几个人笑了笑，没作声，各自回房间去了。

司昭南住的是套间，外面的小客厅里堆满了资料，深夜时他就在这里加班。

夏一心被司昭南领进卧室。他用双手圈住她："终于可以不用顾忌地抱着你了。"

夏一心把头埋进他的怀里。由于最近处于高强度的工作中，如果此刻不是在他温暖的怀抱中，她都快忘了两人在恋爱了。

抱了一会儿，司昭南松开她，说："明早一起跑步。"

"可能起不来。"

"我看你今天走那么一小段路就累得喘气，肺活量太小，以后得多运动，我监督你。"

夏一心笑了："我怎么感觉你是老天爷派来的？让我经受'劳其筋骨，饿其体肤，空乏其身'的检验。"

司昭南用手轻轻刮她挺拔的小鼻子，说："这个动作只能属于我，还有就是，从今以后，我叫你一一。"

"不好听。"夏一心想故意装出生气的样子给他看，心里的甜蜜却是假装不了的，扑哧一声笑了。

她问："你有没有找到我爸失踪案的线索？我这段时间天天在办公间里看资料，这些资料都是外部运营的，根本发现不了什么。你最近跟他们的接触比较多，有发现什么吗？"

司昭南摇头："暂时没有，光启的财务情况不是很乐观，霍光宗这两天忙贷款的事去了，这个星期我只见过他一次。"

线索倒是有，他却不能告诉她，她知道得越多，危险就越大，有些东西不是弱小的她能背负的。早在司昭南决定回国为夏爸爸的案子查清真相时，他的另一个生活目标就是为夏一心挡风遮雨，不再让她受一点痛苦和伤害。

初步方案已经做出来了：他们要在尽可能扩大市场份额的基础上，进军高端重型机车市场。

霍光宗对司昭南是信任的，也相信他们团队的能力，方案却遭到了蒋筝的反对。

蒋筝提出光启根本不具备生产重型机车的技术，如果转型，只有自主研发和寻求技术合作两种途径。

自主研发需要大量的资金、人力和时间，就光启现在所面临的情况来说，根本就不可能实现，那就只能寻求技术合作。

选择技术合作有很多弊端：第一，如果出现质量问题，很难判定责任方；第二，对光启自身的发展会有限制；第三，国外市场和国内市场不一样，投产肯定会有一个较长的磨合期，不如全力挖掘现有的市场，稳扎稳打。

会议室里，夏一心看到了霍光宗怒不可遏却又不好发作的表情。

在她看来，蒋筝的确是在故意为难霍光宗。从蒋筝此前的言谈举止来看，他是个思维开阔、想法大胆的人，但真到了面临选择的时候，却畏畏缩缩，实在不像他平时表现出来的那样。

方案只能暂时搁置。

秦烁把蒋筝的通话记录发过来了。蒋筝联系最多的一个号码，经过查实，竟然是庆市一个做房地产的老板。这个人夏一心认得，是庆市的氏族大家，发家史可以追溯到民国时期，以这个人那样的家境、低调的为人，根本不可能做出杀人窃图的事，光启只能算是他的众多产业之一罢了。

想到这里，夏一心觉得很可能是霍光宗用某种手段偷取了图纸，然后拉上这个人入伙，想必这个大股东也被蒙在鼓里。

Chapter 23

夏一心起床的时间晚了。眼见着去光启总部的车快到了，她简单地洗了脸，把头发扎成马尾就往餐厅走。她昨天晚上胃不舒服，吃得少，早上起来时饿得慌，这会儿要赶紧去餐厅吃两口压一压，否则没办法打起精神来工作。

酒店餐厅的客人很少，夏一心一进去，就听到有人在叫她："夏姐姐，坐这边。"

是那两个实习的女生。

她向来对这两个人敬而远之，在她跟华孟的事闹得沸沸扬扬的时候，这两个人可没少说闲言碎语。

但别人都主动叫她了，她又不好当面闹翻，只得过去。

夏一心拿了一片面包和一杯牛奶，刚坐下，一个女孩子就问："夏姐姐，你是怎么把我们老板搞到手的，传授两招呗？"

夏一心听着烦，在她们嘴里司昭南仿佛是战利品，得到他，是胜利者可以炫耀的资本。

她露出得意的笑："我也不知道耶，可能是长得比较好看吧！"

两个女生的脸一下就僵了，似乎没见过这么自恋的人。

有一个女孩子不服气："我听说你以前是首富的女儿，你家跟现在庆市很多富豪家都有深交，司总初来乍到，需要人帮忙，他跟你在一起，会不会是因为这个？"

夏一心不以为然："这也没什么呀，我有人脉，也是我的优点，对不？"

两个女孩子的脸色更难看了，感觉占不了夏一心便宜，两人起身说："夏姐姐，你慢慢吃，我们先走了。"

两个实习生一走，司昭南就进来了。他穿着运动衣，显然刚刚跑完步，不知道刚才的对话他听到没有。

司昭南说："不是让你早点起来跑步吗？又偷懒。"

夏一心却反驳："你又不来叫我，当然起不来。"

公开他俩的恋爱关系，会给她在工作上的发展招来诸多非议。哪怕她真的用心工作，也会被人诟病是因为得到司昭南的佑助。之前司昭南还担心内敛的性格会让她觉得压抑，刚才无意中听到的对话，却让司昭南轻松不少——她比他想象的豁达。

夏一心说："我只是遇到一个情投意合的男人，他恰巧有睿智的头脑、帅气的长相，还有卓越的领导才能。以前是我想太多了，现在觉得干吗要在意别人的看法，只要自己活得问心无愧就行了。"

秦宇川看到秘书在打印通话记录。他庆幸自己多看了这一眼，不然也不会知道夏一心在调查蒋筝。他隐隐感觉要出事，所以把通话记录调换了。

秦宇川给霍光宗打电话，质问道："为什么让九戬的人回去工作？"

霍光宗早知道他会有这么一问，既然对方知道了，也就没什么好回避的："前段时间的新闻你也看到了，公司内部情况你也明白。你找的那个蒋筝，处处摆架子，根本不把我放在眼里，我需要自己的智囊。"

秦宇川厉声责备：“上次我不是说得很明白了吗？你可以去上海请更好的咨询公司！”

“找来的新公司，还要重新做调研、写报告，我可等不起。光启只是你名下众多产业之一，它却是我的全部。远水救不了近火，现在公司已经困难重重，你还来给我设置障碍！反正我已经定了，就用他们！”

不想再跟他啰唆，霍光宗说完就把电话挂了。

他不能任由秦宇川摆布，要赶紧在股东会上对方案进行表决，然后大刀阔斧地干起来。

霍光宗随即又拨了一个号码出去，说：“后天的股东会，我不想看到蒋筝，你们想办法让他留在公寓里。不在公寓也行，什么酒店、夜总会，你们自己看着办！”

“不好办？

“有什么不好办的？我不管过程，只要结果，再不然，你们把他打晕了，随便扔哪里都行！”

挂了电话，他仍觉得不放心，于是又拨了一通电话出去，带着爽朗的笑声说：“尹大哥，尹正老哥，是我，光宗。

“唉，别提了，钱多压死人，我这不实在没办法才来求你，如果不是夏翔文死了，哪有兄弟我的今天？你的大恩大德我是不会忘记的。

“好，后天我们郭庄见。”

霍光宗把手机往口袋里一放，把拿在手里的茶一饮而尽，然后转身离开了露台。

露台的另一端，夏一心躲在水箱的后面，脸色惨白。她原本只是觉得办公区里太闷了，想呼吸一点新鲜空气，清醒一下大脑，可刚到露台门口，就听到霍光宗打电话让人阻止蒋筝参加股东会，于是一股怒气从她心里生出。霍光宗果然是个不择手段的卑劣男人，慈善和宽容只是他外面披着的皮。这样下去不好，蒋筝会有危险的。

没想到更让夏一心意外的是，她刚才从霍光宗的嘴里听到了父亲的名字，还有尹正。尹正是父亲和秦伯伯的好友，当年警察就推断过是熟人作案，看来案子的关键就在尹正身上。

后天要在董事会上对项目的方案进行PPT演示，文稿由夏一心来做。

她需要把江泽和郝丽交上来的资料进行汇总，再进行编辑和排版。

一下午，她都心神不宁，老是打错字。

司昭南当着其他人的面责备她："夏一心，如果心不在焉就别做了，回去休息，什么时候静下来，什么时候再做！"

她低下头，收拾好电脑，就往外面走，刚走到电梯口，司昭南就追出来问："你今天到底怎么了？"

夏一心的眼神充满了焦躁和不安，司昭南拽着她往车库走，然后开车把她送回了酒店。

一直到进入司昭南的房间，他才说："你现在可以说了。"

夏一心心跳得很快："我刚才在露台那里听到霍光宗在打电话。他担心大股东会让蒋筝反对我们的提案，所以让人去对付蒋筝，很有可能会伤害他，让他无法出席股东会。他平时总是一副'大仁大义、为民着想'的样子，原来都是装出来的。"

夏一心的身体颤抖得很厉害："我还听到电话里他称尹正为大哥，还说到我爸已经死了，说尹正的大恩大德他不会忘记。"

司昭南紧紧地抱住她："一心，这个时候不能冲动。"

夏一心大声地哭起来："可我控制不住！我每天都在强迫自己不停地工作，因为只要一停下来，我就想杀了他！我感觉自己快要崩溃了。"

"一心，明天你就回庆市去。"

"我不回去。"

司昭南有不好的预感，如果夏一心继续待在这里，会打乱他原有的计划，也会让她自己置身危险当中。所以，他必须狠下心来："明天我亲自送你回去。现在还不是把霍光宗绳之以法的最佳时机，我们没有足够的证据，打蛇要打三寸，如果不能一击即中，想要再抓住他就很难了。"

夏一心点头：“我知道，我知道，可是……”

司昭南轻轻一带，把她抱到床上，然后把她抱得更紧：“一心，我知道你为了夏爸爸吃了很多苦，正因为有那么多痛苦，我们才要稳住阵脚，等待真相大白的那天。”

愤怒让夏一心的身体绷得像快要断弦的弓箭，司昭南轻轻地吻她，先是额头，再到她带着泪珠的眼睛……

司昭南的吻一点一点往下，从脖子移到胸前。他用一只手将她的双手固定在头顶，另一只手解开她胸前的纽扣，不像以往，他会问、会征求她的意愿，而这一次，该是水到渠成的时候，他直接就做了。

因为哭泣，夏一心的身体止不住地抽搐。司昭南的摩挲与爱抚，她选择接受。她用手紧紧环住他的脖子，或许一场未知、充满神秘的炽热性爱能缓解她快要崩溃的身心。得到她的许可，他开始疯狂亲吻她身体的每一寸肌肤，仿佛只有用这种方式才能让她忘记仇恨。

阳光明媚，把房间照得暖洋洋的。司昭南想要坐起身，却发现身旁的人蜷缩着，像一只充满防备的小刺猬。他揉着她的肩头：“小懒猪，起床了。”

夏一心全身软得不想动，翻身背对着他继续睡。

司昭南轻轻地撩起被子，露出夏一心光洁的肩头，他的手指在上面轻轻地游动，她雪白的皮肤在阳光下泛着红润健康的光泽。

司昭南低头在她肩头轻轻地吻了一下。她闭着眼睛，迷迷糊糊地哼了一声：“怎么了？”

司昭南说：“快起来，中午要去坐飞机。”

夏一心半睁开眼睛。阳光太刺眼，她有点不适应，赶紧把头埋进被子里，懒懒地说：“真的要回去吗？”

她的心情已经平复下来了。

“一一，难道你不相信我吗？”

夏一心相信他所做的一切，也相信他有能力帮助她寻找真相，她说：“如果我什么都不做，怎么安心？”

司昭南轻抚她的脸：“一一，还记得我说的话吗？我只要你开开心心的，其他的，交给我来做就好，至少现在已经有一点线索了，后面的路很危险。”

她还在犹豫，司昭南却很坚决：“等这边情况好一点，我就接你回来。”

“可是这边的工作还没有完成。”

“工作已经接近尾声了，下午郝丽和两个实习生跟你一起回去。”

离去机场的时间越来越近，司昭南很珍惜两人独处的时光。他低下头吻她，再次撩拨她的欲望。

昨晚关着灯，什么都没看清，夏一心只是觉得他的胸口特别暖，手臂特别有力，他的爱特别温柔，现在终于看清了，他胸口结实的肌肉，摸上去坚硬得像堵墙。念大学的时候，有室友在电脑里下载了情色海报，他的腹肌跟海报上的男模特儿一模一样，紧绷着，看起来很有力，还带着性感健康的光泽。

夏一心再往下看，瞬间脸红得跟苹果一样。司昭南问：“你看什么呢？”

想看看重点部位是不是跟海报上的一样，她瞄了一眼，赶紧仰头盯着天花板：“没什么！”

“不老实。”司昭南挠她痒痒，“说，刚才想什么呢？”

又痒又麻，她不舒服，于是双腿不停地踢打反抗。司昭南扣着她的手腕：“既然你不回答，我们就做点别的，比如再来一次？”

夏一心侧头没理他，嘴角的笑意却已经表明了态度。司昭南开始大胆地亲吻她。他的吻让人又酥又麻，夏一心感觉整个身体似乎都不受自己控制，完全在他的掌握当中。他总能恰到好处地撩拨她的欲望，让她的身体和热情都燃烧到极致。

司昭南的吻一直往下，却突然停住了。她问：“怎么了？”

司昭南支起身，笑容灿烂，目光更加炽热。她不好意思地拉过被子，想把自己遮起来："好了，别闹了，我要去收拾行李了。"

司昭南再次掀开被子。夏一心顺着他的目光，看到床单上的两处血渍，脸红得更厉害了。她推搡着他起身："有什么好看的，快去买菜，我好饿。"

他伸手把她搂得紧紧的："谢谢你。"

司昭南一再提醒夏一心不要打草惊蛇，她也不敢贸然去找尹正对质，况且对方不一定会承认。于是她决定暗中打探尹正的情况，看他跟霍光宗到底有什么关系，为什么霍光宗那么信任和感激他。

夏一心、郝丽和两个实习生一起回了公司。第二天上班的时候，不少同事围过来，亲切地叫她老板娘，这一切都在她的预料之中，肯定是郝丽提前给大家传播八卦了。

莲初超市举办周年庆，秦宇川发来请柬，邀请第一功臣司昭南参加，但他身在江洲，只得让顾丛诚代劳。

莲初连锁能有今天这喜人的成绩，九罭占头功，顾丛诚自然成了座上的贵宾。

九罭能够在庆市站稳脚跟，也离不开秦宇川的鼎力支持。顾丛诚一直想拉拢秦宇川，无奈对方只对司昭南信任有加，自己根本就没有机会得到秦宇川的青睐。所以他决定借着今天这个机会，跟秦宇川好好聊聊，如果对方能支持他，说不定自己也能平步青云。

天临集团借此打了一个漂亮的翻身仗，秦宇川被大家簇拥着道贺。酒过三巡，秘书把微醺的他扶到了旁边的休息间。顾丛诚见机会来了，先秘书一步泡了热茶进去，把茶递到秦宇川的手里。

秦宇川问："你是？"

"我是九罭的副总顾丛诚，秦老板，我们见过的。"顾丛诚微微一笑。

秦宇川每天见的人太多，下属、客户、朋友、同盟，不太记得九戥有这么一个人，但又隐隐觉得面熟。

顾从诫笑着说："秦老板不记得我也在常理之中，不像司总，跟秦老板是旧识，更亲近一些。"

秦宇川诧异道："我什么时候跟他是旧识？"

"司总是朝峰孤学院毕业的，跟一心的父亲关系非同一般，秦老板又是一心的伯伯，怎么不是旧识？"

只要一听到夏翔文的事，秦宇川就会心跳加速。他整个人都清醒过来："你说什么？司昭南跟夏翔文认识？"

顾从诫不明白对方为什么会这么激动，只得解释："我也是在一个客户那里看到照片才知道的……"

莲初的周年庆结束后，夏一心没有逗留太久就回家了。出租车上放着音乐电台节目，一个心灵孤独的听众点播了一首《倾城》："红眼睛幽幽地看着这孤城，如同苦笑挤出的高兴，琼楼玉宇倒了阵行，来营造这绝世的风景……"

在霓虹闪烁、人来人往的街头，婉转悲伤的音乐也牵动着夏一心的孤独。她和司昭南分开不过半个月，尽管他们时常会通电话，但此时此刻，那种想念让她心痛难耐。她想念他专注的眼神、温暖的胸膛、结实有力的胳膊，还有与自己耳鬓厮磨时的温柔。

她拿出手机，给司昭南拨过去，那头却转到了秘书台。

夏一心快到家的时候，司昭南才回电话，问她："是不是想我了？"

她深吸了口气，说："是的，我想你，很想很想。"

那头传来司昭南爽朗的笑声："我还在开会，现在出来吸烟，不知道什么时候能结束，回头给你发张照片，你好睹物思人。"

夏一心说："听听你的声音就好了，你忙吧。少抽烟，对身体不好。"

"好的，一一大人。"

"一一大人"这四个字把她逗笑了，"大人"两个字听着觉得特别舒畅。在公司，司昭南是她的老大；在生活中，她是司昭南的老大，这显得两人的关系更加亲密。司昭南已经认定，她在家里至高无上的地位。

"那不打扰你了，早点休息。"

夏一心挂断电话没多久，司昭南就发过来一张他的自拍照。照片背景是一扇玻璃窗，窗外是漆黑的天空，看不到一点星光，从玻璃窗的铝制窗框来看，应该是在光启的会议室里。他比着胜利的手势，瞪大眼睛，露出夸张的笑容，惹得夏一心笑出声来，心里的伤感一扫而空。

司昭南给了夏一心别墅的钥匙，夏一心有空的时候，就会去别墅帮他浇浇花，他的书房是她打发寂寞长夜的好地方。夏一心拿起一本书翻了几页，就听到门铃响了起来。

门口的可视电话里看不见人影，她问："是谁？"

"快递。司先生有礼物要送给夏小姐。"

她赶紧去开门，期盼着司昭南给自己的惊喜。

可就在开门的那一刹那，一只男人的大手伸进来抵住门沿，然后以迅雷不及掩耳之势挤身进屋，她还没看清来人的样子，眼睛就被捂住了。根据对方敏捷的身手和粗暴的动作，夏一心判定对方是个强壮有力的男人。她吓得整个人都精神了。

她听到门被关上的声音，只挣扎了两下，就被对方反身压在小客厅的沙发上。她大声地呼救，才想起这里的别墅间相隔较远，邻居根本就不可能听到她的呼救。

对方的力气很大，一只手压着她的肩头，让她无法动弹。挣扎中，她的上衣领口松散开，露出光洁修长的后颈，身后的人俯身下来，开始亲吻她雪白细腻的肌肤。

男人的唇带着温热，在夏一心的后颈轻轻地滑动。她的背脊一片冰凉，这让她感觉恶心。

她被对方死死地扣着肩头，头被埋进沙发柔软的靠垫里——她叫喊的声音被压低了。

对方本想锁住夏一心的手腕，这样她就只能乖乖就范。没想到她反抗得太厉害，挣开的一只手摸到旁边的台灯，抓起来就向对方砸过去，但手在半空就被握住，男人说："看来你没我想象中的好欺负。"

夏一心听得很清楚，这是司昭南的声音。对方松开手，她转过身，正看到那张心心念念的脸。她扑到司昭南怀里，大声地哭起来："你是个浑蛋，你真的吓到我了！"

司昭南笑着说："我都跟你说了，司先生送的上门服务。"

说完，司昭南将她打横抱起来，大步迈进卧室，把她抛到松软的床上，再用身体轻轻地压住。

现在不是说话的时候，他们两两相望，眼神中的炽热足以让彼此燃烧一整晚。

司昭南亲吻着夏一心的每一寸肌肤，刻骨的思念让他的摩挲微微加重。夏一心皱着眉头轻轻地哼了一声，他赶紧放松力道，却把她抱得更紧。

她喜欢两个人肌肤相贴的感觉。只有摸着司昭南的胸膛和结实的肌肉，她才确定不是在做梦——他就在她身边，紧紧地拥抱着她。

激情点燃了两个原本疲惫的身体，在寒冷的夜里，柔软的床就像远离喧嚣的一叶孤舟，让两个孤单的灵魂可以肆意地燃烧融合。

夏一心筋疲力尽，但双手依旧紧紧回抱着司昭南的腰。她眼神飘忽，嘴角却露出幸福的笑容。司昭南问："你在想什么呢？"

"想到一首很古老的歌，'风风雨雨两相伴，生生死死两相缠，藤生树死缠到死，藤死树生死也缠'。"她傻笑，"是不是很俗气？"

司昭南亲吻她汗湿的额头，然后与她十指相扣："我喜欢这种俗气。它能把两个人的生死相依刻画得淋漓尽致，我不会说漂亮的情话，但我会做到不论发生任何事，都不会放弃爱你。"

她问："你怎么一声不吭就回来了，那边的工作呢？"

司昭南说："明天有个专访，公司要提高知名度，我只好回来了。工作太多了，我感觉自己像陀螺一样转个不停，只有抱着你的时候，我才觉得自己不是一个工作机器。"

夏一心撑着头，看着坐在播报台中间的司昭南正在兴致勃勃地讲着提升工作效率的方法。他最近在《庆市商报》上发表了两篇关于如何提高效率的文章，很受欢迎，所以庆市商业频道黄金八点档给他做专访。

司昭南的声音很好听，说话时抑扬顿挫、铿锵有力。他眸子闪亮，眼神习惯性地一扫，你坐在台下就会觉得他只是在和你一个人说话。

司昭南说到尽兴的地方，会用手上的小动作来表示他对论点的自信。

夏一心一直用崇拜的眼神看着他。她感叹自己太幸运，甚至觉得有点自豪。

她小时候是个娇生惯养的公主，直到经历了父亲失踪、朝峰败落，她的生活也发生了天翻地覆的变化。她交不起国际学校昂贵的学费，只得转去普通的公立学校，好在她的成绩不错，考上了庆市的重点高中。但毕业的时候，依旧有同学嘲笑她，在讲究门当户对的圈子里，她已经被边缘化，将来的另一半，也只会是个普普通通的男人，她的日子不过是在柴米油盐里消磨黯淡。

她一直并不在意。嫁个普普通通的男人，过平淡朴实的生活也没什么不好。她现在觉得，老天还是厚待她的，在让她经历了一次伤心的爱情后，还能让她遇到如此优秀的男人。司昭南带给她的是另一种繁忙却乐趣无穷的生活，尽管也有压力，但看到客户眉头松开的那一刻，她会觉得自己的人生有了意义，不再是一潭毫无波澜的死水。

最让夏一心感动的是，如此优秀的司昭南，眼里只有她一个人，也只爱她一个人。

从电视台出来，司昭南看看表："我们可以去吃一顿夜宵。"

夏一心说："我想去一个地方，你陪我去看看，好吗？"

夏一心让司昭南开车载她去父亲失踪前住过的那幢别墅，从市区到那里有两个多小时的车程。那幢别墅还在，不过已经易主。在交错的昏暗灯光下，别墅略显陈旧，进出别墅的小道被修整过，但车子经过时，仍扬起了满天的灰尘。

司昭南赶紧将她挡在内侧，挥手拨开翻飞的尘土。夏一心笑了："看来我俩是来吃土的。"

她又说："我爸在的时候，就是怕灰尘多，所以直接用土石填路，车子开过，一点灰尘都没有，遇到大雨，路面能迅速地吸收雨水，一点也不泥泞。"

夏一心牵着司昭南的手，漫步在和父亲走过的那条小道上。她说："爸爸留给我最后的背影就是在这条路上，在漫天的烟火下，我看着他的车子越走越远，直到消失不见。他刚失踪那会儿，我经常上这里来，沿着这条路慢慢地走，期待着路尽头会有他的身影。"

"也不知道为什么，走这条路久了，走着走着，竟然会有一种踏实感。我觉得爸爸就在这条路的某个地方悄悄地看着我。我带你来，就是想让他看看你，告诉他，我有一个很优秀的男朋友。"

司昭南也笑了。在夜色中，他的笑容快乐而满足。

这时，夏一心的手机响了，她看了看手机屏幕上显示的名字，面露难色。

司昭南已经看懂了几分，说："接吧，我不生气。"

夏一心担心他真的生气，赶紧躲到一边去接电话。回来的时候，她说："林伯伯找我，我要去一趟。"

司昭南说："我和你一起去。"

司昭南厌恶林承志，夏一心担心他去了会起冲突，于是说："你先回家等我吧，我很快就会回来。"

"我现在是你的男朋友，你的事就是我的事，而且我也知道他找你是什么事，你打算一辈子当他家的提款机？"

夏一心哑口无言。

在林家附近的茶馆里，只有林伯伯一个人来赴约，开口就说讨债的人上门了，逼不得已，只能向夏一心求救。

还不等她开口，司昭南就问："林承志自己欠的债，为什么他不来？"

林父问："小姐，这位是？"

"未婚夫。"司昭南擅作主张，替她答了。

林父马上客气起来："原来是姑爷，幸会幸会。"

司昭南说："我听一心说，以前你对她很是照顾，所以这个忙肯定是要帮的。但中国有句俗话叫'授人以鱼，不如授人以渔'，一心一个女孩子赚钱也不容易，你不能指望她一直拿钱给你还债吧。"

林父低下头："可是……可是……"

司昭南拿出一张名片递给林父："我现在给林承志介绍一份工作，去不去呢，让他自己考虑。至于他现在一共欠了多少钱，你列一张清单出来，借的谁的，钱用到什么地方去了。至于怎么个还法，我会斟酌。"

林父自知理亏，能有解决办法已经很好了，立即接过名片，连连道谢。

从茶馆出来，夏一心问："你给他介绍的是什么工作？"

"一家公关公司，我觉得他的特长就是耍嘴皮子，所以这个工作很适合他。"

夏一心说："谢谢。"

司昭南故意说："大声点，我听不见。"

夏一心说："谢谢你能够理解我。"

"我也只帮他这一次，算是我欠他的吧。如果他再问你要钱，我就不客气了。"

Chapter 24

我 的 倾 城 谋 划 师

近年来，管理咨询作为一种专业技术被内地越来越多的公司认可。司昭南和几位业界比较有声望的人经过商量和筹备，决定成立一个管理咨询业平台。一方面，人们对管理咨询业还有很多误解，可以通过这个平台仔细了解；另一方面，这个平台还会定期推荐业内声誉良好的公司，使各个管理咨询公司可以更好地发展。

这次峰会委托了一家会议公司承办，邀请的都是国内管理咨询业的佼佼者，大家都本着平等互利、交流经验的初衷聚在一起。第一天是行业论坛，总结近几年业界的发展成果，第二天则举办平台网站的启动仪式。

司昭南作为牵头人之一，将会在第一天的开幕式上发表演讲。

他参加学术演讲一年多达二十场，对这样的场合驾轻就熟，连演讲稿都不需要。夏一心却很期待，她喜欢司昭南演讲时的样子，举手投足、一言一行，都是那么迷人。她心里有那么一点点得意——这个优秀的男人是属于她的。

承办单位安排的酒店靠海，透过落地玻璃窗，可以看到一望无垠的碧蓝大海。夏一心想，早晨的太阳闪着金光，从海平面缓缓升起，万物生辉，景色一定很美。

司昭南说："过会儿你把行李带过来吧。"

主办方不知道他俩是情侣，所以把夏一心安排在了其他的客房。她不乐意："这是出来办公，又不是度假，我才不要跟你住一起。你那么优秀，跟你在一起，别人只会说，这是司昭南的太太，我要凭自己的实力，让别人以后见到你就说，瞧，那是夏小姐的先生。"

司昭南笑了笑，说："我临时叫了顾丛诚过来，酒店已经满客，让他住到其他地方又不方便，所以让他住你的房间。"

夏一心不止一次听他说，顾丛诚是个很有实力的人，司昭南一直将其视为将来公司的接班人。司昭南临时叫顾丛诚过来，大概也是希望顾丛诚多和业内的人认识交流，说不定在将来会有很大的帮助。

她有点嫉妒，问："你以前不也说我是可造之材？"

司昭南说："我从来没有否定过你的能力，只是不想你太累。"

他轻抚夏一心的长发，眼神充满爱怜。他是有私心的，等结婚以后，他的生活重心就会转移到家庭上，多陪陪她，照顾她，再生一个可爱的孩子，所以他现在就得着手培养一个可以坐上总裁位置的人。

顾丛诚是下午到达酒店的。会前的放松时刻，司昭南提出要去海边吃烧烤。

酒店的餐厅有烧烤架出租，海鲜可以去附近的渔船上买。很多渔民会在傍晚时分把满载海鲜的船靠在附近的码头上，等着游人去选购。

顾丛诚负责生火，夏一心和司昭南一起去买海鲜。

海港四季温度都高，天热，司昭南只穿了一条运动短裤，裸露的上半身肌肉轮廓分明，只看一眼，她心里就热血沸腾。

司昭南问："你脸红什么？"

夏一心赶紧拿出纸巾在额头上轻轻擦了两下："天热，晒红的。"

他们一到码头，很多渔民就围过来推荐自家的海产，一个渔民拿出了一只手臂粗的虾菇，有点像海怪，吓得夏一心全身发麻。司昭南说：“这个拿来烧烤最好，连盐都不用放，烤熟后，壳轻轻一拉就全掉下来了。”

他们买了一大堆手掌那么大的生蚝，又问渔民要了个大竹筐，把生蚝全部放在里面，然后司昭南双手一举，把竹筐扛到肩上。

他不舍得让夏一心提那么重的东西。

两人回到海滩上，顾丛诚已经把炭火点好，就等着海鲜上架了。海滩上有几个小孩子在踢足球，其中一个孩子用力一踢，球就朝他们的方向飞了过来，司昭南个子高，轻轻抬手就把球接住了。那个孩子跑过来说：“哥哥，你长得可真高，来给我们当守门员吧。”

司昭南突然来了童心，竟然答应了，跟几个孩子踢起球来。

顾丛诚招呼夏一心：“一心，能帮我一起把这些海鲜清理一下吗？”

“当然可以。”

酒店有专用的清理间提供给客人使用。夏一心是个厨房白痴，顾丛诚做起这些事来却得心应手，很快将生蚝的内脏清理干净，波士顿龙虾放尿去虾线。相比之下，她自愧不如：“是不是做咨询的男人都很会做菜？”

顾丛诚说：“你知道吗，做菜可以增强逻辑思维能力。因为做菜的时候，你得考虑火候、调料、配什么菜之类的，做得多了，逻辑自然就清晰了。”

夏一心知道，这是顾丛诚开的玩笑。

水花四溅，浸湿了顾丛诚的T恤，他索性脱了下来。顾丛诚平时空闲的时候会去健身房，他的皮肤是性感的小麦色，肌肉轮廓的完美程度不亚于司昭南。因为只有一个水龙头，他往里靠了靠，那起伏的胸膛只离夏一心一寸远，距离近得让她能闻到顾丛诚温热的气息。

夏一心赶紧往后退了一步，说："我去拿个干净的盘子把洗好的东西都装上。"

沙滩上，司昭南和几个孩子告别后，开始动手做晚餐。他拿起切好的柠檬片，将汁水挤在生蚝上，递给夏一心："要不要试一试？"

夏一心白了他一眼，他明知道自己吃这个会过敏。

司昭南将生蚝放到嘴边，轻轻一吸，嫩滑的蚝肉就吸进了嘴里。他一边细嚼慢咽，一边说："还不错。"

她对一切生食敬而远之。

顾从诫也喜欢吃生的，说："生蚝这样吃才最美味。"

夏一心听何芸竹说过，生蚝配柠檬，是壮阳神药，想到这里，她瞟了一眼司昭南，又赶紧低下头，担心对方看到她红得像虾子一样的脸。

司昭南的手机响了，他看了看显示屏，皱起眉头，似乎不太想接，但犹豫了两三秒，还是接通了，说道："陈老板，好久不见！"

"陈老板"三个字让夏一心立即想到了陈振东。

不知道对方在电话里说了什么，司昭南回答："好的，我晚点过去，大概八点钟。"

等他挂断电话，夏一心问他："陈振东找你？"

司昭南点头："他正好也在海洲市，竞标出了点问题，约我过去帮他参考一下。"

夏一心说："我陪你一起去吧。"

"我一个人去就行了。"

他是去谈工作，男人之间的交谈，她去会显得突兀，只得在酒店等着。

他们为了不耽误时间，晚餐吃得很快。顾从诫还有报告要写，赶着回房间去了。烧烤让司昭南沾了一身烟味儿，司昭南特意洗了澡，换了干净的正装再出门。出门前，他吻了夏一心的额头，说是道别之吻："早点休息，明天才能有充足的精神看我在台上耍帅。"

她笑道："臭美！"

夏一心挥了挥手，目送他出了门。

陈振东租住的地方是一栋靠海的别墅，听说始建于民国，是当时有钱人的度假天堂。那里的别墅只租不卖，租金高昂。

小区保安在司昭南出示了身份证之后，才放行他的车。洋房在小区的最里面，司昭南把车停好，抬起头，看到别墅二楼的灯是亮着的——陈振东正等着他。

司昭南快步走过去按响门铃，这时，头部突然传来一阵剧痛。他不知道发生了什么，只感觉到头晕眼花，再没有力气支撑自己的身体，侧倒在地上。司昭南半睁着眼睛，蒙眬中，看到别墅的门打开了，一个熟悉的身影出现在那里。司昭南声音颤抖："你……"

难得欣赏到如此海边美景，夏一心不想让繁忙的工作破坏这么好的景致，于是听司昭南的话，很早就躺到床上，想着小睡一会儿，他就回来了。

不知道睡了多久，夏一心迷迷糊糊地醒过来，摸摸旁边的床单，是冰凉的。她揉揉惺忪的眼睛，墙上的钟已经指向十二点。

空调吹太久，身体的水分蒸发快，她感到口干舌燥，起床去客厅倒温水，心里却有一种莫名的焦躁感。

夏一心隐隐有些担忧，拿起手机拨打司昭南的电话，铃声一直响着，却无人接听。

她又拨打了两遍，依旧无人接听。这似乎有点不合常理，司昭南是个很有规矩的人，如果遇到很重要的事，他关闭手机前会转接到秘书台。除此之外，无论在什么场合，他都会接她的电话，哪怕走不开，也会小声地说"晚点回复"或是发短信。他今天是和陈振东谈事情，并不需要屏蔽来电。

夏一心心里冒出不安的猜想，司昭南会不会和陈振东谈得不愉快，起了冲突？

她拿上外套跑出房间，等电梯的时候，想着应该找个人帮忙，又往回跑，敲开顾丛诚房间的门。

顾丛诚穿着睡衣，惊讶地看着她：“一心，出什么事了，这么急？”

她说司昭南这么晚都没回来，电话也打不通。她一直心神不宁，想过去看看，不亲眼见到司昭南平安，她无法安心。

顾丛诚说：“你稍等，我换好衣服就跟你去。”

顾丛诚关上房门的时候，她看到门把手上有血渍，问：“你受伤了？”

顾丛诚笑了笑：“刚才打碎了杯子，碎片划到手，小伤口。”

司昭南临出门前跟夏一心提过陈振东的住所，司机对那里很熟悉，那是有名的富人区，当地人都知道。

出租车停在别墅区的门口，两辆警车也停在那里，警灯闪烁，穿着制服的警察进进出出。夏一心下车后，快步走进小区，却被一个警察拦住，问：“小姐，你是里面的住户吗？”

夏一心摇头：“我来看望一个朋友。”

她接着又问：“里面发生什么事了？”

警察很客气地说：“小姐，你只能打电话让朋友出来接你，其他人现在暂时不能进入小区。”

来之前夏一心已经拨打过陈振东的电话，但那头关机了，她说：“我的朋友住在靠海的那栋旧式别墅，至于是多少号我忘了，是才租下的，租户叫陈振东。”

警察眉头一皱：“你认识陈振东？”

“是的，他是庆市过来的一位商人，来参加竞标的。”

警察说：“小姐，麻烦你跟我来一下，我们需要你配合调查。”

夏一心和顾丛诚被请进了旁边的警车里，警察告诉他们，陈振东在别墅里独身一人被害身亡，现在警察正在对现场进行勘查取证。

夏一心脸色惨白，赶紧问："司昭南呢？他怎么样了？"

顾从诚把手放在她的肩头上，安抚着："一心，别着急，我想他不会有事的！"

这时，一个警察走过来说："在现场提取到几枚脚印，从脚印的大小来看，这个人的个子应该很高。"

这证明司昭南的确来过，现在却不知去向。

夏一心不停地拨打司昭南的电话，一直无人接听，最后大概是没电了，打过去只能听到'手机已关机'。她去不了现场，又找不到人，只得赖在警车里不走，希望能知道最新的调查进展。

海洲市进入夜晚后依旧炎热，让人焦灼的空气鼓动着心里的担忧。夏一心红了眼睛，心里充满了恐惧。她突然想到了父亲。在多年前的那个傍晚，父亲亲吻她的额头，说很快就会回来。今天傍晚临别时，司昭南也是那样吻了她的额头，说很快就会回来，可到最后，却消失不见，惊人相似的两个场景，让她不禁打了个寒战。

一个警察递了杯冰水给夏一心，她喝了一口，深深吸了一口气，试图让自己平静下来，耐心地等待。一旁的顾从诚安慰着："你跟我回酒店去等消息吧，警察一定会全力寻找他的下落。"

夏一心不肯。顾从诚又说："警察找人的经验比你丰富多了，你坐在这里又帮不上什么忙，如果累倒了，阿南回来，你要怎么跟他交代？"

警察也劝她回去等消息，她再三考虑，也觉得这是眼下唯一的办法。

顾从诚护送夏一心回到酒店，她一直提心吊胆，惶惶不安，担心歹徒凶悍，司昭南会不会也遭到对方的暗算？

顾从诚则用很肯定的语气说："不会的，他身手很好，一般的人根本不是他的对手，所以你大可放心。他身上有满满的正义感，很可能是追踪歹徒去了，手机遗落在路上，他很快就会回来。”

顾丛诚的话给了夏一心很大的安慰，司昭南练过几招功夫，别看他个子高，身手却很灵活，即使遇到危险，也能化险为夷。

顾丛诚扶着她进卧室：“你先睡一会儿，等会儿有消息我会叫你。”

夏一心不肯，尽管精神疲惫，却一直强撑着，不看到司昭南平安回来，她怎么都无法安心。

顾丛诚倒了一杯温牛奶递给她，说：“要等，也要有力气，把它喝了，慢慢等。”

看她喝完牛奶，顾丛诚说：“我就在外面客厅，需要什么你可以叫我。”

夏一心安静下来，内心更加烦乱。她想早知道就该阻止司昭南过去，陈振东早几年做生意手段粗暴，树敌不少，有人想谋害他也不无可能。如果真的因此连累到司昭南，她无法面对这样的结果。

她头痛欲裂，两行泪控制不住从脸颊上滑落下来。

大概是担忧过度，精神崩溃的夏一心不知不觉累得睡着了。她醒过来时，绚烂的阳光已经透过玻璃窗照了进来，满室金黄。她立即从床上跳下来，打开卧室的门，大声叫着：“昭南……昭南，你回来了吗？”

顾丛诚从阳台走进来：“一心，你醒了？”

“有昭南的消息了吗？”

顾丛诚遗憾地摇摇头：“警察局那边还没有消息，刚才会务组给我打过电话，确定阿南的到场时间，我只得遗憾地告诉他们，司总临时有事，只能缺席。”

司昭南的下落重要，但行业峰会也很重要，这是九罭第一次站在行业的顶端，成为行业风向标的重要会议，而且咨询平台也有九罭的股份在其中，如果无故缺席，会让同行觉得在困难面前，九罭自乱了阵脚。

夏一心想了想，说：“丛诚哥，峰会那边你替昭南出席完成演讲，我们一定要稳住九觋在业界的地位，这是昭南一点一点建立起来的，他现在不在，我们更要尽全力来维护。”

顾从诚说：“那好，我现在就赶去会务组。”

他又有点迟疑：“你呢？你还好吧？”

夏一心强打起精神：“我没事的，洗漱完我会去警察局问问情况。”

夏一心洗漱好，连早餐都没有心情吃，直奔海洲市警察局。负责陈振东被害案的警官接待了她，希望她能配合做一个详细的笔录。

警官问了司昭南去到陈振东别墅的时间，以及过去的原因，拿出一颗黑色的纽扣，问：“你认识这个吗？”

夏一心看得很仔细：“这是司昭南外套上的纽扣。”

她着急地追问：“找到司昭南了吗？”

警官没有回答她的问题，继续问：“他们两人之间是什么关系？”

夏一心回答：“客户关系。”

“他们之间有过冲突吗？”

夏一心从警官问话的语气中隐隐感觉到，司昭南似乎有杀害陈振东的嫌疑。她说：“没有。”

警官火眼金睛，说：“你刚才迟疑了三秒，你脑海里浮现了什么样的场景，请你不要有任何隐瞒，这关系到案件取证，也关系到案件的公正性。”

夏一心说：“之前在工作上两人有过分歧，不过很快就平息了。在商场中，任何一家公司都不可能使顾客百分百满意，这不可能成为杀人的理由。”

她很想知道案件的进展，警官却说在没有确凿的证据前，他们不能透露任何关于案件的事，她只能回去等待。

这样的等待让她坐立不安，度秒如年。

顾从诚不负期望，很顺利地代替司昭南完成了峰会的开幕式和演讲致辞。他掌握会场气氛的能力很强，让人丝毫察觉不到司昭南缺席背后的隐情。

没想到下午警察打破了这个维持住的祥和局面，为了调查司昭南跟陈振东遇害的案件的关联性，警察走访了跟司昭南熟悉的一些人，包括朋友和同事。于是流言四起，甚至有人说，司昭南是畏罪潜逃了。

警察之后的调查结果出乎夏一心的意料，司昭南被认定为最大的嫌疑人，陈振东被刀刺入腹部后并没有倒地，而是凭着最后的力气，跟凶手拉扯。鉴定科的人员在陈振东紧握的右手掌心中找到一枚被扯掉的纽扣，那枚纽扣正是司昭南的。

在陈振东的衣服上也发现了司昭南的指纹，而且地板上有司昭南的脚印。经过推测，是在陈振东反抗的过程中，司昭南同样受伤了，所以地上除了陈振东的血迹外，还检测出了少量司昭南的血液。

警方猜测在确定陈振东死亡后，司昭南快步离开别墅，从二楼书房到别墅的大门，他留下的脚印带着血迹，经过检验，发现那些血都是陈振东的。

陈振东是个敏感的人，因为房子是租住的，他关掉了别墅内的监控，所以警察只能在小区大门口的监控上找寻司昭南的踪迹，监控拍到司昭南的车进入小区，大约在半个小时后离开，最后警察在离小区不远处的海滩上找到司昭南的那辆车，他的人却不知去向。

夏一心询问警察："有没有可能他和陈振东一起受到歹徒的袭击，他也受伤了？"

警察说："经过鉴定科的勘查，案发现场只有司昭南和陈振东的指纹。"

还有一个对司昭南不利的证据就是，案发时间段对面别墅的住户在露台上吸烟的时候，听到过陈振东住的别墅传来争吵声。对方下意识瞟了一眼，挂着纱幔的窗户映出一个高大的人影，司昭南个头儿很高大，这一点无须置疑。

夏一心看到了司昭南那辆车离开小区时的监控照片，因为天色尽黑，透过车窗玻璃隐约可见驾驶室有一个高大的身影。

夏一心能肯定那是司昭南，因为酒店租用车车身都比较矮，司昭南个子太高，为了坐直只能将身体微微往后靠，伸着一双修长的手臂握住方向盘。不过她依旧坚信，司昭南是不可能杀害陈振东的。

顾从诚陪着夏一心从警察局出来，说："我也相信司总不会做这样的事，只是他现在不见行踪，很有可能也遇害了。"

眼泪终于无法克制地从眼眶里流出来，夏一心心里早就有这样的设想，如果司昭南活着，哪怕还有一点知觉，他都会回来。他不会抛下她，更不会抛下辛苦建立起来的公司。

坐到车上，夏一心大声地哭了出来。她哭得无助又绝望，让顾从诚有点手足无措。顾从诚伸手轻轻揽了一下她的肩头，她没表现出任何抗拒，只是哭声更加让人心碎，他索性把她抱在怀里，安慰着："哭吧，把所有的伤心和难过一次哭完，我会陪你一起面对的。"

夏一心曾经假设过，父亲没有回来，是因为受了伤，失去了记忆，但这样的假设在司昭南这里是行不通的。司昭南睿智又有胆略，在这个信息畅通的时代，她实在找不到他不回来的理由。

为什么命运总是喜欢跟她开玩笑？给予她无限的希望，再无情地夺走。她甚至怀疑，她会给身边至爱的人带来厄运。

她的情绪很激动，引发了胃部不适，恶心干呕，顾从诚扶着她："我送你去医院看看吧。"

她红着双眼："不用了，我想一个人静一静。我想回酒店。"

回到酒店，夏一心就把自己关在了卧室里。她需要好好地睡一觉，司昭南失踪的四天里，她几乎都没有合眼，不时拨打司昭南的电话，一遍又一遍，盼望着能有接通的那一刻，但他的手机一直是关机状态。

疲惫能让她睡着，哪怕能在梦里见见他也好，可他跟父亲一样，无论夏一心如何想念，他们都不肯入梦来和她说说话。

醒来的时候，她头晕脑涨，全身酸软得无法动弹。顾丛诫进来看她，提议："这边由我来看着，你回庆市去，好好休养身体，只有身体健康，你才能等他回来。"

她说什么都不肯，顾丛诫只好叫来江泽，把她强行带回庆市。

回到庆市，夏一心住到了司昭南的别墅里。尽管睹物思人会让她更伤心，但她已经无法将感情从他身上抽离。顾丛诫担心她会想不开，做出傻事来，只得叫何芸竹来陪她。眼下没有比安抚她的情绪更重要的事，于是芸竹临时请了个代理店长照顾店里，就在别墅里陪着夏一心。

司昭南的书房里有一个保险箱，说是放着一些重要的东西。他告诉过夏一心密码，但她向来尊重他的隐私，从没有打开看过。现在，她很好奇里面会有什么东西。

在保险箱里，夏一心找到了一份遗嘱。她从来没有过问司昭南的财产情况，此刻看着遗嘱上附加的财产登记表，才大吃一惊。他拥有的房产和存款不少，在美国还有两处房产，一处在寸土寸金的纽约市，另一处在风景优美、被称为花园州的新泽西。

遗嘱上写明，如果他伤病失去民事行为，或者是失踪，夏一心将成为他的监护人和财产托管人。

看着"失踪"两个字，夏一心忍不住痛哭起来。他为什么要用这样不吉利的字眼？她根本不在乎什么财产权利，只要他平平安安。

夏一心坐在地上，头埋在膝盖上放声大哭，连日的悲伤让她筋疲力尽。突然，一双温柔的手放在了她的肩头，她猛地抬起头："昭南！"

她回过头，发现站在身后的人是秦烁。

夏一心用手抹着眼泪，却无法克制颤抖的声音："烁哥哥，你怎么来了？"

秦烁蹲下来，搂住她的肩头，柔声说："我才听说司昭南的事，马上就过来看你，你粗心大意，连门都忘了锁，要是强盗进来了怎么办？”

他又问：“别墅里就你一个人？”

“芸竹在。”哭得太多，她的声音都哑了。

秦烁在客厅里叫了两声，并没有听到何芸竹的回答。她似乎什么时候出去了，夏一心却不知道。

这段时间夏一心一直恍恍惚惚、丢三落四，其实之前她太专注于工作，在生活上也马马虎虎，好在有司昭南的照顾和叮嘱，她才能平衡生活和工作。现在他不在了，她失去了生活的重心，连工作的动力都没有了。

她捂住胸口，胃里翻江倒海，忍不住干呕起来。秦烁问：“你还没吃早餐吧？”

她记不起什么时候吃过东西了，呆呆地应了一声：“哦。”

秦烁把她抱起来，放到沙发上躺着，然后说：“我给你煮点粥，先暖暖胃。”

秦烁煮了点白粥，又打电话让用人煲鸡汤过来。她以前最喜欢他家保姆秦婶煲的鸡汤。

秦烁煮的白粥米粒有些硬，夏一心吃了几口，胃里空空的，大概是喝得太急，最后都呕出来了。

她有点抱歉：“对不起。”

秦烁伸手摸着她的额头，很担忧：“你现在的样子看上去很糟糕，我得找个医生来看看。”

秦家有专属的家庭医生，叫过来很方便。医生过来给她做了一番检查，说她只是伤心过度又饮食不定，身体虚弱引起了低烧，只要平复心情，合理饮食，调养几天就没事了。

Chapter 25

霍光宗和蒋筝一起来了，对夏一心的境遇表示同情，更重要的是，司昭南失踪前正在帮助光启争取续签出口合同，现在项目搁浅了，对光启来说，无疑是重大的损失。夏一心曾经怀疑过司昭南的失踪跟霍光宗有关，但对方着急担忧的情绪不像是装出来的，而且看重利益的霍光宗，不会做这种损人又不利己的事。

夏一心安抚对方："司总失踪的事的确对公司影响很大，但不会影响到目前公司进行的所有项目。请给我几天时间，我要跟公司的其他合伙人商议一下，肯定会给您一个满意的答复。"

蒋筝则带了一盆兰花给她，品种是司昭南喜欢的石斛兰。他说："送这个是有喻意的，这种兰花的花语是心想事成。"

夏一心说："谢谢。"

保姆秦婶端了鸡汤过来："小姐，赶紧趁热喝了吧。"

秦婶是秦烁执意要带过来的，芸竹说说笑笑在行，在生活琐事上却完全是个白痴。秦烁直接把秦婶带过来，两人本就相熟，相处起来非常融洽。

霍光宗和蒋筝站起来说："那我们就静候夏小姐的佳音。"

送走两人，夏一心把鸡汤喝完，就往书房去了。这是她最近待得最多的地方，抱膝坐在宽大的沙发椅上，就像被司昭南温暖的双臂拥抱着。

夏一心轻轻抚摸司昭南用过的书桌，每天，她都会亲手把它们擦拭得一尘不染，书桌上放着液晶显示器、键盘、做笔记用的手写平板电脑，显示器的旁边放着一个相框，相片上是甜蜜微笑的两个人，这是夏一心坚持要放在这里的，希望他抬头的时候，两个人的幸福能一扫他工作上的疲累。

书房的陈设跟他走时一模一样，夏一心希望一切如旧，就像他从来不曾离开一样。

夏一心说："昭南，我感觉压力好大。尽管有点胆怯，但我很坚定，我会守护好公司。公司是你的心血，也是我们相识相知的见证，不论你身在何处，还是真的已经不在人世，请你给我一点力量，让我能勇敢地走下去。"

她迷上了这样的自言自语。

夏一心的双眼充满了酸涩感，眼泪在眼眶里止不住地打转。她知道低落的情绪会让精神一直萎靡不振，但只要一想到司昭南，她的悲伤就无法克制，每当夜深人静，她都会躲在被子里小声地抽泣，不知道这样的伤感是否会伴随她一生一世？

有人在敲书房的门，她抬起头，看到秦烁站在门口，问他："你怎么来了？"

"当然是来看你，你眼睛这么红，又哭了？"他提醒着，"医生不是说过，要保持心情放松，你想一直当个病秧子？"

秦烁每天都来，雷打不动，有时候是下班后，休假的时候就整天都在这里。

夏一心问他："你怎么又来了？"

秦烁板着脸："你这话说得好像我不能来似的。我家做饭最好吃的用人上你这边来了，我肯定得过来吃饭。"

他油腔滑调，夏一心说不过他，只是觉得他天天过来，很不妥当："同事会因为公司的事经常上我这里来，让他们看到了不好。我知道你是关心我，但你也有自己的私人空间，我不希望听到别人说闲话。"

秦烁生气了："有什么闲话好说的，司昭南万一不回来，我说不定就是你未来的老公，谁嘴这么碎！"

他的话触到夏一心心里的那根弦，她的情绪瞬间崩溃："谁说他不会回来的，他说过要娶我就不会食言！"

她最近的情绪时好时坏，令人担忧，秦烁不敢刺激她，只得说："我心直口快，你别生气。你没有父母，也没有家人，想到我们从小到大的情谊，哪怕你赶我走，我也会死皮赖脸地守着你。"

夏一心激动的情绪又突然和缓下来："对不起，我心里乱得很，我刚才的话说得太重了。"

秦烁露出兔八哥一样调皮的笑容，表示一点都不在意，又说："我今天去江边钓鱼了，全是野生江团，新鲜又有营养，我叫了芸竹那丫头，晚上一起吃。"

夏一心看到他手指头上缠了创可贴，问："钓鱼弄伤了手？"

秦烁挠了挠头："今天没注意，取鱼的时候让钩子划伤了。"

他把受伤的指头伸到夏一心前面，说："如果你能吹两下，伤口肯定好得更快。"

夏一心瞥了他一眼，说："下去吃鱼吧。"

秦烁的"战利品"不少，秦婶做了两种口味：一锅做了水煮鱼，红彤彤的辣子和青花椒铺满鲜嫩的鱼肉，馋得夏一心流口水；另一锅用鱼熬了清汤，鱼肉熬化之后，汤汁白得像奶油，喝起来黏黏的，咸鲜可口。

夏一心最近脾胃虚弱，医生建议她饮食清淡。她却想吃辣子，芸竹提醒："你明天要是拉肚子，我可不管你。"

夏一心开玩笑说："那你俩还好意思在我前面吃得津津有味，明摆着刺激我呢！"

秦烁开玩笑："如果不是在你面前，我俩吃得还没这么香，这叫把快乐建立在别人的痛苦之上。"

夏一心拿起筷子，不管了，宁愿疮流脓，不愿嘴受穷。

秦宇川的突然到访，使愉快的气氛突然冷却了下来。秦宇川说："我听说司昭南出了事，特地过来看看你。"

夏一心赶紧请秦宇川进去坐，芸竹忙着倒茶，秦烁站在一边，担心父亲会责备他不好好工作，跑出来玩。

秦宇川说："一心，我想跟你单独谈谈。"

夏一心赶紧把对方请到楼上的书房。

一坐下，秦宇川就问："你还好吧？"

夏一心点点头："谢谢秦伯伯关心。"

秦宇川问："你对司昭南的失踪有什么看法？他失踪前，和你说过什么吗？"

就是什么都没说，才让她毫无头绪。

夏一心说："我从来没有想过谁会伤害他。他和同事、朋友和客户的相处都很好，外头传言他跟陈振东有过节，其实他们早就握手言和了。"

秦宇川又问："我听秦烁说，你在调查你父亲的事，有进展了吗？"

"有一点，但又断了。"她突然跪在秦宇川面前，"秦伯伯，帮我找找司昭南吧，我实在没有办法了。"

秦宇川赶紧说："快起来，你的事我肯定是要帮的，眼下你要好好照顾自己。”

秦宇川略坐了一会儿就走了，临走前，他对秦烁说：“你跟一心从小就亲，这段时间，你好好照顾她。”

秦烁感觉太阳打西边出来了。

走出别墅，秦宇川暗忖，刚才夏一心的无助不像是装出来的，说不定她真不知道夏父的事与自己有关，这个时候，也不方便动手，就暂时宽待她了。

顾从诚回来了。司昭南依旧音讯全无，他不能一直等着，作为公司的副总，他必须回来主持大局。

别墅的客厅里，夏一心蜷腿坐在沙发上，对于在海洲的事，顾从诚说得很简短，就是担心她想起旧事。世事无常，只能珍惜眼前。

夏一心告诉顾从诚遗嘱的事，感叹着：“好端端的他为什么要立遗嘱！”

现在却一语成谶。

顾从诚解释：“其实这很正常，干我们这行，经常东奔西跑。只身在外，意外是无法预料的，这只是希望给家人一份保障，为了心爱的人，我也会这么做的。”

顾从诚鼓励她：“越是在艰难的时候，你越要振作，你现在可是公司最大的股东，大家都等着你坐镇公司。”

夏一心苦笑了一下：“论资历，我还不如江泽，昭南在没有失踪前，就觉得你的能力担得起他的担子。”

她的目光充满期待：“从诚哥，在这个紧要关头，帮帮我，好吗？”

顾从诚将手轻轻放在她的手上：“只要你信任我，我就会陪着你一直走下去。”

在顾从诚的主持下，几个合伙人聚在一起。顾从诚出示了司昭南的遗嘱，确定了夏一心在公司的地位。她拥有绝对优势的股权，尽管入行时间不长，资历也浅，职位不变，但她享有股东的所有权力。

司昭南一直是一个众心归附的领导，是整个公司精神和实力的支撑，在下属当中声誉很高，而且他对夏一心的宠爱是有目共睹的，又有遗嘱为证，司昭南名下的股权由她来监管，大家都没有意见。

顾从诚暂代司昭南总经理的位置，江泽则升为副总辅助公司的内务。

夏一心起得很早，今天的会议至关重要，参会的有合伙人、分公司的负责人和业务能力很强的项目经理，他们是九覈管理和工作的核心，她必须收起伤感和懦弱，用自己的坚强和信心来打动他们。

她换上了平常工作时简洁干练的套装，把头发都绾在脑后，这样看上去顿时精神很多。然后她化了一个淡妆，看起来气色红润，神采奕奕。

夏一心想到司昭南曾经鼓励她：只有迈出第一步，才能知道下一步该怎么走，不论前方是穷途末路，还是海阔天空，沿途的风景，才是你最大的收获。

顾从诚开车来接夏一心，她知道顾从诚这是担心自己，说："有这么多人支持我，我肯定会打起精神来的。"

夏一心有段时间没去公司了，刚走进去，同事们跟往常一样，热情地跟她打着招呼，还有人开玩笑："一心，你现在可是我们的大老板了，以后可得罩我！"

面对外界的流言蜚语、竞争对手的恶意打压，她必须把所有员工团结起来，结成稳固的同盟，共同渡过难关。总部和分公司的高层管理几乎都是司昭南亲自面试聘用的，她坚信他的眼光，他们有能力让公司转危为安。

司昭南在整个公司的重要性和精神领袖地位，她是望其项背的，要凝聚这些人，只能动之以情。

夏一心第一次坐到大股东的位置上。她深吸了口气，然后站起来，向在座的参会者深深鞠躬，说："我非常感谢今天来到会议现场的人，你们都是司总亲自面试、邀请加入公司的精英。你们在咨询行业里有着丰富的阅历、卓越的工作成绩，在九罭风雨飘摇的时候，你们依旧坚守着自己的岗位，手头的项目也没有懈怠。"

她拿出一份资料："这是顾总交上来的这个月的项目进度表，截至前天，大家手里的工作都没有停下来，还有两个项目取得了很大进展，这些都是大家不懈努力和对公司信任的结果。"

夏一心首先用公司正常运转的局面来稳定大家的心，接下来，必须直面问题的所在。她接着说："现在外界对司总的误会很深，那是因为他们不了解他，只是凭着感觉和猜测来评判，而在场的人当中，有跟司总共事过的，有参加过他的培训的，有接受过他的指导的，他的人品想必大家都有自己的判断，而我坚信他是个充满正义感、有才能、有抱负的人，绝不会狭隘到一言不合就杀人泄愤。接下来，公司不会坐以待毙，我会和合伙人一起商量组成公关部，对侵害公司权益的人予以回击。"

夏一心脑海里浮现出司昭南开会时讲话的场景，他的语调抑扬顿挫、铿锵有力，话语字字珠玑，他主持会议和培训时，所有人都聚精会神，很少有人开小差。所以，她也不绕弯子，这些人能坚持为公司工作，光是靠司昭南一个人的人格魅力是远远不够的，他们更关心发展的平台和所收获的利益。

她正声说："司总在建立公司之初就一直强调，他很反对层级制度，如果公司的决策掌握在一个人的手里，那将会是公司发展最大的障碍，我们欢迎更多的合伙人加入公司，把九罭当成你收获成功的平台。"

夏一心一说完，顾从诚和江泽便带头鼓掌，看到这两位在公司很有威望的人支持她，其他的人也跟着起立鼓掌。

夏一心再次鞠躬表示感谢。等掌声平息，她说："司总至今下落不明，但公司不能停下前进的脚步。我们已经在咨询管理业拥有了一片江山，现在不仅要坚守好阵地，还要不断发展，争取成为国内咨询管理界的标杆。"

会议结束后，大家陆续散去，夏一心坐在椅子上没动，顾丛诫递了杯水过来："你刚才表现得很好，说话的口气有点大股东的味道。"

夏一心笑着说："学以致用，跟着昭南那么久，一点东西没学到，肯定要被笑话的。"

顾丛诫又说："我送你回去休息，公司有什么计划变动和决策提议，我和江泽会来找你商量。"

夏一心说："我想明天回来上班，手里有两个客户一直在跟进，我不能松懈，以后有很多事还得请你们俩多指导。"

江泽隐隐担忧："真的可以吗？"

她笑了笑："一踏进公司，就感觉有种力量在驱使着我。越工作，越让人精神振奋，在家里躺久了，反而感觉身体像生锈一样难受，而且跟你们在一起，才会有活力。"

夏一心有半个多月没进自己的办公室。清洁阿姨很尽责，她没来上班，办公桌依旧擦得一尘不染，所有的东西都摆放整齐，花瓶里插着新鲜的大波斯菊。这种艳红的大波斯菊，花语是顽强不屈。

这是同事们给她的祝福。

顾丛诫约了她晚上一起吃饭，除了鼓励她振作精神外，也要顺便聊聊对公司内部管理的一些看法。

顾丛诫原本打算带夏一心去喝滋补鸡汤，但她在家里喝了一个星期秦婶炖的鸡汤，现在闻着那味儿就有点反胃，而且她的口味一直在变，一会儿想吃辣的，一会儿想吃甜的，现在又想吃酸的。

顾丛诫想了想说："三生商场里有家酸汤乌鱼，我们去那里试试。”

开在高档商场里的餐厅装修格调高雅，价格不菲，乌鱼很新鲜，切成像纸一样轻薄透明的鱼肉片，在沸腾的酸汤里涮上五秒，不仅味道鲜美，肉质也更脆滑有嚼劲。

顾从诫担心她被锅里热腾腾的烟给烫着，便主动负责涮肉，让夏一心负责吃就行了。她吃生食会过敏，顾从诫很会掌握火候，仅仅多停顿两秒，便肉质全熟还能保持脆感。

顾从诫说：“我想把滨河分公司的负责人调回来。那边业务发展得不是很好，我想派一个有销售经验的人过去，先把市场打开。”

两人正聊着，秦烁走了过来，他穿着黑色的正装，领带系得整洁端正，大概是跟客户在这里吃饭，夏一心笑着打招呼：“烁哥哥，真巧！”

秦烁站在一旁，瞟了一眼顾从诫，问：“你们俩怎么约在这里吃饭？”

顾从诫用不屑的目光回敬对方：“在这里吃饭有什么不妥吗？”

秦烁对着他笑：“没什么不妥，我算是这家店的股东，这顿我请客。”

顾从诫表示拒绝：“不用这么客气，今天是我请一心吃饭。”

秦烁瞟了一眼桌上的菜，说：“一心，你一定要尝尝黄唇鱼肉做的丸子，那个氨基酸和胶原蛋白的含量很高，最适合你吃。”

夏一心知道那种鱼贵得要命，秦烁财大气粗，她平时倒觉得没什么，跟着他吃香喝辣捡便宜，但他当着顾从诫的面这么说，似乎是在说他小气。

她说：“不用了，我们菜有点多，粒粒皆辛苦，何必浪费呢？”

秦烁向服务员招了招手，让其送一盘最好的黄唇鱼刺身过来。夏一心见他执意要送，也只能收下，只是怕拂了顾从诫的面子。

服务员把切成薄片的鱼肉端上来，秦烁接过盘子，径直就往顾从诫脸上一扣，咬牙切齿："我就是想看看，菜这么多，你吃不吃得下。"

夏一心吓得一愣，赶紧起身去拦。秦烁松开手的时候，顾从诚的眼镜片上、脸上和西装外套上都沾着鱼片。

夏一心有点生气："烁哥哥，你太过分了！"

"我一点都不过分，你没看出来他想泡你吗？他还对芸竹做了那些破事儿，吃着碗里的，还看着锅里的。"

顾从诚是个绅士，即便受了这样的羞辱也没有生气，去卫生间整理了一下，很快又恢复了之前的从容潇洒。夏一心再也无法忍受秦烁的任性，说："烁哥哥，你现在好歹也是公众人物，请克制一下你的脾气。谁追求我，我将来会跟谁在一起，不需要你来操心。我感激你平时对我的关照，但别左右我的情感。"餐厅经理过来为刚才的冲突表示歉意，顾从诚知道这不关餐厅的事，表示并不介意。晚餐是没法好好吃下去了，顾从诚结了账，撇开秦烁，带着夏一心走出餐厅。

夏一心说："我代烁哥哥向你道歉。他就是性子急，有点冲动，像个始终长不大的孩子。"

"他的性格我很了解，所以不跟他计较。"顾从诚又说，"他似乎很喜欢你。"夏一心苦笑："从小一起长大，情谊肯定是有的。"

两年后。

飞机缓缓地降落在庆市江北机场，夏一心拖着行李箱走出来。接机的人群里，顾从诚向她招手，大声地喊着："一心！"

她快步走过去，顾从诚很自然地接过她手里的行李箱，问："这趟感觉怎么样？"

她笑着："挺顺利的。"

她又说："让司机来接我就行了，公司里的事已经让你忙得够呛，怎么好意思再让你来接我。"

顾从诚说："我是急着先一睹商业风云新秀的风采。"

夏一心才下飞机就得往庆市商会赶，那里正在举办一年一度的商业大会，表彰一年中为庆市商业发展做出贡献的企业和个人，今年的商业风云新秀奖就是要颁给她的。

夏一心说："不过是叔叔伯伯们的提拔。"

顾丛诚说："你就别谦虚了，昨天我还跟会长见过面，他可是把你狠狠地夸了一番，说你后生可畏，再过几年肯定会成为庆市商场里的领军人物。"

他又说："颁奖结束后一起吃饭吧，算是给你庆祝一下。"

夏一心说："好啊。"

每次出差回来的第一顿饭夏一心都是跟顾丛诚吃的，会顺便聊聊近期公司的情况。

庆市商会的圆形会议室里，座无虚席，气氛严肃。后台的休息间里，夏一心对着镜子整理着衣裙。再过十分钟，就轮到她上台领奖了。

镜子里的人剪着一头干练的短发，白皙的脸颊早已褪去稚气，眉间多了一份沉稳和睿智。两年来，她全身心地投入到工作中，商场上的尔虞我诈、明争暗斗早将她打磨得棱角分明、光华璀璨。

后台的工作人员进来提醒她："夏小姐，该你上去了。"

夏一心在一片热烈的掌声中缓缓登台，微微鞠躬后接过会长颁发的奖杯。这耀眼的成就背后有多少艰辛与曲折，只有她自己明白。她自始至终都保持着谦和的态度，接过主持人手里的话筒，感谢商会给她的机遇和鼓励，也感谢大家对她的支持。

每一次演讲，夏一心都会提到两个人，一个是她的父亲，教会她做人真诚宽和的道理；另一个是司昭南，他发现了她的潜力，带着她进入咨询管理业，迈出了事业辉煌的第一步。

商场如战场，这是很贴切的形容，每年都有人在这硝烟弥漫的战场上牺牲，也有很多人在这里崛起。如果辉煌不再，你就会渐渐被人们遗忘，如同流星划过，光芒不过一瞬，就再无痕迹。

夏一心要让大家永远记得这两个人，在她的生命里，他们永远不磨灭。

她回到后台的休息间，一个男人穿着得体的白色西装，手里捧着一大束鲜红的玫瑰，正等着她。她走进去，男人笑着说："你站在台上的样子真是太漂亮了，闪闪发光。"

夏一心浅浅一笑："烁哥哥！"

她打趣着："我们之间用得着送花吗？而且还是这种空运的保加利亚红玫瑰，用买花的钱来请我吃饭多好。"

秦烁把花扔到一边，说："那晚上一起吃饭吧。"

夏一心想着几个人好久没在一起聚了，便说："把芸竹叫上吧，正好从诚哥也在，一起吧。"

秦烁不喜欢顾从诚，一点也不掩饰："有他，我就不去了。"

夏一心叹着气，这几年，他对顾从诚的态度一直没有变过，其中原因，她也不知道，只能说："那改天吃吧，我先答应了从诚哥，而且我出差一个多月，正要跟他聊聊公司的事。"

秦烁清楚她的脾气，只能同意："那好，改天再约。"

原本说好顾从诚请客的，但夏一心坚持请客，商会把荣耀都给了她，她要感谢背后一直默默支持着她的顾从诚。

顾从诚的管理天赋是她远不能及的，分公司已经从当初的两家，变成了四家。上个季度的行业报告显示，九罭已经占有市场份额的六分之一，也就是说，现在的九罭是国内咨询管理业的龙头老大。

他们能取得这样傲人的成绩，顾从诚的功劳最大，有了他这个坚强的后盾，夏一心才能安心地放开手投入到项目当中，迅速成长。

夏一心满上一杯酒，举起来："谢谢你。"

顾从诚跟她碰杯："还需要跟我客气！"

两杯之后，夏一心眼眶微红。顾从诚说："别喝了，当心喝醉了。"

这两年，工作原因偶尔需要应酬，她的酒量也跟着长了些，此时她眼睛发红，是因为想哭。司昭南失踪之后就再没有音信，她曾不止一次想过，他是不是跟父亲一样，一别生死两茫茫。现在陪在她身边的是顾从诫，他帮她守护着九罭，实现着她的梦想，她心中的那份感谢，不是言语能表达的。

夏一心支着头："从诫哥，赶紧结婚吧，我给你放个长假去度蜜月。"

顾从诫笑着："怎么想到说这个？"

"你跟芸竹在一起这么久了，难道就没有想过给她名分？两个人有一个温暖的家，一个健康可爱的孩子。"她的话里有逼婚的意味。

芸竹跟顾从诫在一起也快三年了，尽管芸竹嘴上没说，但心里是非常渴望跟他结婚的。顾从诫是个大忙人，两人聚少离多，夏一心想着如果能让两人把婚事定下来，也能给芸竹吃一颗定心丸，方便芸竹名正言顺地照顾他。

她的幸福无望，却希望芸竹能如愿以偿。

顾从诫满怀歉意："对不起，是我疏忽了，我会跟她好好谈谈的。"

干他们这一行的最知道时间宝贵，晚饭很快就结束了，顾从诫说："你看上去很累，好好休息一天再去公司吧。"

夏一心说："明天我约了克顿酒业的尤总，他们公司去年的业绩严重下滑，说要和我谈谈。"

顾从诫竖起大拇指："你再这么拼下去，我都快没饭吃了！"

他们从餐厅出来，顾从诫要送夏一心回家，她说："我想搭公交回去。"

不知道从什么时候开始，夏一心有了一种习惯，每一次出差回来，她都会挑个时间，坐上环城公交车在城市里转上半圈，看看车水马龙的街道、鳞次栉比的高楼大厦。城市浮华，人来人往，冷暖自知。

她也不知道自己到底在找什么，只是觉得这么做，心里不会空落落的。

顾从诫知道她有这个习惯，说：“那你回到家后给我发个短信，让我安心。”

夏一心看到路边有卖凉糕的，突然嘴馋起来，公交车到站后，她赶紧下车往回走，走到小摊点前，买了一碗甜甜的红糖凉糕。她刚吃了一口，就看到迎面走过来一对情侣，男孩子个头儿高高的，跟司昭南差不多，娇小的女孩子依偎在男孩子的怀里，与她擦肩而过。

她笑了，眼里全是羡慕的光。

Chapter 26

我的倾城谋划师

克顿酒业的总裁办公室里，尤江波正沏着功夫茶。他知道夏一心喜欢喝茶，特地表演了一番。

“泡功夫茶是需要耐心的，有耐心的人，往往运筹帷幄。”夏一心也慢慢学着恭维人了。

尤江波说：“我现在有空坐在这里喝茶，也全靠你的功劳，广告投放出去，第一个季度的营业额明显提高，再过一个月就正式进入夏季，能不能反败为胜，就在此一战了。”

夏一心不得不提醒他：“虽然我们靠新口味的啤酒打开了市场，但根据调查报告来看，年轻一点的消费者还是比较喜欢烈酒，而且这类人又是啤酒的主要消费群体，最好做到两者兼顾。”

经过几个月的相处，尤江波对她的建议深信不疑。

一盏茶喝完，尤江波问：“我朋友的红酒庄开业，在法国波尔多，那里风景很美，漫山遍野都是葡萄园，不知道夏小姐有没有兴趣跟我一起去看看？”

“谢谢，最近工作上的事挺多。”面对对方暧昧的邀请，夏一心果断拒绝了。

尤江波三十六岁，不论外貌谈吐还是家世资产，都可谓抢手的钻石王老五级别，自从知道夏一心单身后，就开始有意无意地透露出想追求她的意思。

尤江波问：“你还在等他吗？”

夏一心笑了笑：“也不知道是不是在等，只是心里再也住不下其他的人。”

尤江波苦笑：“最难追的就是像夏小姐这样重情重义的人，你不在乎钱，也不在乎名，独立自强，我都不知道有什么东西能吸引你。”

夏一心说：“尤总这样年轻有为，还怕没有女孩子喜欢你？”

夏一心从克顿酒业出来，坐到车上，揉了揉酸痛的脖子。她前段时间去医院检查过，因为每天坐在办公桌前十几个小时，她的颈椎骨劳损，需要治疗。但她拿了检查单后就出差去了，一拖一个多月，痛感似乎加重了，看来真得认真地去做做治疗了。

道路的两边，高楼林立。这座城市的发展日新月异，改变的速度让人惊叹。在春晖路口，有一家以前她和司昭南常去的小龙虾店，如今却换了招牌，变成了一家西餐厅。她的心里冒出一股失落感。无论你如何怀念过去，时间都不会停下它匆忙的脚步，无论你如何挽留，沉浸在回忆里的只是你自己而已。你改变不了任何东西。

突然，一个高大的身影出现在夏一心的视线里，尽管她只看到侧脸，那熟悉的轮廓也足以让她目不转睛。那人随着人潮慢慢地移动着，在红绿灯路口，她看到了那人的正脸。是他，那俊朗的眉宇、深邃的眼睛，她到死都无法忘记。

夏一心看得入神，没看清前面的车辆，直接追尾，撞上了前面的车子。她开门下车，想追上去看个究竟，前面小车的司机却下车拦住她：

“小姐，你没看到前面的红灯吗？我才买的新车，被你这么一撞，都变这样了！”

夏一心连连说着对不起，目光却一直追随着那个高大的身影。前面的司机拽住她的胳膊：“你说，这个怎么赔！”

绿灯一亮，人潮远去，那个身影也消失在了茫茫人海里。

为了保证公路的畅通，在交警的指挥下，两人把车开到路边，接受检查。夏一心买了保险，打了电话，等待保险公司过来勘查理赔。她一直魂不守舍，脑袋里全是司昭南的身影。她眼睛没有花，看得很真切，真的是他。

夏一心的车也撞得不轻，引擎盖都翘起来了，勘查完之后要去修车厂，修理厂位置比较偏僻，不太好搭车，于是她打电话给芸竹，让芸竹来接她。

芸竹火急火燎地赶过来，说：“你的车技一直很好，是不是见前面开车的是个帅哥，迫不及待就上去接个吻？”

夏一心没有心情开玩笑，说：“我好像看到司昭南了。”

芸竹说：“我看你是着了魔，只要看到个子高点的，就感觉是他。”

夏一心申明：“我没有头晕眼花，也没有喝酒，我是真的看到他了，那种感觉很真实。”

芸竹握住夏一心的肩头晃了晃，想把她摇醒：“如果他回来了，第一个要找的人就是你，可到现在他连个人影都没有，又或许你看到的人真的是他，他却没回来找你，找到又有什么用？”

芸竹说：“走吧，我送你回去，我们去吃日料，你多吃点芥末，等那股呛辣直冲脑门的时候，你就清醒了。”

夏一心回到公司，秘书告诉她，美达罗药业的金总在江泽的办公室里，个人谈了很久，似乎是项目上出现了问题。

夏一心往办公室走，路过江泽的办公室时，透过玻璃往里面看了几眼，的确是美达罗的董事长金总。夏一心走进办公室，开始摆弄窗台边矮柜上的几盆多肉植物，上次她看到一本杂志上的多肉植物小巧又可爱，就忍不住买了几盆，还专门在矮柜上放了一个铁艺架子，可爱的东西可以给她带来愉快的心情。

过了一会儿，江泽敲门进来，然后锁上门，很郑重地跟她说："我怀疑公司有人故意陷害我。"

夏一心问："到底出什么事了？"

江泽说："你知道的，浅泽药业一直是美达罗的强力竞争对手，但似乎有人把我们给美达罗做的市场规划透露给了浅泽。浅泽提前一步宣布进驻三七制剂领域，让我们之前的工作都白做了，现在金总很生气，如果我们拿不出解决办法，就会投诉我们。"

这个项目虽然不是江泽做的，但项目经理是他手下的人，除了上下级的关系，负责人还是他的女朋友，所以他才万分着急。

出卖客户资料和商业机密是这行的大忌，夏一心不想给江泽压力，于是安慰道："这件事暂时不要透露出去，你好好调查一下，补救是唯一的方法，让文惠暂时避嫌，等这件事有了结果再说。"

江泽点点头："谢谢你，一心。"

夏一心要去跟商会的祝会长吃饭，九叢的发展，离不开商会的支持。她平时很少交际应酬，都是顾丛诚在处理，但这次祝会长点名要见她，她推辞不了，只能让顾丛诚陪她去。顾丛诚在酒桌上向来游刃有余，如果她有不当的地方，他也好帮忙解围。

祝会长一见到夏一心，就夸她虎父无犬女，庆市商业的发展史上，夏翔文的功绩是无法磨灭的，将来的她，也会是庆市商界不容小觑的人物。

夏一心笑着："祝会长过奖了，我能有今天的成绩，多亏了各位叔叔伯伯的提拔。”

祝会长说：“今天请你过来，一来是叙叙旧，二来，还有个不情之请。”

夏一心了解祝会长的性情，如果是公事，肯定会请她去办公室，只有人情往来的时候，才会组饭局。

祝会长说：“有人托我说媒……”

祝会长的话还没说完，顾丛诚就带着玩笑的语气打断了：“祝会长是有眼光的人，那个人不优秀肯定不会帮这个忙，只是我和一心一路扶持着走来，已经是最好的搭档。”

祝会长笑了：“你要是早说，我就不会答应这种请求！是个要好的朋友，不好推托。”

夏一心没有辩解，知道顾丛诚是用胡诌把祝会长的“好意”给堵回去，这样一来，让她少了很多不必要的麻烦。

席间，祝会长闲聊到现在庆市的商业的环境、发展趋势，也有意无意地提及，大家都是自家人，有什么需要帮助的，尽管开口。

夏一心知道再过三个月商会就要举行换届选举，只要支持祝会长的人够多，他就可能继续担任会长一职。商界的新秀长江后浪推前浪，谁能抓住新兴力量，谁的支持率就高。夏一心是无意于这样拉帮结派的，但为了公司的发展，她又不得不敷衍着。

该喝的酒得喝，该应承的话得应承，散席之后，夏一心喝多了，走路的脚步有点摇晃。

两个人都不能开车，顾丛诚便打电话叫了代驾。夜风微冷，她又喝了酒，顾丛诚怕她会着凉，将她扶到旁边椅子上靠着，把外套脱下来盖在她的身上。

顾丛诚问：“你今天是怎么了，一个劲儿地喝酒？”

夏一心说：“心里难受。”

旁边有小卖部，顾丛诚去店里买了盒牛奶，把牛奶温好了拿来给她："把它喝完，胃会舒服一点。"

夏一心接过来说"谢谢"，把牛奶放到一边，不想喝。

"你不喜欢这样的饭局，下次我帮你推了。"

夏一心没有听到他的话，只是心里微微一动，眼睛突然一下红了，说："我好像看到昭南了。"

顾从诚一愣："他回来了？"

"上午我的车追尾了，就是因为我看到他在路边走，我看得很真切，所以才没有注意前面的路况。芸竹说我头晕眼花，但我明明看得那么仔细，怎么可能认错。"说着，她的眼泪就止不住往下掉。

顾从诚递纸巾给她："何必去纠结这个，如果他真的回来，肯定会来找你的。"

酒总能诱发人心底的脆弱，夏一心苦笑："你跟芸竹说的话是一样的，可我就是死心眼，我没有眼花，也没有头晕，真的是他。"

代驾来了，顾从诚跟她一起坐在了车子的后排座上。一路颠簸，到小区门口的时候，她已经靠在椅背上睡着了，顾从诚想了想，对司机说："你把车开进车库吧。"

顾从诚打发走司机，把夏一心轻轻地横抱了起来，她睡得很沉，起身的时候头一歪，靠在了他的胸口。

他握着她的手指开了指纹门锁，进到客厅，小心翼翼地把她放到沙发上。

顾从诚环顾四周，想她一个人住在这偌大冰冷的房子里，怎么会不孤单？但这里处处都充满了另一个男人的气息，让他厌恶。

"昭南……"她在睡梦中轻轻叫着他的名字。

顾从诚在夏一心旁边蹲下，用手拨去她额前的乱发。暖色灯光下，她的脸覆着一层朦胧的柔光，娇俏可爱。顾从诚忍不住俯身下去，在快要吻到她的唇时，说："一心，忘了他吧，让我来照顾你，我会一辈子对你好。"

顾从诫的嘴角扬起笑意，他正要碰触到她柔软的唇瓣，一个声音在后面冷冷地响起：“够了吧！”

顾从诫一愣，回过头，发现芸竹站在那里，眼睛里充满了怨恨：“她不会喜欢你的！”

顾从诫站起来，脸上带着温柔的笑：“你怎么在这里？”

“她有我公寓的钥匙，我有她别墅的密码，这很正常。我一个人觉得无聊，有男朋友跟没男朋友差不多，想着两个寂寞的人聊聊天，或许可以打发孤单的夜晚，所以就过来了。”

顾从诫赶紧解释：“一心喝醉了，我只是送她回来。”

远远地，芸竹就闻到一股酒味儿。她走过去轻轻推了推夏一心的肩头：“一心，你怎么样了？”

夏一心迷迷糊糊地哼了一声，也不知道哼的是什么，能确定是真的睡着了。

顾从诫拽住芸竹的胳膊，比了一个安静的手势，小声说：“我们出去说。”

站在别墅外的花园里，顾从诫握住芸竹的手，问：“你是怎么了？手这么冷。”

芸竹深吸了口气，对顾从诫每一句温柔的话语，她都没有免疫力。她的态度也柔和下来，说：“心冷，所以手也冷。”

顾从诫带着歉意的口吻道：“对不起，我一直不敢直视我们的感情，是因为……”

他脸色沉重：“这跟我的家庭生活有关，尽管我生活在一个双亲健全的家庭，但他们的相处一点都不和睦。”

顾从诫的父亲是个酒鬼，只要一喝酒就会拿他母亲出气。他是家里的独子，母亲把他看得很重要，为了让他有个健全的家庭，就一直隐忍着。很多个夜晚，他都躺在自己的房间里听着父亲的打骂声、母亲的哭泣声到天亮。时间长了，母亲的隐忍并没有给他带来想象中的幸福和快乐，他越来越想逃离那个家，永远都不要回来。

他发愤读书，年年都是全校第一。他成了家里的骄傲、父母炫耀的资本，但他依旧不快乐，依旧想逃离那个家。即使进入了重点大学，他都没有放松过，想着要走得更远，远得永远不和父母见面才好。后来，他以优异的成绩成为交换生去了美国。

他曾经问过母亲，既然过得这么痛苦，为什么还要坚持？他已经长大了，有自己独立的生活，母亲不用再忍受父亲的暴力，以他的实力，可以让她过上优越清静的生活。母亲却告诉他，生活的本质就是如此，婚姻本来就是磕磕碰碰过来的，再找一个，也改变不了什么。

这句话在他心里生了根，一旦看到情侣或是夫妻吵架，他就会变得异常紧张。他害怕和芸竹结婚以后，会变成父母那样子。

顾丛诚说："我需要一点时间，你能等我吗？"

芸竹听顾丛诚讲完，心生同情，同时又很高兴，原来他并不是不愿意娶她，而是心里藏着这么一个结。

芸竹说："我都明白，我等你。"

宿醉之后头晕脑涨，夏一心感觉自己像被鬼压床一样，费了很大的劲才从床上爬起来，口干舌燥地去厨房找水喝。她一到餐厅，就看到芸竹正在摆碗筷，桌上的餐点很丰富，有牛奶、全麦面包、煎蛋，还有绿豆糕。

夏一心拿起牛奶喝起来："你什么时候来的？"

"在你醉醺醺地进家门前。"

芸竹说起话来眉飞色舞，夏一心很久没见她这么高兴了，便赶紧问："嘴都要笑歪了，中大奖了？"

"没什么，反正就是高兴。"得到顾丛诚婚姻的承诺，是她最开心的事。

夏一心吃着早餐，却目不转睛地看着新闻画面。以前，她提醒过司昭南，这是不好的习惯，早餐是两个人一天中最重要的交流时间，而且一边看电视一边吃饭，对胃不好，没想到自己却也养成了这样的习惯。因为每天工作繁忙，时间变得异常珍贵，她只能在用餐的空隙看看新闻，或是在开车的途中，听一下新闻广播，了解时事政治和经济动向。

电视上播报着光启集团正在向国外知名的重型机车生产厂家贝利抛出橄榄枝，希望和对方合作的新闻，夏一心和江泽费了很大的功夫才把光启项目的后续工作做完，有了基础，才有发展的机遇。能让她坚持下来的有两点，一来，她要证明，九戰的准则与诚信，哪怕当事人不在了，只要公司还存在一天，就会完成他们的工作；二来，她要继续寻找父亲失踪的证据，尽管因为司昭南的事耽搁了，但她从未放弃。

夏一心突然接到蒋筝打来的电话，他说他到庆市出差，想跟她约饭。

这两年，夏一心和霍光宗保持着不冷不热的合作关系，倒是和蒋筝熟络起来。她以前觉得他恃才傲物、不好亲近，长时间相处后才发现，他是个感情非常细腻的人，尽管两人交集不多，但每逢节日，他都会发短信问候。

蒋筝曾经送给夏一心一盆石斛兰，后来她疏于打理，石斛兰枯死了，于是他又送来了两盆。此后，蒋筝会定期发短信过来提醒，什么时候该浇水，什么时候该施肥，什么天该放室外……

蒋筝对夏一心既关心体贴，又保持着朋友间的距离，跟他相处，夏一心感觉很放松。

吃着饭，夏一心说：“我看报道了，光启跟贝利的合作进展得还顺利吧？”

“已经达成初步合作意向。”蒋筝顿了一下，语气变得担忧起来，“现在冒出一家叫浅谷的机车公司跟我们竞争，实力不容小觑。”

这家公司夏一心没怎么听过，估计是一家容易被人忽视的小公司。

蒋筝说：“浅谷早前是一家日资企业，几年前，由于政府出台了对重型机车的一些限制政策，日商没多久就撤资了，公司经营很不理想。但随着近两年摩托车行业的低迷、政策逐渐开放与休闲产业逐渐成熟，很多人都盯准了正在复苏的重型摩托市场。比实力，光启的优势是有目共睹的，不过我听说对方请了一个很厉害的顾问。但鹿死谁手，还不知道呢！”

这样看来，这个人也算是九罭在行业里的竞争者，夏一心突然来了兴趣，问：“是哪一个公司的顾问？”

蒋筝说：“不是公司，他好像是一个人，带着一个团队，类似于工作室，不过我听说他曾经给很多知名大公司做项目，成绩卓然，是个很有实力的人。”

夏一心问：“他叫什么名字？”

蒋筝想了想，说：“好像叫比尔。”

“是个外国人？”

“大概是吧，反正我没见过。”

这些重要的信息夏一心都记下来了，打算去打听打听，如果真的是九罭的竞争对手，知己知彼，才能百战不殆。

吃过饭，蒋筝还有要事，两人就在餐厅门口分了手。夏一心没有喝酒，于是自己开车回家。

夏一心开车去了前几天出车祸的路口。夜里十点，行人和车辆少了很多，附近有个停车位，她将车停在了那里。

她喜欢在冷冽的天气里，吹着夜风散步，这时她的头脑会特别清醒，她也最喜欢在这个时候思考。

夏一心走到红绿灯口，站在昨天司昭南所站的位置，环顾四周。霓虹闪烁，人来人往，她回想起当时的场景，却又怀疑起来——他真的回来了，还是那只是她日思夜想所产生的幻觉？

夏一心穿过人行道，朝着那个背影消失的地方走了一段。她抬起头，发现这里竟然是三生商场，旁边那家锦绣纤城的招牌灯光璀璨，醒目闪耀。她记得很清楚，这是她和司昭南第一次相遇的地方，只是他们相识的那家咖啡厅已经关闭，变成了一家中式茶餐厅。

岁月变迁，物换星移，时间不会为了任何人停留。

锦绣纤城自从跟设计师康乔达成合作之后，便立即走到了时尚的前沿，迎合了很大一批年轻消费者的需求，现在已经重新坐上国内成衣制品的头把交椅。

谢宝华于一年前因脑梗过世，公司由谢朝辉继承。郭嘉远任总经理的时候，谢朝辉备受打压，俗话说，君子报仇，十年不晚。谢朝辉掌握公司的大权后，做的第一件事就是解雇郭嘉远。郭嘉远也知趣，迅速离开，去了另一家成衣公司做总经理。

夏一心前两天还跟谢朝辉见过面，现在他正大刀阔斧地清除郭嘉远残留在公司的“余党”，培养自己的得力干将。

当时两个人坐在咖啡厅里，谢朝辉还感叹着岁月弄人。他原本以为自己的满腔抱负就只能在后勤部门慢慢地消磨殆尽，但命运会在漫长的黑暗后给你留一束通向希望的光，只是看你能否抓住。

夏一心长长地叹了口气。她黑暗中的希望之光又在哪里？

这注定又会是一个难以入眠的夜晚。夏一心打电话给芸竹，约她去别墅，想着两个人聊聊天，漫漫长夜也就打发了。

芸竹说：“我在咖啡厅检查这个月的账务，做完了就过去，正好跟你聊聊。”

夏一心说：“我去接你？”

“不用，我今天开了车。”

将车停到车库后，夏一心便准备到小区对面的超市去买些水果。她工作忙，时常不在家，偶尔在家的时候，也懒得动手做吃食，都是让小区的餐厅送，所以家里的冰箱很多时候是空着的，来了客人也拿不出待客的茶水果品。芸竹过来，也只是买很少的餐点，因为吃不完放着会被夏一心忽略，时间一长，就坏掉了，有时长霉了都不一定有人发现。

夏一心去超市买水果，通常是买那种切好的水果拼盘，种类多，吃起来也方便。她买了两大盒，回家等芸竹，但一直到十二点都不见芸竹的人影。她拨打芸竹的电话，电话关机了。她又打去咖啡厅，值班的服务员说芸竹早在十点的时候就出门了。

夏一心的心跳得厉害。大概是遭遇的变故太多，约定的人如果迟迟不到，或是联系不上，她就会心惊胆战。她又连着拨了几通，电话依旧是关机。

从咖啡馆到她家，顶多半个小时，如果路上遇到走不开的事，芸竹肯定会打电话事先知会一声。

夏一心越想越坐立不安，于是给芸竹的母亲拨了一通电话，电话刚接通，那头就传来了芸竹母亲的哭声：“一心，芸竹出事了！”

夏一心挂断电话，飞奔着就往医院赶。芸竹在来她家的路上出了车祸，被一辆失控的货车撞上，现在人还在急救室里。

她到达医院的时候，芸竹还没有从急救室里出来。芸竹的母亲坐在长凳上不停地抽泣，芸竹的父亲看起来稍显镇定，但也一动不动地站在急诊室的门边，一只手支在墙上，嘴里轻轻地念叨着：“不会有事的，肯定不会有事的。”

夏一心能在商场上笑看风云、镇定自若，却无力面对身边亲人朋友的危难。有时候，她甚至觉得自己会给最亲近的人带来灾难。

夏一心不敢说话，怕再惊扰到芸竹母亲快要崩溃的情绪。她走到角落处，手足无措，连一个听她倾诉的人都找不到。

这时，医生出来了，芸竹的父母快步走上去：“医生，我女儿怎么样了？”

所幸芸竹的车安全性能很好，受到撞击之后，安全气囊弹了出来，保住了芸竹的命。但撞击造成了轻微的脑震荡，所以芸竹现在还在昏睡中。她的腿被变形的车厢卡住，如今已打上了石膏，伤筋动骨一百天，接下来要好好休养。

夏一心给顾丛诚打电话。他听说芸竹出了车祸，立即往医院赶来。

病房里，只有夏一心陪着昏睡的芸竹。顾丛诚问："我听说伯父和伯母也在，他们人呢？"

夏一心说："我让伯父先带伯母回去了，伯母身体不是很好，年前才做了心脏手术，等他们休息好了再过来。"

夏一心和芸竹从初中就很要好，后来她成了孤儿，芸竹的父母就把她当亲生的女儿看待。她每次去芸竹家吃饭，芸竹的父母都会做她爱吃的菜，把芸竹晾在一边，为此，芸竹还吃过醋。正因为她们有如此深厚的感情，芸竹的父母才放心把芸竹交给夏一心来照顾。

见夏一心一脸倦容，顾丛诚说："你回去休息，我来陪她。"

夏一心摇头："没什么，再等等她就能醒了。"

顾丛诚说："我们在一起都三年了，我在这里照顾着，难道还会亏待她？"

夏一心的确有些疲累，而且第二天早上还有个很重要的会，于是她想了想说："那芸竹就先交给你，我回去整理一下，明天早上有个会，如果她醒了，记得打电话给我。"

顾丛诚把手轻轻放在她的肩头："交给我，一切放心。"

夏一心一走，顾丛诚就坐到芸竹的床边，轻轻握住她的手腕，抬起来，按压手上的穴位，刺激她醒过来。因为顾丛诚此前做过两个医药公司的项目，对中医有所了解，知道手上有两个穴位能刺激大脑，让人清醒。

芸竹皱起眉头，很不舒服地哼了两声，然后缓缓地睁开了眼睛。她看着顾丛诚，总觉得有一种不真实感。

顾丛诚俯身过去，问："感觉怎么样？"

过了好一会儿，芸竹才缓过劲来，轻声问："我怎么了？"

顾丛诚说："你出了车祸，所幸没什么大碍。这么大的人了，还像个孩子似的！"

听着他爱怜的责备，芸竹揉揉嗡嗡作响的头，讨巧卖乖："是啊，所以你得把我看紧点。"

"大晚上的，你可以打电话让我去接你！"

顾从诫的关心让芸竹感到很温暖，她傻笑："这应该是你陪我最久的一次了吧，我竟然有点高兴出了车祸。"

夏一心回家躺了一会儿，起床后，看见镜子里的自己一脸疲倦。她上午要见的是《经济报》的记者，必须保持思路清晰和精神奕奕的状态。

夏一心化了个淡妆，穿了一套比较正式的职业套装，准点赶到公司，刚坐下没多久，前台就打电话进来，说《经济报》的记者到了。

《经济报》的记者带着助手走进来，客气地招呼着："夏小姐，上一次见面是在商会的颁奖晚会上，你当时是红人，想跟你聊两句可不容易，今天算是等到好机会了。"

夏一心带着温柔的笑说道："真是不好意思，那天的事太多，也没有一一打招呼，今天我一定好好和你们聊聊。"

夏一心准备在《经济报》上发表上半年针对国内旅游市场的调研报告，并指出旅游业发展的三大挑战和五大对策。

俗话说，光做不说傻把式。她要让整个中国市场都知道九罭做调研分析的能力，相信他们做的报告最终能影响各行各业的发展。

夏一心还特地介绍了一下九罭独有的调研分析系统，说明了这个系统追求严谨和真实的特点。

记者说："夏小姐，我想给你拍一张照片，用在你的专访上。"

夏一心愣了一下："我们说好的可是行业分析报告。"

记者笑了笑："你作为受人瞩目的商业新生代人物，主编早就催着我写一篇专访，一直想跟你预约，但你的秘书太聪明了，一点机会都不给。"

夏一心说："实在抱歉，最近工作太多，所以就让秘书把一切私人事件给挡了。"

记者说："你有顾虑，我可以理解，现在一些媒体为了博眼球，报道一些不实的事件，给当事人造成一些困扰。不过夏小姐，你放心，我的专访跟别人不一样。我写的，都是我亲眼看到的东西，就你的外表而言，你是一个青春洋溢的女孩子，但你的眼睛写满了故事，让人有种想探究的欲望。"

夏一心笑起来："你很具备一个记者该有的好奇心。"

两人聊得投机，一直聊到了午餐时间，夏一心说："本该请你吃饭的，但我一个很重要的朋友在医院，我得赶过去看看。"

《经济报》的记者说："那就改天吧。"

夏一心匆匆地离开公司，赶到医院时，芸竹已经醒了。顾丛诚因为工作已经离开，现在由芸竹的父亲陪着。

芸竹一边用手机看着电视剧，一边啃着削好皮的苹果，神采飞扬。夏一心欣赏芸竹的神经大条，对她来说困难似乎只是生活里一闪而过的东西，随时随地可以把希望和快乐找回来。

夏一心走过去，打趣着："你不是有健忘症吧，昨晚还躺在床上起不来，现在打着石膏还手舞足蹈的。"

芸竹脸上笑开了花："有种结果叫因祸得福，老天爷让你吃苦，是为了磨炼你的意志，再用另外一种方式来报答你的。"

她又说："一心，我不像你这么有事业心。我只想守着一个小店，守着一个男人，安安稳稳地过日子。而这个男人光彩耀眼，有才华，有抱负，温柔体贴，我便此生足矣。"

Chapter 27

夏一心感到胃不舒服，想煮点白粥吃，打开橱柜才发现米桶是空的。餐厅送来的粥味精味有点重，她想了想，还是决定去前面路口的粥店，那里的菜清淡，比较合她的口味。

她是粥店的熟客，一进店，老板就熟络地说："刚才司昭南来过了。"

夏一心一愣，以为自己听错了："谁？"

"你之前的男朋友啊。"

"他来过？"

"是的，他还带着一个年轻的女孩子。"

夏一心笑起来："他真的回来了！"

她又问："他人呢？"

"吃完粥就走了。"老板指着角落的桌子，"刚才就坐在那儿。"

夏一心追问："他离开多久了？"

"大概就五分钟，往绿林路那个方向走了。"

夏一心立即出门，往绿林路的方向一路快跑，跑出很长一段路也不见那个高大修长的身影。等她沮丧地回到店里，老板安慰她："别追了，男人的心不在了，怎么都追不回来。我有个大侄子，清华的博士，什么时候我介绍你们见个面。"

但此刻的夏一心什么都听不进去，仍极力追问："老板，你真的没看错吗？司昭南他刚才在这里吃粥？"

夏一心激动的情绪让老板感到莫名其妙，只得重复回答她："真的是他，你跟他在我这店里喝了一年的粥，他那个身高跟眉眼，我怎么可能记错！不过……"

"不过什么？"

"我跟他打了招呼，但他的态度很冷淡。"

两年来，夏一心都是一个人到店里来喝粥。老板问起过司昭南，她回答说失踪了，所以老板一直以为她跟司昭南分手了。

喝下一碗粥之后，夏一心激动的心情平复了一些。

如果真的是司昭南，为什么他不回来？他身边的女孩子又是从哪里来的？

她越想，心情越低落。

夏一心回到公司，一进办公区，就感觉气氛凝重。有同事意味深长地指了指文惠的办公室，她走到门口，看到在两个保安的监督下，文惠正在收拾自己的物品准备离开。

她隐隐知道是什么事，于是走进去问："文惠，发生了什么事？"

文惠眼睛红红的："我真的没有出卖客户的资料，我也不知道为什么会这样。"

夏一心去找顾丛诚，顾丛诚说美达罗的金总找到他，说一定要找出倒卖商业机密的罪魁祸首，为了平息客户的怒气，只得找了技术公司，经过一番调查，发现文惠的办公电脑里有将美达罗的资料发送给一个无法确定联系人的邮箱的记录，至于资料最后落入谁人之手，还没有定论。

而且文惠的私人账户里有一笔来历可疑的五十万汇款，种种证据都指向她，所以顾从诫不得不处理。

夏一心说："你刚刚也说，只是证据指向她，并没有定论，你现在让文惠走人，一来，对她处罚是有失公允的；二来，你让江泽怎么在公司立足？"

"我这也是没有办法，客户冲着我要人，我必须做出一点行动来，这也是无奈之举。再说了，我并没有正式下达对文惠的处理，等客户那边打点好，我会从头再调查这件事，如果她真的是无辜的，到时候再回来公司上班，而且她休息这段时间，工资会照发，这样行了吧！"说着说着，顾从诫情绪有点激动，"事情都有轻重缓急，要想面面俱到，我也很难做到。"

的确，顾从诫不仅要管理整个公司，着手项目管理、对外应酬、对内安抚，压力很大，夏一心感同身受。于是她的态度也缓和下来："我知道了，就先这样办吧。江泽呢？"

"他应该在办公室里。"

夏一心去找江泽，江泽也很无奈，却也只能接受这样的结果，而且因为公司的纪律，他还不能替文惠辩解。很多公司就是担心情侣之间会相互包庇，才强烈反对办公室恋爱，九覬如此开明，他更要以身作则。

江泽反而安慰夏一心："你不用担心，我会帮她证明清白的。"

夏一心拿起手机，发现有几条未读的短信，其中一条是山岭小学刘老师发来的，说盛州的草莓长得正好，问她要不要去尝一尝。

她这才想起来又是一年的春天了。每年的这个时候，她都会去一趟盛州的山岭小学，了解学校的情况，和孩子们待上三天。她用公司股份分得的盈利资助山岭小学搬到了山脚下的镇子里，那里热闹，交通比大山里发达。她租用了一所职业学校的场地，校舍都是现成的，方便直接使用，孩子们也不用再每天奔波。

司昭南不在的这两年里，夏一心继续完成着他的心愿，每年来山岭小学至少两次，尽可能地改善孩子们的学习环境，创造更多的机会让他们多读书，接受新鲜的事物，能走出大山，创造自己的理想。

第二天一大早，夏一心去商场买了三十台电脑，写好送货地址。

刘老师一直在开解她，生死有命，只要无愧于心，就不会有遗憾。

学校招聘了五位老师，刘老师荣升为校长，现在已经有大大小小八十多个学生。早上八点，学生们穿着统一的校服，伴随着晨光做体操，看着孩子们欢快雀跃的样子，夏一心也会跟着开心地笑。

刘老师对夏一心充满了感激，请她去一家特色的小餐馆吃饭。乡下小镇的食材很新鲜，鱼是旁边河里钓的，叫桃花瓣，又细又长，用油一炸，又香又脆。两人就着小酒，一边喝，一边聊。尽管刘老师对司昭南充满了想念，却在她面前只字不提，担心她会触景生情，只说一些学校的趣事。

快结束的时候，学校老师给刘校长打电话，说订的油送过来了，让他去验收一下。

刘校长抱歉地说："这些送货的人，一点时间概念都没有，想什么时候来，就什么时候来。生活上的事儿，我得去看看才放心。"

现在的刘校长明明可以过得轻松一点，但习惯了忙碌和清贫的他，对学校事无巨细，都会仔细地过问。

刘校长问："要一起回去吗？"

"不用了，我想一个人坐会儿，再说了，这镇子有多大？我能找到回学校的路。"

刘校长先走了，夏一心又问店老板要了两瓶啤酒，喝完已经微醺。夏一心看着小镇上稀疏的灯光，自觉凄冷孤独。以前司昭南加班的夜晚，她都会点一盏暖暖的灯，告诉他，无论外面的"战斗"如何激烈残酷，她都会默默地守在这里，他累了，她会给他一个栖息的港湾；失败了，她会陪他东山再起；哪怕穷途末路，她都会不离不弃。

现在她也累了，面对强大的竞争对手，面对风云变幻的市场，她害怕过、担忧过，也勇敢过。而支撑她的，不过是虚无缥缈的执念而已。她小声地哭出声来："昭南，你在哪里？我感觉自己快撑不下去了。"

夏一心回到车里，把车门锁上，然后伏在方向盘上，放声大哭起来。这两年来，她一直很坚强，不让任何人看到她的脆弱和无助，实在撑不下去了，就找一个没有人的地方大声地哭一场，然后抹干眼泪，继续孤勇地前行。

夏一心喝得有点多，车厢里沉闷的空气让她不停地作呕。她赶紧拉开车门，下车后蹲在路边呕吐起来，她甚至可以想象到自己狼狈的样子。吐完后，她捂住嘴，赶紧上车去找纸巾。

她仿佛把肚子里的东西都吐光了，腹部抽痛得厉害，头又昏，只能仰面靠在椅背上，紧闭双眼，等酒劲过去。

风很冷，刮在脸上像刀割一样痛，她忍不住打了一个寒战，抱紧双臂，希望身体能暖和一点。迷迷糊糊中，她感觉有什么人在轻轻摩挲她的脸，那一是种非常熟悉的力道，又温暖，又轻柔。她猛地睁开眼睛，视线渐渐清晰，她看到了司昭南的脸，他皱着眉头，眼神悲伤。

夏一心笑了，伸手捧住他的手："你来了，我想了你这么多年，你终于到我梦里来了！"

眼泪从她的眼眶里流下来，模糊了视线，夏一心担心他的影像会消失，赶紧用手抹掉眼泪，所幸他还在，那双明亮的眼睛里，有她的影子。

她问："你去哪里了？"

司昭南的到来只是她太过想念才出现的幻觉，过了一会儿，他就会消失不见，她知道时间宝贵，于是扑到他怀里："抱抱我，好吗？只有你的拥抱，才能支撑着我继续走下去。"

他的手环住她的肩头，那种两个人紧紧依偎在一起的感觉，让她感觉似乎回到了从前。

他突然说："一心，不要等我了，我不会再回来了。"

夏一心闭着眼睛，享受着这来之不易的温暖："我知道你不会回来了，我只要偶尔能在梦里见见你，就很满足了。"

"一心，你还记得我以前说过的话吗？谁都不会因为某一个人、某一件事而停止生活的脚步，忘了我，你会有新的生活。"

夏一心笑了："我可以放下任何东西，但放不下你，怎么办？"

大概是梦境太过美好，也因为在他怀里，她终于可以不用再坚强，头一侧，很快就睡着了。

夏一心伴着他的温度入眠，只觉得自己已经很久都没有睡得如此安稳了。早上，她被一阵阵嘈杂声吵醒，睁开眼睛，发现自己蜷缩在车子的后排座上，身上搭着一件厚厚的男士毛呢外套。她愣了一下，难道说司昭南的出现并不是一场梦？

她拿起外套仔细查看，却发现并不是司昭南的尺寸，从外套的长短来看，穿着者的身高应该不到一米八，不可能是他。

外套里有一股淡淡的三宅一生的香水味，居住在镇子上的人是不会用这种名牌香水的。难道是某个路过的游人，发现她喝多了倒在车里，担心她会感冒，才把外套盖在她的身上？

宿醉之后头痛得厉害，夏一心揉了揉太阳穴，回想起梦境里司昭南温柔的怀抱，不禁有点惆怅。如果梦不醒，该有多好。

酒劲已经过了，夏一心开车回到学校，迅速地回到自己的宿舍，洗了个热水澡，用以去掉身上的酒气。学校的设施比不上家里，没有暖气，从浴室里出来，她瑟瑟发抖，只得拿被子将自己裹起来。

夏一心躺到床上，轻轻地闭上眼睛。她希望能延续那个美梦，哪怕再多待一刻也好，可躺了好一会儿，竟然一点睡意都没有。夏一心想起梦境里那双带着温度的手，还有宽厚有力的手臂，那种感觉真实得一点都不像梦境，就像他真的来过，拥抱过她。

她赶紧坐起来，抹掉眼角的泪。昨晚她已经哭过了，现在得打起精神来，还有很多事需要她勇敢积极地去面对。

她穿好衣服，瞥了一眼放在沙发上的男士毛呢外套，拿过来，往衣服口袋里掏了掏，里面有两张名片，上面写着南宫旭，职务是比尔咨询管理公司的项目经理。

夏一心惊讶地发现，这个人竟然和自己是同行。但她似乎没有听说过这么一家咨询管理公司，不过看到“比尔”这个名字，她不由得联想到了那个神奇的咨询顾问比尔，不知道会不会是同一个人？

名片上有电话，她立即打了过去，接通之后，手机里传来了男人清脆、充满活力的声音。夏一心说了外套的事，南宫旭说：“小姐，你神经也太大条了，大冬夜的，车门开着，你醉得不省人事地躺在车上，就不怕遇到坏人？”

夏一心笑着说：“这世上还是好人多，这不是遇到你了？谢谢你，我想把外套洗干净之后还给你，能约个见面时间吗？”

南宫旭说：“我在庆市，等你回庆市再给我打电话吧。”

南宫旭大概是看过夏一心的车牌号码，知道她也是庆市人。

她说：“好的。”

中午食堂里的菌子汤很好喝，夏一心多喝了两碗。她对刘校长说：“我第一次去山岭小学，下山的时候您就送了我一袋这种新鲜的菌子。当时拿回家煲汤喝，味道好得我恨不得撕成一小条一小条省着吃。”

刘校长说：“你临走的时候，我再送你一包。”

夏一心接到郝丽打来的电话，文惠的事波及了江泽，江泽已经决定离开九韬。

美达罗药业项目资料泄露的事，她和顾从诚说好先内部处理，对客户拿一个态度出来，但不知道是谁把这件事捅了出去，这样就不再是内部事务这么简单了。按照行业的约定，文惠被庆市咨询管理协会除名，未来恐怕再没有机会留在这个行业。

郝丽现在在分公司当负责人，从进九罭就跟江泽是同事，两个人私交很好。郝丽虽然八卦，却很讲义气，好打抱不平，有很多事江泽不便开口，郝丽却不能坐视不管。

这两天夏一心住在这世外逍遥地，这么重大的事，竟完全不知情。

她说："我现在就回公司。"

夏一心回宿舍收拾东西，急着要走。刘校长知道肯定是出了大事，赶紧从屋里拿了一大包晒干的菌子给她。她上车的时候，校工又送来一大袋新鲜的草莓，说："夏小姐，这些拿去慢慢吃，甜食能让人心情舒畅，吃完了就给我打电话，我再给你寄。"

夏一心赶回公司的时候已经快到下班时间了。她把草莓拿出来分给同事，安静的办公区突然热闹起来，新鲜、味道又好的草莓瞬间活跃了公司的气氛。夏一心径直往顾从诫的办公室去，顾从诫正在打电话，抬手示意她先坐一下。

挂断电话，顾从诫见到她焦急的神情，问："你是为文惠的事情来的吧？"

夏一心问："现在情况怎么样了？"

顾从诫露出遗憾的表情："我很抱歉，我的初衷只是想暂时平息美达罗的怒气，却没料到人多嘴杂，最后弄到了不可收拾的地步。你不用太自责，这件事本来跟你就没什么关系，作为项目的负责人，文惠是有责任将所有的资料保管好的，无论出卖资料的人是不是她，她都脱不了关系。"

夏一心还没来得及去找江泽，江泽却主动来找了她，提出想休个长假的请求。

江泽知道，这是有人故意在排挤他。他做事谨慎，不好下手，对方才拿文惠开刀，这样的伎俩在风云莫测的职场上司空见惯。他说："我不想你为难，文惠这两天心情起伏得厉害，我想趁这个机会带她出去转转。我们在一起一年多，我几乎没带她出去玩过，现在正是补偿她的时候。”

夏一心知道这是客套话，背着出卖公司机密的罪名，文惠很难再在庆市的商界立足，这一走，江泽恐怕是不会再回来了。

夏一心挽留道：“我现在很需要你，自从昭南失踪后，我感觉自己就像没有根的树，岌岌可危，是你和从诚哥一直在身边支持我、帮助我，如果你走了，我会失去一个坚强的盟友。”

江泽笑着说：“我只是放一个假而已，有什么需要我的地方，我随时效命。”

公司事务繁多，江泽一走，顾从诚手头上的工作无疑会增加。江泽说：“你可以让梁思明暂代我的工作。”

夏一心想了想说：“那天从诚哥向我提议，把梁思明调到分部去拓展业务，说梁思明是营销方面的天才，对市场这块会比较敏感。”

江泽说：“梁思明的业务能力是很强，但我一离开，我手下的项目内部肯定会有波动，安抚人心、维持好总部的发展至关重要，所以，我觉得他应该待在总部，让他来负责业务方面的工作。”

大概是顾及文惠的感受，江泽很快就将公司的事交接到梁思明的手上，和爱人离开了。

夏一心去机场为他们送行时心里带着伤感，江泽一走，似乎她跟司昭南的联系又少了一点。江泽跟司昭南很像，重情重义，为了心爱的人，可以放弃辉煌的事业，爱人间最难能可贵的不就是不离不弃吗?

如果文惠的事是公司内部的某个人在借机打压江泽，那夏一心必须找出这个人。为了利益与名利，同行间的明争暗斗是常事，但有人使用如此卑劣的手段，绝不能纵容。

夏一心收到南宫旭发来的短信，问今天有没有空把外套给他送过去，说最近阴雨不断，天冷，没衣服换了。

看得出来，最后一句不过是调侃，夏一心回复：“在什么地方？我立即过去。”

南宫旭发了地址，两人约在八一街的蔚苑餐厅。夏一心心里微微一动。他选的地方很合她的心意，她正想找个地方用美食来化解烦闷。她特别喜欢吃蔚苑餐厅的盐水鸭，司昭南总说太油腻，吃多了不健康，却又一次一次地陪她去。这家餐厅她好久没去过了，那里的回忆太多，她怕触景伤情。

夏一心一进餐厅，就见在靠窗的卡座上，一个非常年轻俊秀、穿着蓝格子西装的男子向她招手：“夏小姐，这边。”

夏一心走过去：“你认识我？”

南宫旭说：“我也是做咨询行业的，这点眼力还是有的。”

夏一心把手里的袋子递给他：“这是你的衣服，谢谢你雪中送炭。”

南宫旭笑了笑：“举手之劳。”

坐下后，南宫旭问：“这个点你还没吃晚饭吧？一起用餐？”

夏一心说：“当然，这顿饭我请客，算是表达感谢。”

“我都说了举手之劳，不用说客气的话。饭我请，就当同行间交个朋友。”

夏一心进来前，南宫旭已经把菜点好了，一大盘盐水鸭，配了两小碟水煮菜。看到这些，夏一心愣了半天，南宫旭的饮食习惯跟某个人惊人相似，以前司昭南陪着她来吃的时候，总说鸭子太油腻，一般会配上两碟水煮菜，诓她说要水油平衡。

南宫旭问：“夏小姐，菜不合口味？”

夏一心回过神来，说：“挺好的。”她又问，“南宫先生这么年轻就当上了项目经理，真是让人刮目相看。”

南宫旭客气：“我哪里能跟夏小姐比，夏小姐可是我们这行业里的佼佼者。”

来之前，夏一心就想借此打听一下关于比尔咨询工作室的事，于是直接进入正题："外套里有你的名片，你所在的比尔工作室，我听人提起过，所以对你非常感兴趣。一般来说，咨询管理公司大多会积极推广自己，但贵公司似乎很低调。"

南宫旭笑着说："我们公司哪里能跟夏小姐的九最相比？夏小姐吃肉，我们喝点汤就行了。"

"你过奖了。"夏一心又问，"你们老板是？"

南宫旭说："他叫比尔，是美国人。他比较低调，除了工作外，不太喜欢跟人交际。夏小姐是庆市咨询管理协会的理事，喜欢广交朋友，但我们这位老板脾气古怪，怕是没机会交夏小姐这么年轻漂亮的朋友。"

南宫旭这么一句话，就把夏一心继续探问的路给堵死了，不过，这只会让她更好奇。

她说："你们老板的想法是挺古怪的。"

南宫旭说："夏小姐，我们还是吃饭吧。我们老板可有顺风耳，要是知道我在这里说他坏话，回去又得消遣我！"

南宫旭是个很随和又健谈的人，抛开工作的话题，他说了很多旅行途中的奇闻趣事，让初次见面的两个人一点都不觉得冷场。谈话间，夏一心才知道这个南宫旭虽然外表稚嫩，但阅历惊人。他是个美籍华裔，年纪轻轻就拿到了美国高等学府的硕士学位，不过二十六岁，就已经有了八年的咨询管理经验。这个行业里人才辈出，他所经历的竞争之激烈可想而知。

饭很快就吃完了，夏一心用纸巾擦着手，说："希望后会有期。"

南宫旭说："肯定会有见面的机会，只是到时针锋相对的话，夏小姐可要手下留情。"

夏一心说："你何必谦虚，对手很多时候也可以成为朋友。"

南宫旭说："夏小姐，我还得留下来等一个朋友。"

夏一心点点头："那我先告辞了。"

夏一心走出餐厅，身影消失在来去匆匆的人群里，没过多久，一个高大瘦削的男人推开餐厅的门缓步走了进来，在南宫旭的对面坐下。南宫旭笑着问："比尔，怎么样？看够了吗？"

司昭南低头看着她用过的碗碟，问："她吃得这么少？"

南宫旭说："尽管她一直保持着笑容，但我还是感觉得到，她心情不太好。"

他又说："如果我没猜错，江泽的离开会让她处境堪忧。"

司昭南心烦意乱，问："我吩咐你的事情调查清楚了吗？"

南宫旭挑眉："我打听到，顾丛诚是浅泽药业的股东，听到这个消息，有没有觉得特别劲爆？"

"等你拿到证据，再用确定的语气告诉我。"司昭南瞥了他一眼，"走吧。"

南宫旭撇着嘴："小叔叔，你别老板着一张脸行不行？一点乐趣都没有。"

Chapter 28

霍光宗打电话过来，说德国贝利集团的人三天后就要到光启产业来考察，做最后的谈判。这次谈判至关重要，霍光宗希望夏一心能过去一趟，毕竟这也算是工作的一部分。

两年前，在他们为光启做好转型重型机车市场的方案之后，光启就一直在寻找能合作的国外机车厂家，既要有过硬的技术，又要有市场口碑。他们陆陆续续谈了不少，最后锁定了这家贝利集团，光是前期工作就做了大半年，本以为可以水到渠成，却半路杀出个程咬金。

夏一心说：“好，我明天就过去。”

她安排好公司的事之后，就去咖啡馆看望了芸竹。芸竹在家休养了一个月就往咖啡店跑，说是闲不住，待在家里跟坐牢差不多，而且比坐牢还惨，一日三餐都大补，一个月补出十斤，现在还得拼命地减回来。

当晚，夏一心坐飞机去了江洲市。她原本是要自己预订酒店的，但蒋筝打听到她的行程，亲自开车到机场来接她，为她安排了酒店，而且还是总统套间。她说：“太奢侈了，公司正在上升阶段，用钱的地方很多，你这样一弄，接待的费用会超支吧！”

蒋筝说：“再怎么省，接待你是一定不能省的。”

明早的会议很重要，蒋筝不便多打扰，把夏一心送到酒店后就离开了。

因为一路奔波很疲累，夏一心很快就入睡了。

第二天的会议上，光启产业几乎所有的高层都来了，负责合作事宜的团队把评估的数据一一做了报告。德国贝利集团在重型机车的研发上拥有很多先进的技术，与之合作，可以节省不少研发费用。最重要的是，光启集团没有足够的资金和技术去支撑这种技术的研发，合作是最省钱的捷径。

德国贝利看中中国国内的广阔市场，光启看中对方过硬的技术和极高的知名度，国内摩托企业能跟光启比肩的并不多，对于这次的合作，光启是信心满满。

他们也做过浅谷摩托的市场调查，在日资撤走之后，浅谷摩托就变成了一家专门生产机车零件的小厂，无论是规模和生产，都远不及光启，不足为患。

夏一心提出，达成合作无非两点：一要让对方有充足的发展空间；二是达到对方预期的利益。

光启自身的优点要全面地展示出来：现代化的车间、高份额的市场占有率、极高的知名度等。而且夏一心从德国的行业报纸上看到贝利有几个研究项目正在找人合作，除开技术合作外，也可以适当合资研发项目，使两家公司紧密联合起来。

会开了一天，散会的时候，蒋筝对夏一心说：“一起吃个饭吧，该我尽地主之谊。”

江洲是座工业大城，城市街道宽敞，随处可见工业机械类的雕塑、大大小小显眼的招牌和工厂大门。一路走来，许多餐厅门口的招牌上都写着“特色小龙虾”，夏一心问：“我们是去吃小龙虾吗？”

蒋筝说："夏小姐真聪明，上个星期来的时候，我就请一个客户吃了一顿小龙虾，大家都说味道不错，所以今天一定要带你去试一试。"

夏一心记得以前可没这么多龙虾店，奇怪现在怎么都跟雨后春笋似的冒了出来。蒋筝说："有人在这里盖了个小龙虾养殖基地，周边的餐厅就全跑来做这个了。"

夏一心只看店外公路两边停放的密密麻麻的车就知道这家店的生意不一般，更何况其中还不乏一些名车。

店里很简陋，场地却很大，一栋三层楼的旧房子，里里外外都是桌子，方形的大铁盘子盛着一盘盘红彤彤冒着热气的小龙虾，麻辣的香味扑鼻而来。

现在的小龙虾几乎都是人工养殖的，一年四季都有，不过七八月的最好，这个季节的小龙虾，几乎没什么膏。

店里有剥好的虾肉，吃起来很方便。夏一心问："你对这次的合作有什么看法？"

蒋筝说："前期做了这么多工作，总得有个结果。今天的会上大多数人都自信满满，但在我看来，变数很大。现在的大公司都不是笨蛋，你蛋糕做得再大，人家也有办法看清里面是不是实心的。"

蒋筝开了车，不能喝酒，只要了一杯果汁。他喝了两口，接着说："其实我现在关心的是浅谷会用什么手段来拉拢贝利集团，没有真材实料，是不敢出来显摆的。"

谈了一天的工作，再继续这个话题，会影响小龙虾的美味。两个人聊了些家常，夏一心突然问："凭你的实力，不会只想当个代言人吧？"

蒋筝笑了："我知道，你一直想知道我的大老板是谁，但这个我还真不能告诉你。商场上规则很多，有些人出于很多原因，真人不露相，我既然帮别人办事，就得守口如瓶。"

吃完饭，蒋筝让夏一心稍等一下，他去里面的服务台结账。夏一心站在马路边看着天色尽黑的江洲，这里霓虹闪烁，灯火辉煌，繁忙的景象不输白天，不愧为有着1000万人口的工业重城。她心里不由得为自己能帮助这座城市重振支柱产业，生出一股自豪感来。司昭南邀她加入九戥的时候说过，别人在你的指点下取得成功，才是真正值得你骄傲的事。

这时，一个熟悉的身影从旁边走过，高大的身影，让夏一心心里一震。

夏一心瞪大了眼睛，担心自己会看错，但对方与她四目相对时，她分明看到了他眼睛里闪动的光。她笑起来："昭南，你真的回来了！"

夏一心正要快步迎上去，司昭南却转身走了。他的步子很快，跟着前面的矮个儿男人。

夏一心不甘心，加快脚步追上去。她穿着高跟鞋，没踩稳，崴到了脚。她忍着痛，没有放慢步子，在对方的车门快要关上的时候，用手死死地撑住。尽管车里灯光微弱，但这么近的距离，她看得很仔细，分明是司昭南那挺拔的鼻子、深邃的眼睛，只是脸颊消瘦了很多。她说："司昭南，你为什么要躲着我？"

司昭南不敢看她，只说："小姐，你认错人了！"

"你忽悠别人可以，但你骗不了我。"

夏一心突然抓住司昭南的手，被她握住的手心湿漉漉的。他一紧张手心就会流汗，这让她更加确定。她带着愤怒道："你这样做到底是为什么？"

司昭南侧过头不看她，对前排的人说："请她下去。"

南宫旭叹着气，下车走到夏一心的身边："夏小姐，你真的认错人了。他是我的大老板，你再坚持下去，我会很为难！"

南宫旭竟然跟司昭南认识，还是他的下属。夏一心厉声说："这不关你的事！这是我和他之间的私事！"

司昭南的手伸过来，轻轻掰开她的手，说："这位小姐，你是真的认错人了，我还有急事，请你松手。”

连声音都一模一样！夏一心说：“到底发生了什么事？这些年你去哪里了？即使你不愿意跟我在一起，也可以当面跟我说，为什么要装作不认识？”

南宫旭吃力地把她拽开，司昭南迅速关上车门，并上了锁。南宫旭劝她：“小姐，我知道你想念朋友，但也别耽误我们的时间！”

车子飞驰而去的那一幕刚好被出来的蒋筝看到。他上去扶了夏一心一把，问：“没事吧？”

夏一心呆呆的，眼神空洞，像一个没有灵魂的木偶。蒋筝以为她被吓愣了，赶紧安抚着：“放心，我一定会投诉他们的！”

蒋筝把夏一心扶到车子里坐好，她强忍的眼泪终于忍不住掉下来，嘴里喃喃地说着：“为什么他不肯认我？”

蒋筝听得莫名其妙，想把她带回酒店，再找个医生来看看。

回到酒店后，夏一心就把自己关进了房间里。她拨通了秘书的电话，让秘书帮忙查找一下南宫旭住在江洲的哪家酒店里。尽管司昭南对自己态度冷漠，但她一定要当面问清楚，哪怕物是人非，情感已逝，至少他要给她一个交代！

回到酒店，南宫旭回头看向后座上的司昭南，问：“比尔，感觉怎么样？”

一路上，后视镜里的司昭南一直侧头靠在车窗上，一动不动。车厢里微弱的光让南宫旭看不清司昭南的表情，只是这一反常态的安静让南宫旭感觉到了司昭南无法克制的悲伤。

司昭南没有回应，南宫旭有点紧张：“比尔，你怎么了？”

司昭南依旧没有动，南宫旭赶紧下车，拉开车门，捧起他的脸，却发现他双眼紧闭，脸颊湿漉漉的。南宫旭叫来酒店的服务员，三个人一起把司昭南扶回客房里，然后南宫旭熟练地从司昭南的行李箱里找到药瓶，拿出两粒喂到他嘴里。

南宫旭检查了司昭南的瞳孔，又拿出仪器检测了他的体温和脉搏，发现他只是因为情绪激动脑部充血才造成昏迷，终于松了口气。

他知道司昭南听不见，还是自言自语地说："刚才看到夏小姐痴情的样子，我都动心了，你矫情个什么劲儿嘛，还把自己搞成这样，你就作吧，看能作到什么时候！"

秘书很快就发来了邮件。她告知夏一心，南宫旭住在江洲北区的希尔顿酒店里，和他一起办入住手续的另一个人叫比尔·诺顿，两人的证件均显示是美国籍。

夏一心恍然，这个比尔·诺顿肯定就是司昭南，他以前在美国工作过，拿到美国绿卡应该是轻而易举的事，如今还弄了个外国名字，故弄玄虚。

她想起在盛州小镇那个醉酒的夜晚，司昭南拥抱着她，那温暖的胸膛、有力的手臂，还有他温柔的言语。那不是梦境，应该是真实存在的。

至少她能确定，司昭南对她的漠视绝对不是因为失忆。

夏一心准备出门，蒋筝见她拿着包要出门，担心她去而不回，忙问："夏小姐，你要去哪里？"

夏一心说："我有急事要去处理一下，不用担心。"

夏一心急匆匆地走出酒店，在路边打了一辆出租车，直奔希尔顿酒店。她已经打听好了，比尔·诺顿住在8018的总统套间里。但当她站在房间门口，抬起手时，又迟疑了。

见到他，他会说什么呢？会像刚才在路边一样，冷着一张脸把她赶走吗？

夏一心深吸了口气。她管不了这么多了，就算要恩断义绝，也要弄个明白。

她按响了门铃，很快，门打开了，来开门的是南宫旭。夏一心知道他们的关系，所以此时并不惊讶，只是说："我要见比尔·诺顿。"

南宫旭很镇定，笑了笑："他出去了。"

"他什么时候回来？"

南宫旭耸耸肩，表示爱莫能助："不知道。他是老板，他爱去什么地方就去什么地方，什么时候回来也不会告诉我。"

"那我在大厅等他，他回来了麻烦通知我一声。见不到他，我是不会走的。"

夏一心转身就走，南宫旭叫住她："夏小姐，你何必这么执着呢，他要见你自然会见，如果不想，你无论等到什么时候，结果都一样，为难的是你自己。"

她既然都知道了，南宫旭也不想拐弯抹角。

夏一心转过身："他为什么不肯见我？心虚？"

南宫旭说："夏小姐，一些事、一些人都是我们难以掌控的，拥有的时候珍惜，失去的时候放手，天地广阔，何必把自己困在死胡同里呢？"

夏一心不想和他进行口舌相争，坚定地说："我在下面等他。"

酒店的休息厅非常安静，沙发够软，室内温度舒服，夏一心却心乱如麻。这两年，他到底经历了什么？有什么样的理由会让他抛弃自己，连一句解释都没有？

比尔工作室又是怎么回事？

司昭南为什么突然出现在江洲，难道是为了光启和贝利的合作而来？

她想知道的事情太多了。

夏一心在大厅的休息区安静地坐着，十二点之后，休息区只剩下她一个人，有服务员过来问需不需要帮助，她笑了笑："我等人，一定要等到他来。"

服务员送上一杯热咖啡，她捧在手里："谢谢。"

咖啡很热，但她的身体是冰凉的，每一秒都让她感到煎熬和难耐。

天快亮的时候，她再次来到8018，按下门铃。来开门的依旧是南宫旭，现在是凌晨五点，但南宫旭衣衫整齐，手支在门框上："夏小姐，你该回去休息了。"

"比尔先生呢，他回来了吗？"

南宫旭摇摇头："没有，说不定睡在哪位漂亮小姐那里了！"

夏一心知道他在说谎。她的目光往房间里瞥，南宫旭却牢牢堵在门口，身子几乎完全遮挡了她的视线。她能肯定，司昭南就在里面。

夏一心说："那我到下面去等。"

南宫旭有点不忍心，叫住她："夏小姐，你先回去吧，我劝劝他。"

夏一心知道对方不过是在敷衍她，说："不，我一定要等到他。"

直到有人轻轻摇了摇夏一心的肩头，她才清醒过来。她忍不住打了个寒战，发现自己不知什么时候靠在沙发的椅背上睡着了。服务员问："小姐，你还没有等到人吗？你再坐下去会感冒的。"

夏一心抱紧双臂，感觉全身凉透了。她说："好的。"

大厅里虽然暖和，但她旁边就是大门，客人推开门来来往往，夜里的冷气便也会跟着进来。周遭的空气忽冷忽热，她会感冒也不意外。夏一心此刻走起路来感到头重脚轻。

夏一心再次来到8018房的门口，来开门的依旧是南宫旭，还不等她开口，他便说："他还没有回来。"

得到这样的回答，她依旧不死心："那我再等等。"

南宫旭皱起眉头："夏小姐，你的脸色看上去很不好，是不舒服吗？"

她尽力地挤出笑容："我没事。如果他还没回来，我就再等等。"

夏一心走了两步，脚下没踩稳，身体几乎失去了平衡，直直地摔倒在地上。南宫旭赶紧上来扶她：“夏小姐，你没事吧。”

夏一心摇摇头：“没事。”

她吃力地想站起来，试了两次，右脚踝却像骨折了一样疼。

看着夏一心拧紧的眉头，南宫旭撩开她的裤脚，发现她的脚踝肿得很高，说：“你崴到脚了都不知道吗？”

夏一心已经记不起是什么时候崴到脚了，只觉得右脚踝隐隐作痛。她心里只想着司昭南的事，没太在意。

南宫旭说：“我送你去包扎一下。”

她推托着：“不用，我回去自己会处理的。”

南宫旭有点受不了了：“夏小姐，你是个聪明人，干吗要在这件事上装糊涂？他要见你早就见了，你在大厅里坐了一晚上，他都可以视而不见，你这样有意思吗？！”

夏一心垂着眼睛：“如果你知道这两年来我是怎么过的，就不会觉得现在的我很辛苦。”

南宫旭深吸了口气，极力克制着心里的冲动。他说：“夏小姐，你先回去休息吧，等他回来，我一定如实相告。”

夏一心还在犹豫。南宫旭用哀求的语气说：“姑奶奶，算我求你了，如果你有个三长两短，我赔不起的！”

夏一心前天马不停蹄地飞到江洲来，紧接着就是一天的会议，跟蒋筝出去吃饭也是强打着精神，又在酒店大厅坐了一夜，还感冒了，如今身体已经到了极限。她说：“好的，那我先回去，麻烦……”

她刚站起身，便眼前一黑，意识陷入一片混沌。

夏一心躺在床上，虚弱得一点力气都没有。她紧紧地闭着眼睛，眼泪却还是从眼角不停地滑下来。她不是没感冒过，有一次高烧快39℃，她依旧在办公室里加班，喝一杯热柠檬热水，就能恢复精神。但此刻，她再也打不起精神，只想着就这样睡过去，不醒来也好。

也不知道躺了多久，她听到蒋筝的声音，才半睁开眼睛，对方皱着眉头，很是担心："夏小姐，你烧得这么厉害，也该通知我一声。如果你真有个什么三长两短，我可不好跟你们公司交差。"

蒋筝把酒店医务室的医生叫来，给她量了体温，做了简单的检查。医生说她只是着了凉，又有些疲累，打一针退烧针，再好好休息就可以了。

眼泪再次从她的眼角流出来，蒋筝问："夏小姐，很难受吗？"

她摇了摇头。

针打下去的时候有点疼，不过夏一心的症状也因此缓和了很多，感觉没有那么混混沌沌了。蒋筝担心她，就在旁边守着。她支撑着坐起来，问："现在是什么时候了？"

蒋筝说："晚上九点，你已经睡了一天了。"

"你去休息吧。明天德国公司的考察团要来，够你忙的。"

"考察团重要，你也很重要，不可能为了生意而病死军师。"蒋筝笑了笑，"这注定是个难眠的夜晚，光启的团队估计今晚都没有人会睡觉。"

夏一心一愣："发生什么事了？"

原来，就在今天早上中央新闻台播出了一起摩托车自燃事件，而这辆摩托车就是光启生产的。在这个紧要关头，此事无异于指出光启的技术有瑕疵、生产管理有问题。德国是最讲究严谨的国家，别人最重视的，恰恰是你最不擅长的，还有什么合作的可能性？

夏一心问："那你还有闲情坐在这里？"

蒋筝靠在椅背上，一身轻松："霍光宗已经找了公关公司，但在我看来，于事无补。现在你能明白为什么我和他矛盾这么多了吧？他的眼界太小，做起事来畏畏缩缩，事到临头才知道自己下错了棋。"

蒋筝接着说："其实新闻上的那起自燃事件是去年八月份发生的，

那个时候正好是德国公司第一次来总部视察。我劝过他，拿钱消灾并不能根除隐患，他以为封住别人的嘴，就万事大吉，但想着‘螳螂捕蝉，黄雀在后’的人向来不在少数！”

为了不打扰夏一心休息，蒋筝待到十一点就离开了。夏一心又去了希尔顿酒店。她能肯定这次司昭南带着南宫旭过来，就是为了德国贝利到光启考察的事，等德国贝利的人一离开，他们也会离开，时间紧迫。

到达酒店的时候，夏一心先向前台询问了8018的客人是否已经退房，得到还未离店的答复后，她再次按响了8018的门铃。门铃响了很久都没有人来开门，她有点失望。对方是故意躲着她的，说不定已经离开了。

夏一心沮丧地转身离开，刚走了两步，身后却突然传来了门锁开启的声音，细小却清脆。她愣了一下，然后迅速转回来，立即就对上了一双深邃又疲惫的眼睛。她极力克制着情绪，嘴角挤出苦涩的笑意，轻声地打着招呼：“嘿，昭南。”

司昭南的目光凝聚在她身上，不过几秒，他便垂下眼睛不再看她，试图将门关上。她赶紧用手将门撑住，语气柔和：“昭南，我们谈谈吧，我不会待太久的。”

司昭南没办法推开她，也没回答，只是轻轻侧身，将门打开。她快步走了进去。

夏一心环顾四周，发现此刻房间里只有他一个人，并没有南宫旭的身影。她走过去，握住他的手，感受他宽大的手掌那熟悉的触感。夏一心整个人像被点上了希望之火，身体上的病痛、精神上的萎靡瞬间一扫而光。

开心的眼泪在夏一心的眼眶里打转：“昭南，你终于回来了！”

司昭南将手抽了回来：“一心，我们回不去了，我现在不是司昭南，我叫比尔·诺顿。把过去都忘了，这样你才能看到未来。”

夏一心乞求着：“你不要我了吗？”

“你就当我死了，而我相信时间可以治愈一切。”

“为什么？”夏一心看着他的眼睛，都说眼睛是心灵的窗户，她不相信他的心里没有她。

他没有回答，只是再次申明：“你回去吧，我们最好不要再见面了。”

来之前，夏一心已经在脑海里将最近发生的事都整理了一遍，似乎有了一些头绪。司昭南为什么忽然冒出来和光启作对？为什么要毁掉自己经手的项目？难道当年的凶手是霍光宗？

她问出心底的疑惑：“是霍光宗，你的失踪和归来，都是因为他，对吗？”

“不是。”司昭南回答得斩钉截铁。

司昭南的回答让夏一心的思绪乱起来，她真的找不到其他他莫名失踪的理由了，试探地问着：“陈振东是怎么死的？”

“不关你的事，你要的答案已经有了，你该走了。”

她来，不过是想亲眼看到司昭南的态度。他一直拒绝着她的靠近，冷淡得如同陌生人一样，尽管没有明说，她是聪明人，能体会到。

但她不甘心。整整两年，她都无法走出那些爱的记忆，它们支撑着她走过了六百多个日夜，再见面，她怎么可能轻易放手？

夏一心追问着：“理由呢？”

司昭南说：“还记得我曾经说过的话吗？这个世界上，谁没有谁都能活得很好，爱一个人不需要任何理由，只是那一眼，觉得幸福快乐就好，离开也是一样，只是觉得不合适了，何必继续无爱地相伴？那对彼此只会是折磨。”

夏一心突然笑出声来，眼泪却止不住地往下流。她觉得自己好傻，以为他遭遇了不幸和困难，才无法回到她的身边，而此刻，他就那么坦荡地站在那里，说着决绝的话语。他处事果断而坚决，对感情亦是如此，这才是最初她认识的司昭南。

她说："我明白了，不打扰了，告辞。"

夏一心转身快步地离去。门关上的一刹那，司昭南仿佛失去了全身的力气，整个人瘫倒在椅子上。

很快，南宫旭推门进来，问："我刚才看到夏小姐从这里出去了，你们谈过了？"

司昭南垂在一边的手抖得很厉害。南宫旭赶紧上前查看，问："比尔，感觉怎么样？"

司昭南额上全是细细密密的汗珠。他吃力地从牙缝里挤出几个字："扶我回卧室去！"

司昭南的个头儿比南宫旭高出很多，所以每次南宫旭扶着他的时候，都非常吃力。来到床边，司昭南的身体再也支撑不住，重重地倒了下去。

南宫旭拧来毛巾为他擦干额上的汗珠，问："你这是何苦呢？折磨自己，又伤了心爱的人。"

他又问："你告诉她凶手是秦宇川了吗？"

"不要把她牵扯进来。"这是司昭南的态度，也是对南宫旭的警告。

南宫旭说："放心，我可是只字未提。"

司昭南合上眼睛："我想睡一会儿。"

"好的，我就在外面客厅里。"

都说感冒药有助睡眠，但夏一心怎么都睡不着。她拿起电话，拨给了芸竹。她知道这个时候会打扰到芸竹睡觉，但她太无助，需要一点安慰、一点勇气，需要找一个人诉说。

过了很久，芸竹才接起电话，声音沙哑："一心，出什么事了吗？"

还是芸竹了解夏一心，如果不是万不得已，夏一心不会这么晚还找她。

夏一心带着哭腔道：“我遇到司昭南了。”

电话那头，芸竹似乎被惊醒了：“你不会看花眼了吧？”

“真的是他，他让我忘了以前的事，去找自己的幸福。”

夏一心把遇到司昭南的事一五一十都告诉了芸竹，因为情绪几近崩溃，她的话断断续续。芸竹安慰着：“你别急，好好睡一觉，明天一切都会好起来的。”

挂断电话前，夏一心说：“芸竹，刚才我讲的事，你就当成一个秘密，不要告诉任何人。他现在用另一个身份回来，想必是之前的身份会给他带来麻烦，我不知道他为什么要这么做，但我不想给他带来麻烦。”

芸竹说：“我明白，你的心还是想着他的。”

挂断电话，芸竹从卫生间里出来，床上的男人翻了个身，问：“是一心找你？出什么事了？”

芸竹笑了笑：“她竟然告诉我遇到司昭南了，你觉得是真是假？”

顾从诚坐起身：“司昭南？回来了？”

芸竹耸耸肩：“谁知道呢，说是换了个身份，叫什么比尔·诺顿，这名字真难听。”

回到床上，芸竹伸手抱住顾从诚宽厚温暖的胸膛，说：“我的身体恢复得差不多了，反正都要结婚了，我们要个孩子吧？”

顾从诚推托：“我这两天很累，没这个心思。”

芸竹有点不高兴：“你就不能哪天随了我的心呀？”

顾从诚伸手搂住她：“今天就算了吧，明天晚上。”

芸竹白了他一眼，转身背对着他：“不愿意就算了呗，还明天，你以为是专家门诊，还要预约！”

早上七点，夏一心烧退了不少，全身都是湿漉漉的汗。她起身洗了个澡，刚从浴室出来，就听到有人按门铃，打开门，一个裹着厚厚毛巾的人突然出现在她的面前，吓得她愣了一下，过了一会儿她才看清来人是秦烁。他上身穿着一件T恤，下身是短裤，外面裹一条厚厚的浴巾，夏一心诧异："你疯了？"

秦烁说："快快去你的房间把暖气开上，我快冻死了。"

他一进屋就开始抱怨："这里是什么鬼天气，春天还这么冷，简直不是人待的地方。"

夏一心赶紧打开暖气，想到附近有家品牌男装店，又打电话过去，让他们送一套厚实的春装上来。

秦烁说："我正在泰国度假，知道你在这里，连衣服都没来得及换，就坐朋友的私人飞机过来了，惊不惊喜？"

夏一心能猜到是芸竹把秦烁请过来的。芸竹曾不止一次劝过她，不希望她在漫长无望的等待中度过余生，而秦烁是最好的选择，他爱她，处处以她为重，芸竹还说最好的伴侣就是全心全意爱着自己的人。

秦烁伸手摸她的额头："好像没芸竹那丫头说的那么严重！"

夏一心说："我是过来工作的。"

秦烁笑："我是过来照顾你的。"

"我又不是小孩子，不用人照顾，你还是去做自己的事吧。"

秦烁才不管她的逐客令，说："我已经订了旁边的房间，既然都来了，玩两天再走，我还是第一次到江洲来。"

随即他又问道："你还没有吃午饭吧？我们去餐厅。"

夏一心的感冒还没全好，全身都懒懒的："不想动。"

在她面前，秦烁永远是殷勤的样子："你想吃什么，我带你去。"

"麻辣火锅。"夏一心脱口而出。感冒总让她感觉口干舌燥，尽管医生的处方上写着要注意饮食清淡，但每次感冒她都管不住嘴，一吃到麻辣的东西，整个人都会精神起来。

秦烁说："我在网上找找看，看江洲哪里的麻辣火锅最正宗。"

过了一会儿，他在网上搜到一家正宗的庆市火锅，位置稍微远了点，开车过去还算方便。夏一心全身发软，又想到外头冷，便不想动。秦烁拽住她的手："走啦！生命在于运动。"

她跟秦烁有个共同点，就是作为馋嘴的吃货从来不怕巷深路远。

走到火锅店门口，闻着飘香的麻辣味，夏一心顿时觉得不虚此行。

她点了很多菜，锅里的红汤一沸腾，就把菜都倒下去，等煮好了，便捞出一大碗，大口大口地吃起来。

秦烁看出她吃东西一反常态，只是使劲地扒，根本就没有细嚼慢咽，完全是囫囵咽下去的，而她的眼睛，早就红成一片。

他握住夏一心拿筷子的手："一心，够了！"

夏一心的声音带着哽咽："他曾经对我说过，弃捐勿复道，努力加餐饭。"

秦烁说："芸竹给我发短信，说你病得挺严重的，让我过来看看。你只是普通的感冒，身体并没有大碍，一定是出了什么大事。告诉我，只要我能做到的，一定会帮你。"

夏一心没有抬起眼睛，只是轻轻地摇头："谁都帮不了我。"

秦烁心中有自己的判断，夏一心毕竟是个女孩子，这些年，她一直充当着女强人的角色，不断学习超越，不断让自己变得强大，在商场上明争暗斗、激流勇进，一点都不输给男人们。但生活的路不会是一帆风顺的，再强悍的人都有柔弱无助的时候，她一定是累了，需要一个坚实的肩膀来依靠。

秦烁放下筷子，坐到夏一心的旁边，不顾她的反对和邻座客人们的眼光，把她紧紧地抱在怀里。夏一心蹙着眉头："快放开！"

秦烁用耍赖皮又略带玩笑的语气说："我就不松开。"

邻座的客人只当是两个热恋的情侣在斗嘴，不再看别人秀恩爱，把注意力放回到美食上。秦烁柔声说："一心，等我说完就松手。"

夏一心不再挣扎，只听秦烁继续说："一心，这两年，你一直和我保持距离。我有自知之明，不想让你不开心，想着自己过自己该有的生活就好。我交了不少女朋友，但千帆过尽，也没能找到那个让我想要走入婚姻的人。而你这几年执着等待，我就不相信你心里一点怨言和寂寞都没有。”

夏一心垂下了眼睛。秦烁知道说中了她的心事，于是趁热打铁：“一心，我不要求现在你有多爱我，我们搭伙过日子吧，就当相互打发寂寞。这并不是对感情不负责任，中国不是有句俗话叫‘少年夫妻老来伴’吗？我们都会慢慢老去，你没有亲人，也没有孩子，生病的时候，总需要一个人在旁边端茶倒水吧，保姆能照顾你一辈子吗？”

他的爱卑微到尘埃里，甚至带着乞求。夏一心抬头看着秦烁，这个人在她身边快二十年了，对她的执念从来没有改变过。她需要他的时候，他会义无反顾地来到身边。她逃避，他就默默地守候。而她心心念念的司昭南，不过短短两年，便对她决绝到视而不见。

想到这里，她把头靠在了秦烁的胸膛上。他说得对，她太累了，长久以来支撑着她的就是对司昭南的执念，以为有他的爱，她会坚持着一路走下去。现在，他的爱没有了，她开始害怕路的尽头只剩下她一个人。

秦烁笑了，把手轻轻地放在她的背上。

吃过饭之后，秦烁拉着夏一心去逛夜市。她的兴致不高，但挨不过他的纠缠，只得答应去走走，想着夜市上有许多新鲜的水果，可以买一点回去。

尽管天气很冷，但夜市上的人不少，空气中飘着臭豆腐和各种烧烤油炸串的味道，她刚吃过饭，没什么胃口，秦烁却兴趣很浓，左尝尝，右看看。他长在富贵之家，因为是独子，从小就在家人的呵护下长大，也有纨绔、莽撞的行为，在吃穿用度上却非常接地气。他能穿着奢侈的名牌在高级会所里吃着和牛谈古论今，也能穿几十块的T恤讲着笑话，对着路边摊上的美食赞不绝口。仔细想想，很多时候，他们的生活习惯都是合拍的。

商场外面硕大的液晶电视屏正在播放光启关于摩托车自燃事件的新闻发布会，光启的发言人表示，会对出事的摩托车进行技术鉴定，如果证明是车辆自身的原因，光启将赔偿车主的一切损失，并召回同一批号的产品。

秦烁对新闻不感兴趣，只对周围的美食感兴趣，于是催促夏一心："你经常在光启待着，还没看够呀。反正我是不喜欢霍光宗那人，说起话来阴阳怪气的。"

"你们很熟吗？"夏一心还是第一次从秦烁嘴里听到他提及霍光宗。

"他跟我爸有交情，一年见个两三次吧。"

秦宇川竟然跟霍光宗认识，可以前她提起这个人的时候，秦宇川明明说不认识！

夏一心试探着问："他们认识很久了吗？"

"大概十年吧，反正挺久了。"

秦烁提醒她："你别一天都是工作工作，脑袋用多了会坏掉的。这趟出来就是单纯地玩，其他的别再提了。"

可转着转着，夏一心发现秦烁消失在人群里了。她个头儿不高，踮起脚只能看到人头攒动。她往前走了一段，依旧没有看到秦烁的踪影，心想可能是人太多了，走散了，拿出手机正要打给他，一个穿着小熊玩偶衣服的人忽然跳了出来，吓得她愣了一下。

小熊玩偶里的人用蹩脚的港腔问着："小姐，你好靓呀，我好中意你，做我女朋友好无呀？"

说着，他拿出一朵黄色的菊花递到她的面前。

夏一心听出是秦烁的声音，笑着问："哪有用菊花向别人示爱的！"

秦烁说："有花已经很不错了，我看了半天也没见卖花的，就在旁边的花坛里摘了这个。”

夏一心接过了花，露出笑容。秦烁高兴地跳了一下，小熊的头套飞了起来，他赶紧接住，又重新戴回头上。

夏一心说：“行了，戴在身上也不嫌重。”

秦烁就像个童心未泯的孩子：“偶尔玩一下也不错。”

他抬起胳膊，夏一心很自然地用手挽住，秦烁抬头挺胸，夸张地跨步往前走着，而她也配合着齐步向前，两人引得不少来往的人侧目。看着极力扮着俏皮可爱来讨她开心的秦烁，夏一心心里充满了感谢，至少在这个寒冷孤独的夜里，她不用一个人面对悲伤和无助。

坐车回酒店的时候，那身小熊玩偶的衣服实在塞不进车里，秦烁才脱下来。夜风寒冷，他的头发却被汗水浸湿了，夏一心拿出纸巾递给他，他不接，而是弯下腰，让她来擦。

她笑了一下，然后仔细地帮他擦拭额头上的汗珠。秦烁闭上眼睛，享受着她的温柔。

虽然脱下了玩偶服，但他依旧要牵着她的手走路，她挣不过他，只能让他紧紧地握着手。

两个人一高一矮，手拉着手走进下榻的酒店。公路边停着一辆劳斯莱斯，低调的黑色车身在夜幕下并不显眼。车上坐着两个人，南宫旭回头看向后排座上的司昭南，问：“比尔，你这是何苦呢？既然放不下，现在就大步地走进去，把她从那人的手上抢过来。”

司昭南没有说话。他的身体虚弱无力，只能斜靠在椅背上。他头部创伤发作得越来越频繁了，医生说他只有半年的生命，既然如此又何必再去打扰她。他不能到时候一走了之，把伤痛都留给她一个人。

他看清了刚才牵着她的手进去的人是秦烁，把她交给秦烁，他是放心的，尽管秦烁资质平平，在事业上不会有大作为，却是真心爱她。

南宫旭问：“比尔，人已经看到了，我们可以回去了吧？”

司昭南说：“再等一会儿吧。”

南宫旭有点懊恼，人都已经回酒店去了，这会儿说不定已经在卿卿我我、翻云覆雨了，如果不去阻止，再等下去结果也是一样的。

夏一心打开客房的门，走进去之后立即转身，对秦烁说："送到这儿就行了。"

秦烁嬉皮笑脸，眼神里却充满了期待："你不请我进去喝杯茶？"

"这么晚了喝茶会睡不着的。"

已经得到她的默许，也不急着这一时半刻，秦烁说："我想要个goodbye kiss。"

她点点头，指指额头的位置。他无奈地笑了笑，弯下腰在她额间轻轻一吻："晚安。"

"晚安。"

趁她快关门的时候，秦烁问："你明天做什么？"

"明天德国贝利的考察团要过来，事情很多。"

秦烁说："那等你明天忙完，我们再去玩。"

夏一心白了他一眼："公司的事一大堆，还等着我回去处理呢。"

说完她就关上了门。秦烁感叹，女人心就是海底针，前一秒还开心着呢，回到家就翻脸了。

Chapter 29

我的倾城谋划师

一本期刊登载了一篇浅谷机车关于重型机车最新技术的论文，文中对二十年来国内外重型机车的发展演变史作出了分析，还着重提到浅谷机车的一些重要的先进工艺。

认真看完报道，夏一心也觉得浅谷的挑衅意味十足，前两天光启才爆出摩托车自燃事件，口碑下滑，今天他们就开始广而告之浅谷的优势。

不过对方的定位很准确，他们无法跟光启比规划，市场占有率、技术才是他们的强项，而德国的贝利恰恰是一家特别看重技术革新的公司，浅谷似乎更符合他们的胃口。

夏一心去参加商会的会议，早到了一个小时，就在附近找了一家小面馆。只是路边搭的一个小棚，却人满为患。因为庆市人对美食有种独特的狂热，故而小棚里根本没有能坐的地方，她打包了一碗面到旁边的冷饮店里，要了一杯冰咖啡。

她自己卖过咖啡，把嘴喝刁了，一尝这冰咖啡就知道是普通的咖啡混合粉兑的，难喝，只得另外叫了一杯橙汁。她正吃着面，一个人端着一碗小面走进来，坐到了她的旁边，那人抬头问服务员要了一杯珍珠奶茶。

喜欢喝珍珠奶茶的男人似乎不多，夏一心好奇地朝对方瞟了一眼，觉得眼熟。对方坐下后看了看她，脸上带着惊喜，问道：“夏小姐，这么巧？”

看出夏一心眼里的疑惑，对方立即解释：“我以前是睿信日化庆市分公司的负责人。你做过我们公司的项目。”

睿信日化的确是她的客户，夏一心想起对方似乎姓涂，赶紧打招呼：“原来是涂总。”

对方摆摆手：“公司被并购后，我跳槽去了一家美容连锁机构当副总。我的办公室就在前面那条街上，这里的面味道很好，酒香不怕巷子深，每天中午我都会到这里来吃面，喝冷饮。”

夏一心在经手的每一个项目完成之后，都会把客户资料梳理一遍，一来是便于学习经验；二来作为公司的负责人之一，她需要写一封回访信，询问客户的满意度，并表达谢意。

她在脑海里迅速找到了睿信日化的资料。他们的项目是内部管理系统的改革，这个案子大概是两年前做的，因为他们对客户和渠道商的数据处理上存在严重的问题，所以夏一心专门为他们引进了国外最先进的JDA软件，试用半年后反馈回来的信息是客户与渠道商适应良好，而且睿信日化的皂角洗衣粉在市场上销量一直很高。想到这里，夏一心问：“被并购了？”

夏一心每天都会关注市场动态，没想到竟然漏了这个。涂总说：“唉，过去的事不提了。我看到九戥发展得不错，你获奖的事儿新闻里还播了，祝贺你。”

大概是事务繁忙，午餐时间都显得珍贵，涂总吃得很快，吃完便快步离开了。夏一心打开手机，搜索着关于睿信日化的消息，原来在一年前，睿信日化被宝宜洗涤并购，卖了皂角洗衣粉五十年的经营权。

对于这样的并购案，夏一心并不感到惊讶，在这个竞争激烈的市场上，没有永远的王者，也没有永远的失败者。其实品牌就跟人一样，有时候坚强，有时候也会变得脆弱，有了保护，才不会受到伤害，而保护自己最好的方式就是不断地发展，让自己变得强大。但夏一心总觉得，上次的方案既然已经帮睿信日化稳固了基础，便不至于这么快就出现问题并出售王牌产品，这里面一定有蹊跷。

夏一心心神不宁，又想到了文惠的事。江泽一直光明磊落，能开口说是有人陷害他，想必也是经过深思熟虑的。她有必要认真梳理一下，解开心中的疑惑。

任何咨询公司都不能保证项目百分百成功，他们只能尽最大努力使客户满意。夏一心是大股东，有权力查看近两年来公司的业务情况。秘书把咨询项目发到了她的邮箱里，这两年来，项目大大小小也有几十件，她粗略浏览了一遍，有一部分让她印象深刻。

九晟接触的项目成功率在百分之九十五左右，在业界里口碑很好，收到的投诉只有几条。夏一心决定对每一个客户进行售后反馈问询，虽然工作量很大，但她必须这么做。

下班后，夏一心去了咖啡厅。一进门，芸竹就向她递眼色，让她往旁边的卡座区看。夏一心就见秦烁端着托盘，正在为客人端咖啡。

堂堂的富贵公子哥儿，在家里一呼百应，却委身在这里当一个服务员。夏一心靠到吧台边，问："这是干什么？"

芸竹说："当班的服务员刚才打电话过来说家里出了急事，要请假。我临时上哪儿叫人去，刚好他来了，一个大男人，做点事是应该的。"

从江洲回来之后，秦烁来得很勤快，夏一心工作时不喜欢被打扰，有时候还会加班，秦烁下班后等她，就到咖啡厅来，有时候喝杯咖啡，有时也打打下手。在芸竹看来，他们两人似乎已经进入了恋爱状态。

秦烁整天跟打了鸡血似的，精神饱满。

秦烁见到夏一心来了，立马凑了上来："要喝点什么？我给你拿。"

夏一心摇头："才喝过茶，肚子里全是水。"

"那晚餐要吃什么？"

还没等夏一心回答，芸竹先说："我要吃自助餐，最贵的那种。"

放在以前，秦烁会跟着调侃两句，但自从江洲一行之后，他们的关系有了一种微妙的变化，秦烁便一改吊儿郎当的态度，也不再说一些带着调戏意味的玩笑，只是很爽快地说："没问题。"

夏一心没什么胃口，芸竹却兴致勃勃。自助餐厅里，芸竹拿起盘子来回地跑，夏一心感冒才好，只喝了一碗菌子汤，吃了点水果。

吃完晚餐后，芸竹说是不是该去K歌庆祝一下，秦烁递了眼色，芸竹才心领神会地说："我还有事，先走了。"

等芸竹走了，秦烁说："我们到滨江路散散步再回去吧。"

尽管天气寒冷，但是偶尔散散步，吹吹冷风，反而会让人觉得神清气爽。秦烁怕夏一心冷，便把外套脱下来披在她的身上，然后顺势要牵她的手。有点不自在，把手抽了出来。被夏一心直白地拒绝后，秦烁也不生气，只是岔开话题："我从来不知道，吃完饭两个人静静地散步是一件这么惬意的事，你放心，我以后再也不去酒吧夜店，也会离那些嫩模明星远一点，以后一下班，我就来陪你。"

秦烁认真执着，夏一心反而觉得不自在，说："对不起。"

秦烁撇着嘴："你没有对不起我，所有的付出都是我心甘情愿的，我没要求你一定要回报我。我追求我所追求的，你可以坚持心底所爱的，只是，别疏远我就行了。"

夏一心突然接到了警察局打来的电话，说有人举报陈振东被害案的嫌疑人司昭南回到了庆市，根据线索，警方的确找到了一个叫比尔的美籍华人跟司昭南长得很像，但对方拒不承认身份。夏一心跟司昭南关系密切，对司昭南应该了解最深，所以警方需要她过去确认一下。

夏一心又惊讶又着急。她一直担心的事还是发生了。她急着去警察局，秦烁非得跟她一起，她推托不了，只得让他送自己过去。

到了警察局，接待他们的警官说了一下大致的情况，夏一心故意表现得非常惊讶："司昭南回来了吗？"

秦烁也觉得不可思议："司昭南在哪里？"

其实在来的路上，夏一心就已经打定主意否认对方是司昭南，如果他是真凶，大可以隐匿身份，在国外好好地生活。他顶着比尔的名字回来，就是为了有一个自由的身份，能够弄清当年凶杀案的真相。所以，她必须表现得像之前没有跟他有过任何关联的样子。

警官说："夏小姐，麻烦你跟我进去一趟吧。"

事件关系重大，现在并没有确认对方的身份，必须为当事人保密。秦烁虽然好奇地想看看这个比尔，却也只能留在休息处等待。

夏一心默默地跟在带路的警官身后。一条灯光昏暗的走廊，夏一心因为心思烦乱，只觉得像走了一个世纪一样漫长。她推开房间的门，见司昭南坐在一旁的沙发上，一条腿搭在另一条腿上，上身微微斜靠在沙发的椅背上，脸色平静。夏一心走进去的时候，他也只是眼神习惯性地一瞥，没有半点波澜。

隔着一段距离坐着一个穿着正装的男人，表情严肃，眼神里充满了防备与警惕，她猜测那是司昭南的律师。

还不等警官介绍，夏一心便快步走到司昭南面前，极力表现出惊喜的模样："昭南？"

司昭南坐在那里没动，表情镇定，眼神淡然："小姐，你认错人了。"

夏一心克制着心里的那股伤感，努力表现出从惊讶到失望的过程。

她目不转睛地看着他，一边看，一边摇头。

夏一心情绪激动，警官上来问："夏小姐，你还好吧？"

夏一心哽咽着："这位先生跟我以前的男朋友长得太像了，让我想起了很多以前的事情，他们虽然长相相像，但是，昭南不会用这种陌生的眼神看我。"

警官并不完全相信她的话，转而问司昭南："比尔先生，看到这位夏小姐，你有何感想？"

司昭南依旧镇定，脸上带着职业化的笑容："我在报纸上见过这位夏小姐，在国内的咨询管理业里，她是位佼佼者。作为一名女性，能取得现在的成绩，非常令人敬佩。"

警察观察着他的表情，并没有发现什么端倪。

夏一心的眼泪从眼眶里流了出来，她像着了魔一样呆呆的："你为什么不回来，为什么……"

警官向她确认："他不是司昭南？"

夏一心小声地呢喃着："我多希望他是，我等了他整整两年，六百多个日夜，我是怎么度过那些日子的，我现在连想都不敢去想。"

因为担心夏一心会失控，警官扶着她到外面："夏小姐，谢谢你的配合，我送你去外面的休息间坐坐。"

夏一心说："谢谢你。"

警官疑惑："谢我什么？"

"刚走进去的那一刻，我真的以为是他，虽然最后我还是失望了，但这一眼，却让我心里温暖了很多。"

警官无奈地点了点头，干他这一行的，虽然遇到的都不是什么好事，但案件里的痴人倒是一大堆。

回到休息间，秦烁赶紧迎上来问："是司昭南吗？"

夏一心情绪不高，摇了摇头。

秦烁的心这才放松下来："我就说嘛，如果真的是司昭南，他怎么可能不回来！”

警官说：“夏小姐，你先回去休息吧，今天真是打扰了。”

走出警察局，回到车里，夏一心蜷缩在座椅上，双手抱臂，身体止不住地颤抖。

秦烁担忧地问：“一心，你怎么了？”

夏一心声音哽咽地说：“什么都别问，让我静一静好吗？我真的好累。”

这时，有三个人从前方快步走过，一个熟悉的身影让秦烁目瞪口呆，他担心自己看错了，于是瞪大了眼睛，连眨眼都不敢，就怕错过了什么。他喃喃着：“司昭南……”

司昭南快步走到车旁，拉开车门，坐到后排座上。南宫旭坐到驾驶座上，律师有其他的事，向司昭南道别后，往自己的车走过去。

关上车门，南宫旭说：“会不会是夏一心报的警？你一直低调又警惕，几乎没什么交际活动，不太可能被发现，她肯定是想逼你承认原来的身份。”

司昭南摇头：“不是她，刚才在警察局里，她一直极力地撇清和我的关系。”

他继续揣测道：“很有可能某些人已经知道我回来了，最近这段时间你跟喻婉一定要谨慎一点，别出什么差错！”

秦烁抬起夏一心的下颌，追问：“那个人是司昭南对吧？为了保护他，你才否认的。”

夏一心愣了一下，眼底的犹豫已经给出了答案。

从刚进警察局时的惊讶，到此刻夏一心的伤心，再回想起之前的一些反常举动，秦烁隐隐猜出了些什么：“是不是他说不认识你！你们之前是不是就见过？”

夏一心摇头："求你了，别问了，让我静一静吧。"

夏一心情绪很差，秦烁不想再刺激她，只得说："那我先送你回去吧。"

一回到别墅，夏一心就进了卧室，秦烁知道这个时候追问下去，只会让她更困扰，这一切还得等她冷静下来再谈。

离开夏一心家，秦烁给一个朋友打了一通电话，就回到车里静静地等消息，不过半个小时后，朋友那边就有了回馈。他的朋友把那个疑似司昭南、名叫比尔的美籍华人的资料发到了秦烁的手机里。

知道了对方的住址，秦烁加快油门，飞快地驶出车库，直奔目的地。

秦烁能理解司昭南隐姓埋名回来，是想在找到真相前，避免警察的骚扰，但他回来的时间不短了，为什么要对夏一心视而不见？为什么要让她伤心难过？要知道，对于坚守这份感情的她来说，这是多么残酷和绝望。

尽管秦烁心里一直希望夏一心早点跟司昭南划清界限，但他无法直面她的伤心难过。即使他们真的要分开，也得有个明明白白的理由，让她死心，而不是糊里糊涂地伤感绝望。

这个名叫比尔的人住在南山一幢偏僻的别墅里。这里对外出租，保安严密，自然租金也不菲。秦烁把车停在别墅门口，向门卫表明来意，门卫回应说必须先征得租客的同意才能放行。

片刻之后，门卫说："比尔先生现在不见客，请回吧。"

秦烁来，就是要弄个明明白白，怎么可能轻易就走。他认识这幢别墅的房东，于是向门卫示威："我跟这栋别墅的主人是好友，如果你不让我进去，明天我就可以让你走人！"

谁知门卫非常尽责，回答说："职责所在，你就是让我走人也不能破坏规矩。"

秦烁原本是想给别墅主人打电话的，但仔细想想，又放弃了。那人的脾气跟门卫差不多，石头一样，只要不涉及他的利益，他就不会出手。

无奈，他只能用最笨的方法，在门口等，他就不信这个比尔不出门。

秦烁靠在驾驶座上，仰着头，一直盯着别墅的大门。深夜山里温度低，他禁不住打了好几个冷战，想起后备厢里有一件毛呢外套，他拿出来盖在身上，继续等。

这时，别墅大门处有一扇供人通过的小门打开了，一个个头儿不高，穿着黑色西服的年轻男子走了过来。秦烁赶紧摇下玻璃窗，还不等对方开口，便抢先说道："让司昭南出来见我。"

南宫旭抱臂看着他："你一定是认错人了，这里没有司昭南。"

秦烁白了对方一眼："没必要在我面前演戏，我找他有要紧的事。"

南宫旭耸耸肩："天气这么冷，我只是不想你在这里傻等，给你一点忠告，你既然坚持，那我就无能为力了。"

南宫旭转身往别墅走去，秦烁大声地喊着："有本事就让他一辈子别出来，在庆市，我还没遇到过比我横的人！"

南宫旭敲开司昭南卧室的门时，司昭南正斜靠在沙发上，皱紧了眉头，看上去痛得难以克制。

南宫旭问道："比尔，感觉怎么样？"

司昭南说不出话来，只能轻轻地点点头，表示状态还好。

南宫旭报告说："那个叫秦烁的脾气倔得很，还说在庆市就找不到比他横的人。我对这个人有所耳闻，担心他会把事情闹大。"

司昭南缓了一会儿，说："让他进来吧。"

秦烁是个做事不计后果的人，司昭南心想，现在警察已经盯上自己，不能再生出其他的麻烦事来。

南宫旭请秦烁进去的时候，秦烁脚步飞快，把南宫旭远远地甩在了后面。秦烁一进卧室，见到司昭南，先是定睛仔细地观察了一番。面前这个人的眉眼、身高、神态都是他认识的那个司昭南，只是身材比以前瘦一点，脸上是一种病态的灰色。

秦烁直言："美籍华人比尔只是你现在的身份，你本人就是司昭南，对吧？"

司昭南没有回答，只问："有什么事你就说吧。"

"你怎么处理和一心的关系？"

"我和她之间连朋友都不是，怎么会有关系？"司昭南语气沉重，声音里有压抑不住的颤抖。

秦烁很生气："那是你自欺欺人的想法，当初你把她从我身边抢走，现在用这么轻松一句'没有关系'就可以当什么事都没有发生过吗？一心的性子你又不是不知道，一犟起来，十头牛都拉不回来。尽管这两年，我们大家都说你已经死了，不可能再回来，她却还一直坚守着这份情感，不肯走出来。你要隐藏身份而疏远她，我可以理解，但你至少私底下要给她一个交代，别让她再伤心难过了。"

司昭南身体虚弱，细细密密的汗不停地从额头上冒出来，眼皮重得像灌了铅一样。他半睁着眼睛看着秦烁："你不是已经跟她在一起了吗？"

秦烁苦笑："你真的以为她会心甘情愿地跟我在一起？我知道自己在她心里的地位，我不强求什么，一直尽我所能地对她好，我绝对不允许任何人伤害她，你想爱就爱，不爱了就撒手不管，哪有这么容易的事！"

秦烁冷眼看着司昭南，表明自己的决心，如果他真心放手，也要分得明明白白，这样神神秘秘、若即若离，只会更伤人。

秦烁发现司昭南的面色黯淡得吓人，半睁着眼睛，虚弱得似乎马上就要晕倒了，于是问："你怎么了？"

他话音刚落，司昭南头一侧，身体直直地躺倒在沙发上。秦烁赶紧上去扶他，手碰到他的脸，只觉冷得像一块冰，于是他赶紧到门外叫来南宫旭。南宫旭一个人根本抬不动司昭南，只得招呼着秦烁，两个人一同吃力地将他抬到床上躺好。

南宫旭为司昭南检查了身体后，说："得赶紧送医院，否则会有生命危险。"

秦烁脸色惨白："那我……我去叫救护车。"

南宫旭说："恐怕来不及，还是开车吧，快一点。"

秦烁站在旁边，眼前的一切让他手足无措。司昭南是怎么了？话语间，他似乎是一个孱弱得快要死亡的人，离开的这两年，他身上到底发生了什么？

"你还愣着干什么，快来帮忙。"

南宫旭的话打断了秦烁的思绪，他赶紧上去和南宫旭一起把已经昏迷的司昭南抬到车子的后排座上，然后用安全带将他的身体固定住。他太高了，两条腿只能蜷缩着。上山的路蜿蜒得很，并不是很好走。秦烁担心路上颠簸会让司昭南摔下来，于是钻进后排座，蜷着身子蹲下去，用手臂将司昭南的身体和脚牢牢地固定住，催促着："快走吧，时间不等人。"

南宫旭把车开得很快，路上闯了好几个红灯。司昭南被顺利推进急救室后，两个人才长长地松了口气。

秦烁追问："他这是怎么了？"

急救中心需要保持安静，南宫旭向着秦烁比了一个出去的手势，于是两个人一前一后走出了急救大厅。

大厅外面有自动咖啡贩卖机，南宫旭买了两杯热咖啡，递一杯给秦烁，然后说："赶紧喝这个暖和一下。"

一杯咖啡并不能让秦烁平静下来，他问："司昭南到底出了什么事？"

南宫旭不紧不慢地说："我听比尔说起过你，说你是个性情浮躁，却有情有义的人。”

秦烁急不可待：“你别说这些废话行不行，我要知道他到底出什么事了！”

虽然没有征得司昭南的同意，但南宫旭觉得自己的做法应该不会错，于是说：“其实在今天之前，夏小姐已经跟比尔见过面了，比尔决绝地跟她提出分手，表现冷漠，是因为他的时间不多了。刚才的情况你也看到了，他很有可能今晚就出不了急救室。”

秦烁猜测着，他俩的见面应该是在江洲，那时夏一心的柔弱与无助，应该是因为司昭南的决绝。尽管早有准备，但这样的事实还是让秦烁震惊，他坐到长凳上：“他得的是什么病？”

“他的头部受到过重创，颅内的淤血压迫着脑神经，而且近一年来，情况恶化了，瘀血在他的颅内形成了一个巨大的肿瘤，包裹着他的脑神经，这种症状国内和国外都还没有成功治疗的案例，所以他的时间已经所剩无几了。”

秦烁又问：“当年杀害陈振东的凶手是谁？”

南宫旭说：“这个我就无可奉告了，刚才说的话只是我的私人行为，如果比尔知道了，我可是要遭殃的。我说这些只是希望你能照顾好夏小姐，让比尔先生再无后顾之忧。”

南宫旭没有说出凶手，是担心性格急躁的秦烁会坏事，而且对方是他的父亲，知道真相的他会如何选择？

秦烁没再追问到底，说：“我明白了。”

南宫旭说：“那喝完咖啡你就回去吧。”

“可是司昭南他……”

“比尔先生的事由我全权负责，你只要当今天晚上的事没有发生过就行了。”

南宫旭将咖啡一口喝完，把纸杯揉皱后扔进垃圾桶里，然后头也不回地往电梯口走去。

夏一心来到书房，开了灯，坐到书桌前面。既然睡不着，她也不想强迫自己睡觉。和无数个心绪烦乱的夜晚一样，她要用工作来打发漫漫长夜。她打开邮箱，有对话框弹出来，是一封未读邮件。

那封邮件是一个星期前发到她邮箱里的，大概是被她遗漏掉了。发件的是一个她不认识的邮箱，对于这种邮件，她是有防备心理的，总会担心是病毒软件，会窃取她的邮件内容。但今天，当她看清邮件主题时，心里不由得一震，忐忑地点开。

天亮之后，夏一心开车上了南山蜿蜒的道路。这条路，算是她和司昭南的相识之路，她暗忖，他住在这里，是否因为心里也割舍不掉这份感情?

夏一心把车开到了宏光别墅。她已经打听过，比尔就租住在这里。停好车，她犹豫了一下，还是下了车，径直走到大门口，按响门铃。

过了一会儿，旁边的侧门打开了，来开门的是南宫旭。

她客气地问："比尔先生在吗？我有事找他。"

南宫旭说："不好意思，他出去了。"

夏一心没有迟疑，只是淡淡地说："哦，那我等等他吧。"

谁知她刚一转身，只听南宫旭说："进来喝杯茶等吧。"

为了向她证明比尔不在家，南宫旭只好带她进去坐坐。

南宫旭领着夏一心去了书房，红木书桌上的电脑显示屏是亮着的，这说明他正在工作。她问："没有打扰到你吧？"

南宫旭说："从繁忙的工作中抽身出来和美女喝杯茶，能让人心情愉悦。"

茶几上放着整套茶具，水刚刚烧好，水壶嘴里冒出一串水汽，南宫旭比了一个"请"的手势，于是夏一心在茶几前坐下。

闻着茶香，她就知道是龙井。

南宫旭问："夏小姐懂茶？"

“我爸以前爱喝功夫茶，耳濡目染之下，学了一点儿。”

“遇到了行家，我就只能算是献丑了。”

一盏茶之后，夏一心问：“比尔先生什么时候能回来？”

南宫旭看了看手表：“这个不好说。”

她试探着问：“他去哪里了？”

南宫旭笑得隐晦：“一个单身的男人，又不肯带我，能去哪儿？”

夏一心所了解的司昭南是个洁身自好的人，连逢场作戏都不会，更何况是出去寻露水情缘？显然对方是在诓她。

南宫旭说：“茶道里有一种说法，叫‘一期一会’，不知道夏小姐听说过吗？”

夏一心心里微微一动。她曾经对司昭南也说过，一期一会，一生一遇，并不是指一生只能遇到一个爱人，而是每一次相遇，心境都不再如昨，就像现在的他，归来后与她已经形同陌路。

南宫旭接着说：“夏小姐，昨日之日不可留，有时候退一步，反而海阔天空。”

夏一心说：“我来，不是想缠着他去回忆什么，有些事，我必须说。”

喝过两盏茶，见司昭南还不回来，夏一心站起来：“今天就不打扰了，我还会再来的，请你见谅，我真的只是想跟他说几句重要的话。”

夏一心刚走出别墅，一辆加长的劳斯莱斯便由远及近慢慢驶过来，这个时候，又正好开到这里，司昭南一定在里面，她停住脚步，等着他下车。

可她等了半天，都不见有人从车上下来。夏一心只好深吸了一口气，径直走到车窗外，敲了敲玻璃。过了一会儿，玻璃缓缓地降下来，司昭南就坐在里面，车厢里光线阴暗，她只能勉强看清他脸部的轮廓。他斜靠在椅背上，对于她的到来，表现得很淡漠。

夏一心说：“我想单独跟你谈谈，可以吗？”

过了一会儿，她才听到他慵懒的声音：“就这样说吧。”

夏一心用有坚定有力的声音说：“既然你不再爱我，又或许你真的是美国人比尔，我们是陌路人，为什么你连正眼看我的勇气都没有，害怕和我独处？”

“说重点吧，我没有太多的时间。”

“我已经猜到当年陷害你的人是谁了，你不愿意说出来，大概是不想让我卷入这场纷争当中，但我已经在这场战争里了。我没有想过要脱身离开，我会勇敢地去斗争，保护属于我的领地。”

嘴里呼出的白气在空气中腾腾而起，她继续说：“也怪我自己大意，很多事情没有去细想。不过我还是要谢谢你。”

夏一心知道，那封邮件出自他之手。

司昭南没有耐心跟她说话，她只能长话短说：“如果你真的不再爱我，我也能接受，你说过，在这世上，我们不会因为某个人而停止生活下去，漫长的时间会改变很多东西，我会好好地照顾自己。”

说完，她转身走了，上了自己的车，扬长而去。

等到夏一心的车消失在公路的尽头，一直在门内观察情况的南宫旭赶紧出来，拉开后座的门，问：“比尔，你还好吧？”

司昭南已经气若游丝：“扶我回房间去。”

南宫旭费了很大一番力气才把司昭南弄进卧室，安抚他入睡。医生曾说过，肿瘤在司昭南的脑袋里不停地生长，如果不进行手术，他的日子应该不多了。但他坚持要出院，说在哪里都一样，都是数着时间过日子。

南宫旭不禁感叹：“真是孽缘！”

Chapter 30

夏一心约了芸竹吃烧烤。别墅的花园里刚好有个阳光棚，花匠在院子里种了茉莉，花开朵朵，香气袭人，可以一边赏花，一边吃烧烤，在庆市的餐厅里可没有这种雅兴。

芸竹来的时候在门口超市买了菜拎进去，见只有她们两个人，便问：“怎么不把秦烁叫来？热闹一点。”

夏一心说：“就是怕热闹，才不叫他，每次你们两人就顾着斗嘴，把我晾在一边，我会吃醋的。”

芸竹笑道：“我还真没看出来你有这种小心眼。”

夏一心手艺不行，打打下手还是不错的。看她洗菜、切菜，芸竹笑着把刀抢过来：“你这样切肯定是漂亮的，但你这速度，切好了估计太阳都下山了。”

芸竹以前也不喜欢下厨，现在却是一把好手。她很快就把调料和菜弄好，把电烤炉打开、预热。

夏一心笑着说：“唉，都说女人口是心非，一点没错，是谁说过要找个会下厨的男人，可到头来，恨不得天天为他‘洗手做羹汤’？”

知道她是在调侃自己，芸竹不说话，只是笑。

夏一心整理了一下情绪，问：“芸竹，我们从初中相识，算起来应该有十六年了吧？”

芸竹笑着说：“是呀，我还记得第一次见到你时，你穿着一条很漂亮的白裙子，旁边的同学在说，瞧，这就是首富家的千金小姐。”

夏一心苦笑了一下：“在很多人看来，我的出身的确很优渥，在我爸没有出事之前，我几乎没有体会过生活的辛苦，去哪里都是众星捧月，被人保护着，别人看到的只是表面，而你是最了解我的人，陪着我一路走来，我的喜怒哀乐，都会和你分享。”

芸竹以为她单纯地在感叹她们的友谊，于是开玩笑说：“有可能你跟司昭南睡在一起的次数还不如跟我睡在一起的次数多！”

夏一心的语气变得伤感起来：“芸竹，尽管我出生在富豪之家，生活条件比一般的人要好，但我从来没有以此为傲，也没有觉得自己与众不同。如果我不经意中伤害到你，我真的是无心的。”

芸竹愣住了：“一心，为什么要这么说？”

夏一心说：“在江洲的时候，我告诉你，我遇到司昭南了，他隐藏身份回来，肯定是为了找到证明自己清白的证据，我希望你能保密，但你还是告诉其他人了。警察已经在调查他了。”

“我……”芸竹无言以对，“我只是告诉了丛诚哥……难道是……”

她用不敢相信的语气说：“是丛诚哥告诉警察，让警察去调查司昭南？为什么？他们应该是朋友才对。”

“如果是朋友，就会帮助他找出真凶，而不是让警察去调查他。”

“难道陈振东被谋杀跟丛诚哥有关？”芸竹很聪明。

夏一心说：“是不是丛诚哥我不能肯定，陈振东被害的时候，他也在海洲市，即使凶手不是他，其中也会有什么联系，否则他不会置司昭南于不利的境地。”

芸竹解释着："一心，你要相信我，我是无心的。我只告诉过他，我以为我们这么亲密，他会为我保守秘密的。"

夏一心继续问："芸竹，你拿过我电脑里的资料，对吗？"

受到司昭南的影响，她对客户资料的保密工作一直做得很好。她找过技术公司，办公室那台设置密码的电脑没有人动过，反而她家里的笔记本电脑被人拷贝过东西，她几乎不用移动硬盘拷贝东西，而是直接放到网络云盘里，只要有网络，在哪里都可以用。

能在她家里神不知鬼不觉动用她的资料的人，她想来想去，只有芸竹。

听夏一心这么说，芸竹的表情变得自责起来，她低下头，沉默不语。

芸竹跟她一样，是脸上藏不住心事的人，其实之前夏一心只是猜测，没想到这么一说，芸竹就露馅了。

"你真是个傻丫头！"夏一心苦笑，"以前你还苦口婆心地跟我说，别被男人利用了，结果你自己还不是掉进男人的陷阱里！"

芸竹红了眼睛："对不起。"

夏一心问："你还帮他做过什么？"

芸竹赶紧解释："司昭南的事我是无心的，我一直以为丛诚哥是会帮助你的，我帮他拿资料，是因为他说你急着成功，急着把公司发展壮大，把自己逼得越紧，越容易在工作上出错，直接跟你说，更会增加你的压力，如果发现项目有什么问题，他会悄悄地辅助你。"

夏一心懊恼地说："他的鬼话你也信？我的性格你最了解，我会听取别人的意见，却从不受人摆布。"

芸竹大哭起来："对不起，一心，我……"

"我不会怪你的，我只是觉得朋友之间，说开了反而好一些，你爱顾丛诚的心我明白，只是这个人到底值不值得你爱，还要你自己去思考。"

夏一心约了卓颖在一家私人会所吃晚餐，那里的私密度很好，是个谈事情的好地方。

九罭虽然是司昭南一手创办起来的，但作为公司元老的卓颖，却是除了司昭南之外，占有九罭股份最多的合伙人。尽管三年前卓颖离开了公司，股份却一直保留着。一年前，卓颖和同样是商业精英的丈夫结了婚，已经是高龄产妇的她希望能有个健康的孩子，所以毅然辞掉了工作，安心地在家里待产。

夏一心想请卓颖再度出山，帮她稳固在公司的地位。

她简单分析了一下公司管理层的情况。这几年由于她对顾丛诚太过信任，在提拔合伙人和管理层的时候，都尊重了对方的意见，现在九罭的管理高层中，支持顾丛诚的占多数，这一点她暂时无法撼动。

但就她跟卓颖两个人的股份持有率来讲，他们暂时还不敢轻举妄动。

夏一心对公司近两年的业务进行了梳理，并对客户做了项目反馈，的确发现不少可疑的地方，但没有确凿的证据，她只能暂时按兵不动。

其实把所有的疑点放到顾丛诚身上，对于她来说，是一个不小的打击。司昭南离开之后，顾丛诚就成了她最信赖的合作伙伴，她还一度感激对方帮助她将九罭发展壮大，却没料到在繁荣景象后面，他却在以公谋私，中饱私囊，一点一点瓦解着九罭看似坚固的根基。

卓颖很爽快地答应："一心，我会支持你把这颗毒瘤铲除掉。"

夏一心现在不想杀敌一千自损八百，如果将顾丛诚的罪行完全公之于众，对九罭也会是灭顶之灾，业界里风云变幻，新秀辈出，到时要重回业界的老大地位，只怕会困难重重。

卓颖说："你也不用太过担忧，尽管他占有支持率的优势，但我们也可以在股东会上扭转局势。股东都是以利益为重，交情为次，只要让他们知道顾丛诚的所作所为会伤害到他们的利益，他们自然会和我们站在一起。"

夏一心整理了一份名单。她已经通过Dennis联系好国外几家有名的咨询管理公司，用培训升职的名义，将顾丛诚手底下几个颇有实力的高层管理者送出国去，等他们再回来的时候，公司的格局将会发生扭转性的变化。

第一个是苏闽。苏闽是个实干型人才，唯一的缺点就是学历不高，刚好可以借这个理由让他出国深造，苏闽一走，江泽的劲敌就少了一个。

从餐厅出来，夏一心问卓颖："要不要去喝一杯？"

卓颖说："去你店里坐坐吧。"

心芸咖啡屋在这两年时间里装修过一次。顾客的口味在变，城市的时尚在变，一成不变的东西，终究要消失在滚滚的城市洪流里。

卓颖说："我第一次见到你时，就是在这里，现在，我有种恍如隔世的感觉，但又好像什么都没有变。"

夏一心笑着说："这证明你的心态充满活力。"

夏一心给卓颖倒了一杯鲜橙汁，两人找了靠角落的位置坐下。

她发现卓颖似乎没什么变化，自己倒是憔悴了很多。

卓颖问："你还好吧？"

夏一心耸耸肩："我怎么样，你还看不出来？"

在商场中争斗，如履薄冰，走到今天的位置，她已进退两难。

卓颖又问："还在等他？"

夏一心苦笑了一下："前两年还这么想，但时间会改变很多东西。"

卓颖喝了一口果汁，笑着说："我也没想到，有一天我俩还能这么心平气和地在这里喝茶聊天。情感容易让人失去理智，我曾经以为他如果不爱你，就会选择我，可到头来，我们都没能对抗过命运。"

说到这里，卓颖有些哽咽。

夏一心没有告诉卓颖关于比尔的事。警察已经盯上他了，她不想节外生枝，希望能帮到他。

这时，秦烁推门进来，远远地就看到夏一心和卓颖。他走过来跟卓颖打招呼："卓小姐，好久不见！你可是一点都没变，还是这么漂亮。"

卓颖笑着说："是啊，很久没见了，你也没变，还是这么会哄女孩子开心。”

秦烁又问：“这次来待多久？我得做东，好好地款待你。”

卓颖说：“会待上一段时间，我不介意你天天做东。”

秦烁只是过来打个招呼，之后就去吧台那边帮忙了。卓颖听说了夏一心和秦烁的事，说：“看来你们相处得不错，有时候不走到最后，还真不知道会跟谁在一起。”

夏一心只是笑了笑，没有回应。

卓颖把话题转到九晟：“公司的事，你就放心大胆地去做吧。我会尽力地支持你，也算是我报答昭南的知遇之恩，而且……”

最后那句话，她还是没有说出口。

卓颖突然出现在公司，让顾从诚非常意外。他打了招呼，然后请卓颖到办公室去喝茶。

顾从诚听说卓颖结婚了，和她闲聊了几句家常。

卓颖说：“我最近闲在家里没什么事做，劳碌命的我还真不习惯，经不住一心的邀请，就回来了，反正我是在国内生根了，哪里需要就往哪里搬喽。”

顾从诚伸出手，微笑着：“我一直很欣赏你的魄力，欢迎回家。”

“过奖了。”卓颖纠正，“我一直待在家里，从来就没离开过。”

送走卓颖，顾从诚去了夏一心的办公室，问她邀请卓颖为什么没事先知会他一声。

夏一心说：“虽然卓颖已经不在九晟任职，但她拥有公司的股份，就有权参与公司的管理，我跟她一直有联系，美达罗的事情对公司影响很大。从诚哥，我不想你太累了，我会过意不去的，现在是时候让一些有实力的人参与进来了。想来想去，我觉得卓颖最合适。她是公司的元老，比我们俩的资历都高，她的到来，肯定会给公司带来士气。从诚哥，你觉得呢？”

顾从诚说：“卓颖的确很优秀，但这几年她都没有参与公司的管理，而且有句俗话叫‘人走茶凉’，我没有诋毁她的意思，只是她突然回来，我担心会引起一些在公司中表现突出的员工不满。”

夏一心说：“这一点我已经想到了，她只是作为股东来参加会议的。”

顾丛诚又问：“苏闽的事，你是怎么打算的？”

夏一心态度诚恳：“公司在用人的时候，不是看他的资质，也不是他能为公司带来多少业务，而是他适不适合这个岗位。苏闽是你带出来的人，我能体会你的‘爱之深，责之切’，他在业务上是一把好手，算是公司顶尖的项目经理。据我了解，他对工作要求太过完美，和团队的人合作并不是很默契，这一点，我也跟他谈过，总的来说，他是非常优秀的，总经理的人选我也认真考虑过他。”

夏一心的话模棱两可，顾丛诚追问：“那你的结果呢？”

夏一心说：“司昭南还在的时候就一再强调过，公司的管理最忌讳的就是高层独裁，我们可以有自己的建议，但不能忽视公司的需要和大家的认同，像副总这样的位置是公司的关键，我需要股东们的认可。”

顾丛诚暗忖，如果让股东们投票，那么苏闽的支持率绝对在江泽之上。他微微松了口气。

股东会如期举行。顾丛诚发现请长假的合伙人之一江泽回来了，气氛顿时变得微妙起来。

会议讨论事项的文件发下来后，顾丛诚看到总经理候选人名单上，第一个写着夏一心的名字，接下来是苏闽，还有一个毫无竞争力的名字。而自己的名字在副总的候选名单上。

顾丛诚开始意识到，夏一心已经不再信任他，而且还防备着他。他心里生出一股不祥的感觉。

夏一心提出，她作为候选人不参加投票的环节，交由顾丛诚来主持。卓颖率先发言，表示对夏一心的绝对支持，作为九罭最大的股东，也是九罭表现最突出的项目经理，她一直记得九罭最初的发展愿景。

卓颖特别提出了美达罗药业的事件，虽然事情出在其他的项目组，但作为总经理的顾丛诚也有失职的地方，不能很好地带动和管理下属，就是一个领导的失职。而且公司的晋升制度明确规定，不能集权于一个人手中。

卓颖这么一提，顾丛诚就成了一个不合格的CEO人选，如果再支持他所提拔的人，会让人明显觉得他在假公济私，而且他所重视的人，也不那么纯粹了。

卓颖是个非常有气场的女强人，言辞铿锵有力，非常有震慑力，等她讲完之后，会议室陷入了一片沉默当中。

顾丛诚用眼角的余光环顾左右，其他的人或低头思考，或跟旁边的人窃窃私语，似乎都不再询问他的意见，他没料到这两个女人强强联合，真是不容小觑。

一个小时后，投票的结果出来，夏一心成功当选为总经理，顾丛诚为副总经理。

会议结束，股东们嚷着让夏一心请客，她说："那是肯定的，大家这么支持我，我不会辜负大家的期望，后天在麓德苑，我得好好跟大家喝几杯。"

夏一心接下来要做的，就是要铲除顾丛诚在公司里的势力。尽管一些项目经理的确才干出众，能给公司带来很大利益，但为了能将顾丛诚彻底赶出公司，她也只能忍痛割爱。

第一个要铲除的就是顾丛诚大力支持的苏闽，她决定用培训的借口把他支到国外去，他手上的实权一放，就没什么威胁了。

夏一心叫来卓颖，两个人根据顾丛诚手下的几个得力干将工作上的弱点，设计了一套新的培训制度，借着提升培训的借口，将他们的权力分散，再择优录用。

卓颖说："你做事的风范越来越像司昭南了，想当初他在华尔街的时候可是被称为'笑面虎'，在处理对手的时候，总是表面祥和，但动起真格来，一点都不手软。”

在公布这项新的培训制度之前，夏一心单独约谈了苏闽。她先是对苏闽的工作能力进行了肯定，说他当初是顾从诚破格录用的，但他的专科学历一直受到同事诟病，他一路高升，同事们怨言很多。

正因为认可他的工作能力，夏一心为他争取了一个在美国的培训机会，参加培训的都是全球咨询管理行业的佼佼者，参加培训不仅能结识广阔的人脉，还能正好给他的学历镀一层金，再回来的时候，就可以直接升任为副总，让他成为公司的合伙人之一。

话讲到这个份儿上，苏闽只能同意。夏一心现在是公司老大，她主动提出来，也算是命令，如果不执行，就等同于和她站在对立面上。而她说的情况也是实情，他得到顾从诚的提拔，算是公司里升得最快的项目经理，难免受到别人的非议，出去学习也好，就凭自己的实力，哪怕学成后离开九罭，也会有自己的一片天地，何必陷在这场内斗里，最后牺牲的也是他们这样的棋子而已。

苏闽没有过多犹豫，很爽快地同意了，只要开了苏闽这个先河，其他的人就更容易掌控。

夏一心做事雷厉风行，立即就召开了公司全体会议。在会上，她先阐明了司昭南创办公司之初的一些观点，再罗列了一些咨询管理业上有名的案例来说明培训的重要性。一时的成功不代表永远会立于不败之地，只有不断地学习，吸取成功的经验，才能让自己不断地进步，迎接新的挑战。

最近公司的业务比较平稳，公司的培训部会结合每个员工的优点和缺点，推荐相应的课程，希望大家能够遵守规定，为公司的发展深谋远虑。

培训是公司工作和福利不可缺少的部分，所以她提出的方案无所谓通不通过，只是通知一声，因为不会有人笨到反对公司制定的提升员工能力的制度。

顾从诚没有等来夏一心的解释，只能主动去找她。

他走进夏一心的办公室，关上门，很认真地说：“一心，我们谈谈。”

夏一心抬手示意他坐，然后先开口：“能当选公司的总经理，我也挺意外的，没想到那么多人会支持我，我突然觉得，这两年的坚持没有白费。”

顾丛诚觉得他们两人之间没必要说这种敷衍的话，问：“你是故意的吧？把卓颖找回来针对我，而且会前你明明说会好好考虑苏闽当副经理的事，却把他放在总经理的候选名单里，你分明早就决定要把我和他排挤在外。”

他的语气变得柔软：“一心，我不知道发生了什么让你突然像变了一个人，但我为公司付出的点点滴滴，你真的视而不见？”

他的话音刚落，夏一心便把一份资料摆在了他的面前：“你仔细看看吧！”

顾丛诚一页一页地翻过去，脸色也渐渐变得僵硬起来。他一直以为她只是个感情用事的小丫头，没想到玩起无间道来，和自己比有过之而无不及。

夏一心说：“丛诚哥，除了司昭南，我一直把你当成最信任，也最依赖的人，可现在你成了伤我最深的人，暗地里殴打华孟的人是你吧？出卖客户机密栽赃给文惠，试图赶走江泽的人也是你吧？一心想置司昭南于死地的，也是你？司昭南曾经对我说过，你是个非常有才华的人，他非常看好你，为什么面对别人的依赖和示好，你却能下如此重手？”

顾丛诚突然说：“那都是因为我爱你！”

“爱我？”这样的理由让夏一心震惊。

顾丛诚缓缓地说：“当你还是林承志的女朋友的时候，我就爱上了你。林承志好高骛远，根本不是个能脚踏实地工作的人，一遇到漂亮性感的琳达，立即就变了心。我当时想，只要你看清林承志的真面目，你们分手后，我就有机会跟你在一起。

“我是为了你才来九曌的，我以为陪着你、守着你，最后就能和你在一起，但我万万没有料到，司昭南会把你抢走。我想不通，我在任何方面都不比他差，为什么你会喜欢他，而不是我！”

“所以你要置他于死地？”夏一心不敢相信温文尔雅的顾丛诚会是个杀人凶手。

顾丛诚赶紧辩解：“陈振东的死和司昭南的失踪跟我没关系。”

“可案发的时候，你在现场，对吗？因为那天我去房间找你，你穿着浴衣，浴衣不是应该洗完澡穿吗？但你换好衣服跟我出门的时候，手上却有血迹，你根本就没有洗澡，分明是刚把带血的衣服给换下来！如果不是你，为什么你要去现场？”

事已至此，夏一心对他已经没有任何信任，甚至把他当成了敌人。于是顾丛诚索性都说了出来，也申明自己不是杀人凶手。

他说：“我知道司昭南要去见陈振东，心里很害怕，因为之前我告诉陈振东，司昭南是个睚眦必报的人，不会帮助他，但陈振东主动找他，想必已经不计前嫌，很可能会出卖我。

“我比司昭南先到陈振东的别墅。我们正在谈话的时候，司昭南来了，然后他们两个被人打倒在地上，当时我很害怕，跑回书房躲了起来。我听到陈振东反抗的声音，不过很快他就没有动静了。

“等我从柜子里出来的时候，陈振东已经死在了书房门口，我想他应该是被袭击之后挣扎着跑到书房门口，希望我能帮忙，却因为失血过多，倒在了那里。我衣服上的血，大概就是逃离书房的时候沾上的。我担心会撞上凶手，所以从二楼的阳台跳了下去。”

夏一心问：“杀手有几个人？”

顾丛诚摇头：“不知道，大概有三个人吧，要不然司昭南和陈振东不会这么轻易就被人击倒。”

是的，顾丛诚一个人不可能杀得了司昭南和陈振东两个人。夏一心追问：“你知道凶手是谁吗？”

顾丛诚顿了一下，说：“秦宇川。”

其实他说出这个名字的时候，夏一心没有太震惊，因为在江洲的时候，秦烁说出秦宇川跟霍光宗是旧识的时候，她就已经有这样的怀疑了。

她问："你有什么证据吗？"

顾从诚说："在莲初连锁周年庆的前几天，我无意间从客户那里看到一张照片，是客户跟你父亲夏翔文的合影，旁边站着一个很年轻的男孩子，从身高和眉眼，我一眼就认出那是司昭南。

"后来在莲初周年庆上，我遇到秦宇川，聊到司昭南曾经在朝峰孤学院读书，肯定和秦宇川是旧识。当时秦宇川的脸色变得很难看，他说，如果我能帮他一个忙，他一定会感谢我的。

"他让我暗中监视司昭南，看司昭南是否在暗中调查他。"

夏一心问："你给了秦宇川什么？"

"我在司总办公室的抽屉里找到了一张秦宇川的照片，看照片的颜色就知道时间应该挺长了，我以为是他们俩之间有什么矛盾，相互产生了不信任感。直到司昭南失踪后，我才发现事情并没有那么简单，于是也开始暗中调查。"

"谢谢你。"夏一心感谢顾从诚让她知道了真相。

顾从诚说："一心，我知道自己犯了错，但我对你的心意，从来没有变过。"

夏一心很伤感："从诚哥，我没有把你的所作所为公布于众，也是念着你对我的这份情义，但现在你不能在公司待下去了，你违反了工作的原则，无论出于什么样的原因，你都必须离开。"

顾从诚点头："我知道。"

她和他的情义，到头了。

临走时，夏一心突然说："从诚哥，芸竹是真心爱你的。"

至于他对芸竹的爱有多少，只有他自己知道。当他不顾一切执着于一段错误的情感时，却不知道，另一个人也在为他飞蛾扑火。

Chapter 31

顾丛诚离开后，夏一心拿起外套便快步往外走，秘书问：“夏总，你要去哪里？你约了分公司的郝总半个小时后见面。”

夏一心说：“你跟郝经理打电话说声抱歉，我现在有急事要出去。”

阴雨天，南山的路不好走，天黑了夏一心才到宏光别墅。别墅二楼的房间亮着光，他一定在里面。她把车停在大门口，在有光亮的地方，静静地坐着。

但是过了很久，都没有人来开门，连油嘴滑舌的南宫旭也不见踪影。

司昭南是在害怕，害怕见她太多，就会情不自禁。他此时此刻的心情，她终于能够体会，他避而不见，只字不提，全是为了保护她不被秦宇川伤害。

夏一心迫切地要见他，诉说她的思念和感激，谁都拦不住。

她下了车，绕着别墅的围墙走，东南角的地方有一棵大黄桷树，旁边是一堵用青砖交叉堆砌出凌乱感的墙，正好给她的攀爬找到了附着点。

小时候她也常爬墙上树，老被父亲说没规矩，一点大小姐的端庄都没有。没想到今天却派上了用场。

别墅的院子里非常安静，一个保安都没有，如果不是二楼的灯亮着，她会认为别墅里没有人。

她走进去，别墅的大门锁着，是密码锁，她打不开。

夏一心往后退了几步。

这是一幢旧式的洋房别墅，夏天的爬墙虎绿叶葳蕤，几乎看不到墙壁原来的颜色。

司昭南躺在床上，内心根本无法平静。他的心不由自主地飘到外面，飘到了那辆红色的沃尔沃里。

此刻她在做什么？如果他一直不见，她是不是就一直等下去？

司昭南坐起来，再次走到窗边，轻轻地撩开窗帘。那辆车还在那里，车灯没有亮，他担忧着，是不是油用完了？

他的心被两种心绪拉扯着，哪一种都让他心痛难耐。

司昭南把卧室明亮的主灯关掉，只留下了一盏微弱的暖光灯。他的目光没有离开过她的车，那辆小小的车就像无尽黑夜里的一叶孤舟，等待着可以依偎的港湾。

突然，露台外传来夏一心的叫声：“救命！救命！”

司昭南迅速地往露台跑去，只见一只白皙的手正紧紧地抓住露台的台沿，他探头出去，看到她的身体吊在露台下方，随时都有掉下去的危险。

夏一心看到他，蹙着眉头：“快，快拉我上去！”

他顾不得多想，赶紧伸手把她拽了上来。

司昭南生气地责备她：“你疯了？想变残废？”

夏一心却笑了：“你还是心疼我的，对不对？”

他却笑不出来，说：“跟我进来吧。”

司昭南领着夏一心来到书房，她忍不住打了个寒战，司昭南问：“很冷吗？”

在他面前，她从不掩饰脆弱：“庆市市区热得跟火炉一样，这山里又凉快，又清爽，还真有点不适应。”

书桌边的椅子上搭着司昭南的薄外套，他拿过来想披在她的身上，抬起手臂，又觉得无形中有一种暧昧感，于是把外套放下，走出去，拿了一条崭新的薄被进来，披在夏一心的肩头。

他想要疏远她的防线被一道一道地攻破，他害怕会违背初衷，所以即使让她进来了，他依旧试图保持距离。他不敢说话，害怕会情不自禁地露出破绽，于是沉默地去烧水，给她泡了一杯龙井。

夏一心接过来，轻轻地呷了一口，蹙着眉头：“好烫。”

司昭南忍不住提醒：“刚泡好的茶，温度都不低。”

“是我贪嘴。”夏一心说，“我还没吃饭呢，有点饿了。”

这里远离闹市，根本叫不到外卖，他只好去厨房找吃的。冰箱被食材装得满满的，吃的喝的，应有尽有，还有半包火锅底料。

司昭南知道夏一心爱吃辣，于是用火锅底料做了一碗火锅面，再放上配菜。他已经很久没有下过厨了，但当他拿起锅铲的那一刻，一切都驾轻就熟，切成心形的火腿、切成薄片的西红柿，再配一点翠绿的蔬菜，为心爱的人洗手作羹汤，幸福的感觉涌上他的心头。

夏一心曾经夸过他做饭味道好，卖相也好，他还开过玩笑，如果有天在商场上一败涂地，就带她回老家开一间小面馆，他掌勺，她招呼客人，肯定生意兴隆。

司昭南把煮好的面端到夏一心面前。她问：“要不要一起吃？”

他摇头，走到靠墙角的沙发椅上坐下。

他很了解夏一心吃东西的口味，这碗面做得咸淡适宜，麻辣鲜香。夏一心吃着这碗面，久违的幸福感顿时涌上来，红了眼眶。

她吸了吸鼻子，问："有水吗？好辣。"

吃辣的时候夏一心喜欢喝可乐，司昭南刚才看到冰箱里有，因为南宫旭喜欢用可乐来兑感冒药，所以就留了几罐，他去拿了一罐，打开后递给了她。

司昭南一直把夏一心当孩子宠着，繁忙的工作之余，她只需要安静地休息，其余的事无巨细，他都会安排得很好。

等夏一心吃完，司昭南又主动收拾了碗筷，清洗干净后，再次回到书房。他站在窗口，背对着她不敢看她："时间不早了，你早点回去吧。"

夏一心站起身，走到他的身后，伸手环住他的腰，然后将脸紧紧贴住他的背："昭南，在这个寂寞的夜晚，我需要你的温柔。"

司昭南想掰开她的手，但当摸到那双柔软细滑的手时，他却没了力气。她的手就像磁石一样，让他只想紧紧地握住，不再松开。

夏一心说："昭南，今天晚上我只想和你在一起。我不想问你是否还爱我，也不问天亮后前程如何，我只想在这个寂寞的夜晚，让我已经冰冷的心再沸腾一次。"

她看不到司昭南的表情，只感觉他的身体在微微颤抖，他的心也在悸动，她开始主动吻他。

隔着薄薄的衬衣，她柔软的唇吻过的地方像点燃了一片火，烧得他煎熬难耐，也摧毁了他心底最后的屏障。他想着，一切都不重要了，能死在她的怀里，他也没什么遗憾了。

司昭南转过身，修长的手臂把她抱起来，然后用吻热烈回应着她的激情。

他一直弯着腰，时间一长，腰就发酸了，他索性坐到了椅子上。他们之间向来不需要太多的言语，只需要心灵相通的默契。于是她也顺势跨坐在了他的腿上，与他唇齿相缠，一刻都不愿意分开。他轻轻托住她纤细的腰，她的裙摆被他的手慢慢撩起，露出白皙的细腿。

尽管很久都没有做过了，但她还记得两个人紧紧相拥时的律动与默契。他的手长得像藤，紧紧地绕着她，在她的世界里，他永远是她依赖敬仰的神。

温情蜜意的夜晚，她的身体像一朵被雨露滋润到极致的花。她快乐得有点睡不着，也舍不得睡，这样美好的夜晚，如果一切都在睡梦中度过，会让她觉得太奢侈。

醒来的时候，温暖的身体，恣意的心情，使夏一心舒服地伸了一个懒腰，旁边的司昭南还沉沉地睡着，他似乎很累。

她轻轻地下床，在柜子里找了一件他的衬衣穿上，担心吵醒他，又蹑手蹑脚地走出卧室，去了书房。书房里有茶，还有现成的茶具，这个时候一杯甘醇的茶，更契合她轻快的心情。

茶几的抽屉里有好几种茶，她拿了铁观音，有一种淡淡的香味儿。水壶在加热器上发出轰轰的声音，借着烧水的空当，她往司昭南的书桌上瞥了一眼。他是个做事有条理的人，书桌上的物件永远罗列整齐，桌子上一尘不染。

她眼角的余光发现放在电脑显示屏旁边的一沓资料，首页上似乎印着光启产业几个字。她好奇地拿过来仔细一看，发现竟然是一份光启的财务报告。她不禁疑惑，他收集这些有什么用？

然而越往下看，她越震惊，这份财务报告所显示的季度月份跟光启上报的数据大相径庭，有了这份证据，光启产业就洗脱不了偷税漏税的嫌疑。她再往后看，还有几年前，光启产业收购文胜时，贿赂文胜的高层，将文胜贱卖的证据……

这些都让她不寒而栗。

“你在看什么？”

夏一心回过头，司昭南不知什么时候站在了她的身后。

她问：“你会将这些公布出去吗？”

他的回答很肯定：“是的。”

夏一心很好奇，甚至觉得不可思议："你怎么会有这些东西？"

这些都是非常私密的内部文件，拥有这些文件的人一定是霍光宗的亲信，现在司昭南手里的这些证据清晰而全面，可以让对方毫无还手之力。她问："你在光启内部有眼线，对吧？"

"一心，听我的，这些事你不要插手。"

夏一心继续说出心中的疑问："那个人是蒋筝，对吗？"

司昭南没有回答，但他眼里惊讶的光已经告诉了她答案。

夏一心说："我一直有种很奇怪的感觉，蒋筝跟你很像，尽管他从不刻意表现什么，但他所做的一切又巧合到无法去解释。"

司昭南说："蒋筝跟我一样，也是朝峰孤学院送去美国留学的。我们在美国关系就很好，他原本也是在咨询管理公司工作，后来去了一家汽车公司当CEO。"

夏一心恍然大悟，难怪蒋筝肯放弃美国大好的工作，去光启产业当一个受人摆布的副总。她问："你们五年前就知道光启产业可能跟我父亲的失踪有关？"

如此一来，早在五年前，他就已经布下这个局了。

司昭南说："出于对夏爸爸的崇拜，我学过一些机械方面的课程。夏爸爸失踪前，我跟他通过电话，他讲起过发动机的事。他是个勇于创新的人，也喜欢接受新事物，甚至预感到将来节能环保会成为重要的竞争力。他希望我在国外学习的过程中，能去开阔眼界，给他一些启发。他失踪后，我也没有什么线索，就只能搁置下来。

"光启产业的主要业务是出口，它们跟美国旧金山一家机车生产厂家有过合作，我的一个客户是那家机车生产厂的CEO，我在查阅他们的合作资料时发现了这个线索，而且在客户的相册里看到了秦宇川。巧合的是，那次他是作为光启产业的代表来机车厂考察的，那个时候我就对他产生了怀疑。后来因为合同到期，双方解除了合作，我要深入了解，就只能去光启产业的总部。

“我跟蒋筝讲了这件事，他毫不犹豫就回了国。秦宇川很看重名校毕业生，我找尹正牵线，向秦宇川推荐了蒋筝，秦宇川对蒋筝很是看重。”

夏一心说：“我一直沉浸在失去父亲的悲伤当中，目光短浅，破绽就在身边，却没有发现。”

夏一心是在第二天早上离开别墅的。她穿好衣服轻步从楼上往下走，一到客厅，就看到南宫旭坐在沙发上看报纸。

南宫旭见到她，笑着向她打招呼：“夏小姐早！要不要一起用早餐？”

夏一心以为别墅里只有她和司昭南，南宫旭什么时候回来的，她一点都没有察觉到。

她红着脸：“不用了，我现在回市里去。”

说完，她径直走出别墅的大门，上了车，扬长而去。

夏一心回到家里，推门进去，看到一个人倒在客厅的沙发上，睡得四仰八叉，一双穿着深褐色西裤的长腿拖在地上。她走过去轻轻推了推他的肩头：“起来啦，睡在这里会感冒的。”

秦烁睁开惺忪的睡眼，看到是她，立即坐起来：“一心，你去哪里了？电话关机，你是要急死我吗？”

夏一心手机没电了，刚才下车的时候才发现的。秦烁一脸狼狈的样子，肯定是在这里等了她一晚，她有点心疼，说：“吃点东西再睡吧，我叫外卖。”

秦烁追问：“昨天晚上你去哪里了？”

夏一心顿了顿，说：“在司昭南那里。”

秦烁愣了一下，眼睛里充满了震惊，很快又平静下来，脸上带着尴尬的笑，问：“他还好吧？”

“挺好的。”

一个小时后，外卖才送来白粥和汤包。秦烁埋头吃了两口，突然将筷子用力地放到桌上，哐当一声。他这明显是在撒气，夏一心问：“又哪根筋不对了？”

秦烁窝火：“他到底想干什么，一会儿像陌生人似的，避你远远的，现在又叫你过去，他是准备杀人不见血吗！”

夏一心解释：“是我自己去的，我……”

对那种吸引力她无法克制。

秦烁追问：“那他的态度呢？假装不认识你，还是对你浓情蜜意？”

昨天晚上抱住他的时候，她说过，不去猜测他的心思，也不聊过往恩怨，只是两个寂寞男女关乎性的释放。早上她走的时候司昭南还睡着，她没有留下只言片语，就这么离开了。至于他俩的未来如何，她对他的心是有把握的，司昭南爱她，却让她有种莫名的不安全感，好像他随时有可能悄无声息地走掉。

她的心很乱，秦烁知道，逼她也没用，她的心始终是向着司昭南的，只要那个男人活着一天，其他的人就走不进她的心。

秦烁心里暗暗骂着司昭南，搞不清楚他现在是想怎么做。他重病在身，时日无多，真的想让她再生不如死一次吗？

秦烁越想越心烦，伸了一个懒腰：“我担心了你一夜，现在有点困了，我去补个觉，有需要再叫我。”

楼下的客房是专为秦烁准备的，他就跟在自己家一样自在，关上门，也懒得洗漱，在柔软的床上倒头就睡。

面对秦烁，夏一心的心情是复杂的。如果她扳倒了秦宇川，为父亲，也为司昭南报了仇，她与秦烁的关系又将变成什么样？

夏一心抬起头，担心眼泪会掉下来，这个时候，她不能感情用事，要为这么多年的恩怨做一个了断。

南宫旭专注地看着笔记本电脑的显示屏，丝毫没察觉到已经下楼来的司昭南。司昭南问："你在做什么？"

南宫旭回过头："没想到夏小姐做起事来这么彪悍，有胆识。"

南宫旭在仔细地浏览夏一心发在庆市论坛上的帖子，她将自己拥有的原图和霍光宗的那张图纸并排贴在一起，声称自己是无意中发现的，后面附带了一些证据，又将夏翔文失踪的事件跟霍光宗扯上关系，末尾表明这件事很可疑。

她匿名发的，并转换了IP。

司昭南赶紧给夏一心打电话，那头一接通，他就责备她："你不要命了吗？赶紧把帖子删了。"

别人不知道，但秦宇川很清楚这两张图纸的来源。图纸是夏翔文的遗物，他肯定会找到她身上来的。

夏一心说："这件事迟早都要面对，我不想坐以待毙，我要抢占先机。

"如果拿手头上的证据去找秦宇川，他大可推得一干二净，说自己只是在光启产业投资，机缘巧合遇上这样的事。不如把矛头指向霍光宗，让他们狗咬狗。以前的我顾虑太多，反正已经没了退路，不如放手一搏。

"我的同学会帮我做数据，将这篇帖子弄上本市的热搜，我爸失踪是很多人都知道的事，一定会引起关注，也会间接地影响到光启产业的声誉。光启产业在文胜的事上已经消耗了实力，现在又来这一波，他们肯定会招架不住的。"

司昭南心神不宁，总感觉会有不好的事发生。他提议："光启产业那边你暂时不要过去，住到我的别墅去，我陪着你，也好有个照应。"

夏一心听到他这么说很高兴，但她也知道，只有将秦宇川绳之以法，他们才能有新的生活。她说："知道，我会照顾好自己的。"

夏一心发的帖子第二天就在网上引起了轰动。尽管过去了十年，庆市的很多人都还记得当年那起轰动一时的首富失踪案。

霍光宗以及光启产业立即成了舆论的焦点。

司昭南打电话给夏一心："霍光宗召集公关部进行了临时会议，看来那个帖子已经起作用了，我相信这件事他找过秦宇川，但那边没什么态度，所以他才着急上火。我准备公布手上光启的资料，只有给它致命的一击，它才不会有死灰复燃的机会。"

夏一心问："蒋筝的情况怎么样？"

"蒋筝递交辞职信，已经离开了。霍光宗会认为这是秦宇川故意摆的烂摊子，我们先静观其变，再做打算。"

司昭南再三叮嘱夏一心："你自已当心点，秦宇川不是个按常理出牌的人。"

夏一心坐在咖啡店外面的露天椅上。今天天气不错，阳光温柔，白云缱绻。桌上笔记本电脑的屏幕闪动着，她喝一口咖啡，又查看了一下论坛数据的更新情况。短短三天，帖子回复的页数已经过千。

警察局里负责她父亲失踪案的梁警官来找过她。夏一心记得初见梁警官的时候，对方还是个二十出头儿的帅警察，刚分到重案组当助理，十年过去了，他已经荣升二级警司，但一直没有放弃过追查她父亲的案子。

梁警官问："你知道庆市论坛上最近炒得火热的帖子吗？关于你父亲失踪的。"

夏一心指着笔记本："我正在关注。"

"尽管现在网络上流传的东西不知孰真孰假，但我不会放过一点线索。"梁警官拿出录音笔，问，"介意吗？"

他是来办公的，夏一心说："有什么好介意的，你是在帮我，二十分钟后再打开行吗？我得用好咖啡来招待你。"

夏一心进吧台亲自煮了一杯蓝山，梁警官却不敢接，他知道这咖啡贵，警察可不能随便消费别人的东西，尤其是案件关联人的。夏一心笑着说：“朋友请客你都不去？”

梁警官笑：“公事公办，现在可是在办公！”

夏一心问：“那白开水总行吧？”

梁警官点头。

她无奈地给他换了一杯温开水。

进入正题，梁警官问：“你认识霍光宗吗？”

“认识，他是我的客户。”

“我是指你小时候见过他吗，比如你父亲跟他有过什么交集？”

夏一心摇头：“我爸的朋友很多，我常见的都是几个熟识的叔叔伯伯，对这个霍光宗一点印象都没有。不过庆市十年前是机电大城，做这一行的关系盘根错节，有来往也是很正常的。”

“你爸画过发动机的设计图？”

夏一心点头：“我在清理爸爸的东西时，有这么一张图纸，在后来搬家的过程中不幸遗失了，我怀疑是有人蓄意这么做的。”

“当时帮你搬家的都是什么人？”

“是秦伯伯帮我找的搬家公司。”

“秦宇川？”

“是的，我爸失踪后，是秦伯伯一直在帮助我、照顾我。”

梁警官点点头：“我明白了。”

夏一心只需要抛砖引玉，有些事情是她无法涉及的，警察调查起来会更方便。

现在只是预热阶段，等司昭南手里的资料一公开，舆论的压力就会逼得秦宇川现身，到时候他会给出什么样的解释呢？

顿了一下，梁警官说：“现在能把你手上那张图纸交给我吗？”

夏一心笑了笑：“可以。”

梁警官火眼金睛，怎么会看不出那论坛的帖子是她发的。那唯一的一张图纸很可能是最关键的证据，她原本也是打算交给他的，放在警察那里最安全。

夏一心支着头："梁警官，我想你在来我这里之前肯定找过霍光宗，有什么线索吗？"

梁警官说："在没有得到确切的证据之前，一切都是揣测，所以我只能暂时保持沉默。"

他看着夏一心说："十年前你还是个孩子，现在变成漂亮的大姑娘了。"

夏一心噘着嘴："你也比我大不了多少嘛！"

光启产业的董事长办公室里，霍光宗揉了揉太阳穴。他感到疲惫不堪，近段日子的操劳让他苍老了不少，头上的白发又添了几根。

他认为自己被秦宇川给诓了。那东西原来是秦宇川抢来的，当初还骗他说是买来的专利，借此拿走了光启产业百分之四十的股份，还把股份的管理权交到他手里，让他监管。霍光宗原本还以为这是对他的信任，原来只是想让自己背黑锅。

霍光宗越想就越觉得窝火。

他一直在找秦宇川要说法，对方避而不见也就罢了，蒋筝还在这个时候辞职离开，看来秦宇川是想让他一个人来承担后果。

他绝不罢休。

秦烁急匆匆地走进董事长办公室。秘书拦他："小秦总，董事长正在接待很重要的客人，如果您急着见，我先帮您通报一声。"

秦烁像没听见似的，径直就闯了进去。办公室里，秦宇川正在跟一家地产公司的老板会谈，商量搭伙进军国际市场，见秦烁气冲冲地走进来，半点礼貌都没有，秦宇川略显生气，呵斥着："没规矩，没瞧见我有客人吗？"

"爸，我有事要问你，很重要的事。"

秦烁气势汹汹、怒目圆睁。秦宇川了解儿子的脾性，只得对客人说："很抱歉，我让秘书带你们去小客厅坐坐。我那里有上好的蓝山咖啡，你一定要尝尝。"

客人一走，秦烁便亮出了手机上的照片，问："这张图纸是不是你从夏伯伯那里偷来的？"

"偷"这个字眼激怒了秦宇川，他瞪着儿子，厉声责备："这是你跟我说话的态度吗！"

秦烁说出他的看法："光启产业正式成立并推出首款节能小型发动机就是在十年前，那时候夏伯伯失踪没多久。你别以为我不知道，你是那家厂的大股东，你入股的时间就在光启创立之初，而且，你并不是光明正大地入股，而是把股份挂在霍光宗的名下。你是在心虚吗？"

秦宇川身体摇晃得厉害，仿佛有点撑不住。他将手支撑在办公桌上，用疑惑的眼神看着儿子。

秦烁说："这些都是我偷看来的，我知道你书房保险柜的密码。"

秦宇川强撑着快要崩溃的神经，质问道："这些都是夏一心告诉你的？"

秦烁没回答，只说："爸，这就是你不让我跟一心在一起的理由吧？你看到她就心虚，如果她成了你的儿媳妇，你就会天天活在恐惧当中，因为你杀害了她的父亲。"

秦宇川再也坐不住了，瘫坐在宽大的沙发上，说："儿子，你要知道，咱们这个家，一荣俱荣，一损俱损，你不能为了一个女人，毁了这个家。"

秦烁的眼泪轻轻地从眼眶里滑落下来，他却苦笑道："爸，我刚才只是吓吓你，结果你就沉不住气了。来这里的时候，我还在安慰自己，你可能只是偷了夏伯伯的设计图，你怎么可能害死情同手足的兄弟，没想到你……"

秦烁突然跪坐在地上，放声大哭。他从小就淘气，却是出了名的骨头硬，打死都不流一滴泪，而现在他撕心裂肺的哭声，透露出的那种绝望，让秦宇川低下了头。

Chapter 32

司昭南向检察院提交了光启收购文胜时的行贿证据，光启产业再次被推到风口浪尖上，媒体也对此事件进行了报道。面对漫天的指责和严惩凶手的呼吁，光启产业开始进行危机公关，公司其他股东召开临时会议，罢免了霍光宗董事长的职务，并就他暗中行贿、抬高收购价格中饱私囊、损害其他股东利益的行为进行了起诉，法院也已经立案。

霍光宗从意气风发的成功商人迅速变成等待审判的犯罪嫌疑人，如果不是有一个有实力的担保人在，恐怕他这会儿还在法院给人家解释情况。

他一直拨打秦宇川的手机，都是关机状态。他没有供出秦宇川是想着在自己危难的时候，这个强大的靠山可以拉他一把，却没想到对方的行事会这么决绝，霍光宗哪里肯就此罢休。

芸竹突然打来电话，焦急地说：“一心，你赶紧到咖啡厅来，秦烁喝得烂醉，我一人可弄不动。”

夏一心立即开车过去。芸竹好不容易才把秦烁从门口扶到里面的沙发上躺着，但沙发太短，只能容纳他的上半身，躺上去双腿一垂，整个人就滑到了地上。

他应该是昨晚关门之后才来到这里的，喝多了倒在地上昏迷不醒，除了身上的衣服，没有其他物品，看来趁他酒醉不醒，有人把他身上值钱的东西都洗劫一空，连手表都摘走了。

芸竹摇头：“这是造了什么孽？”

夏一心说：“我们俩把他弄到楼上阁楼去，那里有床。”

两个女孩子费了九牛二虎之力才把秦烁带上阁楼，夏一心打来水给他擦脸，芸竹靠在门框上：“我就想不明白，像他这种真正的豪门公子哥有什么好烦恼的？钱可是个好使的东西，不高兴就去时代广场买买买，去世界各地旅游，漂亮的女模特一招手就来一堆。烦恼是属于我们这种穷人的。”

冷水擦在脸上，秦烁清醒了一点。他半眯着眼睛，迷迷糊糊地说：“一心，真的是你吗？”

夏一心俯身上前：“你这是怎么了？好端端的怎么倒在大门口，你身上值钱的东西都被人偷走了！”

她又开玩笑：“小心连人一起被偷走。”

秦烁突然起身抱住她：“一心，对不起。”

芸竹看见这暧昧的动作，挤了个眼，就下楼去了。

夏一心说：“我送你回去，你这副邋遢的样子，谁还认得出你是咱们庆市的名门第一公子。”

秦烁苦笑：“我倒宁愿当一个普通人，或许我能活得轻松点。”

夏一心柔声说：“好了，别像个孩子了，好好睡一觉，所有不开心的事都会过去的。”

秦烁突然红了眼眶：“一心，如果夏伯伯真的是我爸……你还会把我当朋友吗？”

夏一心心里微微一紧，顿了一下，挤出笑容：“傻瓜，不论发生什么，你永远是我哥，我最亲最亲的哥哥。”

秦烁笑了，笑容夹杂着泪水：“一心，我会向你赎罪的。”

夏一心说：“别想多了，早点休息，以后少喝点酒，当心下次连人一起丢了。”

霍光宗悄悄去了庆市，他必须当面跟秦宇川谈谈。秦宇川在市郊的照母山上有一幢别墅，平时休息的时候，他多半会待在那里。

一进屋，霍光宗便没好气地说：“你倒是有心情躲在这里，我呢?被警察和公司那帮股东追得像过街老鼠一样。我不管，你要是解决不了我的问题，就只能要死大家一起死。”

秦宇川气定神闲：“成大事者最重要的一点就是要有沉稳冷静的心态，现在大局未定，你急什么？”

霍光宗此次来，心里还有另一个疑问：“你真的杀了夏翔文，抢了那张图纸？”

秦宇川瞥了他一眼：“外面的流言蜚语你也信？”

“是不是流言蜚语我不知道，但现在我正背着杀人凶手这个锅。”霍光宗越想越生气，说，“蒋筝呢，那家伙仗着有你这个后台，没少给我找麻烦，现在真有麻烦了，你就让他撤了？”

想到蒋筝，秦宇川就感觉一口老血涌上喉头。他这么信任的人，却在危急关头消失不见，细想之下，他才惊觉蒋筝是某人的眼线，早在多年前，那个人就布好一个陷阱，等着自己往里面跳。

他一直自认老谋深算，却没想到算来算去，自己在被别人牵着鼻子走!

夏一心从公司出来，车库里，一个男子径直向她的车走过来，对方的长相让她隐隐觉得面熟，想了一下，记起秦宇川的身边似乎有这么一个人。对方轻轻敲了敲她的玻璃窗，示意要跟她说话，她犹豫了一下，将车窗摇下很小一条缝，问："有什么事吗？"

"夏小姐，秦总想见见你。"

她知道是秦宇川，但在这种情况下，她不敢保证对方没有恶意，只好说："不好意思，现在可不是见面的时候。"

对方态度很客气，语气却很冰冷："秦先生让我转达，如果夏小姐现在不去，只怕这辈子都找不到夏先生了。"

夏一心急于想知道父亲的下落，不入虎穴，焉得虎子，秦宇川一味躲避，如果再找不到破绽，之前所做的工作都会功亏一篑，只有主动出击，才能逼对方露出马脚。

她悄悄将手伸进口袋里，凭着准确的直觉将手机的定位打开，接着开门下车，上了对方的车。车飞快地驶向内环高速，高速上有监控探头，车在云台镇出了高速，然后开上一条坑坑洼洼的老路。

半个多小时后，道路的两边连路灯都没有，只有一人多高随风摆动的野穗，她开始担忧："秦伯伯到底在什么地方？"

车突然停了下来，夏一心左右环顾，发现这是一片荒凉没有人烟的杂草地，她蹙起眉头："你们到底想干什么？"

"夏小姐，我知道你的手机有定位，所以麻烦你交出手机。"

夏一心说："交出手机又怎么样，已经有人知道我是被秦宇川带走的。"

男人没有半点慌张，说："我只负责把夏小姐带过去。"

夏一心知道骗不过对方，只得把手机交出去，她把司昭南的号码设为了快捷键，当手伸进口袋里时，立即按下快捷键，拨打司昭南的电话。她只希望快点接通，让他知道自己遇险。

男人提醒："夏小姐，你别耍花样。"

夏一心说："如果我遭遇什么不测，你有自信能脱身？"

男人说："我只是奉命办事而已。"

夏一心一再拖延："秦宇川在哪里？"

男人没了耐心，伸出手："夏小姐，把手机交出来吧。我怕动起手来，会伤到您！"

他竟然用了敬语。

夏一心只得将手机递过去，男人接过她的手机，没有看，只是用力一抛，手机就消失在了漆黑的草丛中。

车继续往前开，在一处低矮的有点像厂房的地方停了下来。男人下车后拉开车门："夏小姐，到了。"

夏一心下车后，男人又抬起手，为她引路："请来这边！"

远远有一道微弱的灯光，灯光下站着两个人，夏一心等走近，才看清楚其中一人正是秦宇川。他拄着拐杖，看到她走近，皱起了眉头，脸上的表情越来越严肃。

夏一心走过去，表情很平静："秦伯伯。"

秦宇川点点头，然后轻轻地叹了口气，说："我真不希望有一天我们以这样的心情和方式见面。"

夏一心说："我也没想过。"

秦宇川摆出一副长辈的姿态，语重心长地说："一心，我是想过要好好照顾你的，让你这辈子衣食无忧，是你自己不知足，你可不要怪我。"

夏一心听得出，秦宇川似乎要对她下狠手了。

她赶紧问："我爸呢，他在哪里？"

秦宇川头一侧，目光看向身后那排低矮漆黑的房子，夏一心心里一紧，父亲被关在那里？

她已经不由自主向那边走去。

秦宇川用眼神示意身边的保镖带她过去，保镖人高腿长，快步就来到夏一心的身边，拽住她的一只胳膊，拉着她快步往前走。

门打开了，夏一心被推了进去，然后对方将门锁上了。

本来就是深夜，房子里没有灯，伸手不见五指，夏一心只能轻轻地挪步，然后大声地问着："有人吗？"

隐隐有回声传来，却没有别的回应。

她辨不清房子里的情况，不敢轻举妄动，只好抱膝坐下来。她相信，司昭南一定会来救她的。

司昭南听到电话那头夏一心在和什么人说话，但声音太小，他没听清楚，只隐隐听到"别耍花样"这句话，接下来是呼呼的风声，让他心惊胆战。他挂断再打过去，铃声响了很久，却一直无人接听。

司昭南担心秦宇川会对夏一心出手，便在她的手机上安装了定位系统，他打开监控软件，发现她的手机在市郊云台县附近。

她真的出事了！

如果自己贸然去找秦宇川，对方肯定不会承认，司昭南想不到什么好办法，决定去找秦烁。秦烁深爱着一心，肯定会想办法知道她的下落。

他拨打秦烁的电话，响了好几声，秦烁才接起来，声音慵懒："什么事？"

这个点秦烁还在睡觉，司昭南急切地说："你爸把一心带走了，下落不明。"

对方马上清醒过来："什么时候？"

"昨天晚上。"

秦烁说："你等等，我马上找我爸。"

电话挂断了，很快秦烁又打过来："我爸不接我的电话，我知道他在什么地方，你陪我去一趟吧。"

司昭南开车过来接他，秦烁说："我爸在照母山有套别墅，他常常一个人住到上面去。他最近都没回家，应该是上那里去了。"

司昭南担心夏一心的安危，多过一秒，她就多一分危险。一路上，司昭南把车开得飞快，在秦烁的指导下，他们来到了秦宇川所住别墅的大门口。

这是中式风格的别墅，白墙琉璃瓦层层叠叠，在灯光交错下，显得巍峨华丽。

门口有穿着制服的门卫，看来这里保安严密，是个避世的好地方。

秦烁走过去："我爸在吗？"

门卫点头："先生在，我帮你通报一声。"

秦烁懒得和保安啰唆，径直就往里面走，他是秦宇川的儿子，也没人敢拦。

秦烁熟悉父亲的生活习惯，进屋之后就往楼上走，司昭南紧跟其后。到了四楼的一个房间，秦烁没敲门，直接就推门进去。

秦宇川正坐在巨大的红木书桌后，双手抱臂，似乎在思考什么，见到秦烁带着司昭南闯进来，怒声呵斥着："没规矩，进来都不知道要敲门吗！"

秦烁着急，哪还顾得上这些，迎头就问："爸，一心在哪里？"

秦宇川冷冷地说："我怎么知道？"

秦烁说："爸，你就别装糊涂了，有人看到你派保镖把一心带走的！"

秦宇川依旧坚持："我不知道，我要休息了，赶紧出去。"

秦烁平时对父亲是带着敬畏的，但涉及夏一心，他就什么都不管不顾了。他走过去，在父亲的面前跪下："爸，我没有一心是活不下去的。"

秦宇川呵斥："瞧你那点出息，为了一个女人要死要活的，你真的是我的儿子吗？"

夏一心生死未卜，司昭南暂时不想激怒对方，于是说："秦老板，这些年你对一心颇多照顾，也是把她当成女儿看待，她单纯又美好，如果她有什么事，想必你也会伤心难过的。"

秦宇川收回目光，不敢看司昭南，也没有回答。

司昭南语气柔软："很多事因我而起，她是无辜的。"

秦宇川依旧没表态，但秦烁心里着急，父亲的为人他很了解，眼里容不得一点沙子，尤其是在威胁到他的安危和荣誉时。

秦烁把心一横："爸，如果你不放一心回来，我就死在你面前！"

秦宇川恨铁不成钢地看着儿子，眼神仿佛在说：爱美人不爱江山的男人成不了大器。

秦烁见秦宇川没有半点动容，估计父亲以为自己又在吹牛说胡话，于是站起来就往窗口去："如果见不到一心，我就从这里跳下去。"

这样孩子气的秦烁，倒是让司昭南惊讶。

秦烁迅速来到窗口，攀上窗台，半个身体伸出去，回头问父亲："爸，我再问一次，一心在哪里？"

秦宇川气得眉头一皱，儿子竟然用这种无赖的把戏来威胁他，他也赌着气："有本事你就跳下去给我看看。"

秦烁很决绝："如果没有一心，我宁愿死！"

他纵身一跃，没有半点犹豫，真的从窗口跳了出去。

司昭南惊呆了，以为秦烁只是用这种方法激一下秦宇川，没想到他会真的从窗口跳下去，这里是四楼，摔下去肯定会受重伤！

司昭南快步奔到窗口往下看，见秦烁趴在下面的草坪上，一动不动。

秦宇川也吓坏了，赶紧问："他怎么样了？"

司昭南转身就急匆匆地跑到楼下，扶着秦烁的肩头晃了晃："你没事吧？"

秦烁双眼紧闭，眉头皱成一团，嘴里一直哼哼，似乎快晕厥过去。

司昭南不知道秦烁摔伤什么地方了，情况如何，只想着赶紧送医院。

尽管自己身体虚弱，他还是将秦烁背起来，快步往外走，等秦宇川下楼，司昭南的身影只剩下了一个小点，随即消失在院子的门口。

从照母山下来，道路蜿蜒，司昭南试图将车开快一点，秦烁躺在后排座上，被车一颠，痛得直叫。

司昭南问：“你摔到哪里了？”

秦烁声音颤抖：“全身都痛。”

“你为什么要从楼上跳下去？要是摔到头，后果不堪设想。”

秦烁说：“我想看看他到底心疼不心疼我。从小到大，他对我严格得要命，什么都要按照他的意愿来，如果他再一意孤行，我就让他断子绝孙。”

司昭南叹了口气，用自己的命去验证别人的真心，是最愚蠢的行为。

车轮不知道被什么东西磕了一下，车身颠簸，秦烁差点从座椅上掉下来，身体一晃，就疼得嗷嗷直叫。他冲司昭南嚷：“你开稳点行不，这样颠下去，到医院就散架了！”

司昭南说：“把安全带系好！”

车开到医院，秦烁很快就进了治疗室。听见护士在叫伤者家属，司昭南只好上前：“我是。”

护士说：“病人骨折了，治疗单需要家属签字，你跟我过去一趟。”

司昭南心里着急着夏一心的安危，但眼下秦烁的伤也不能耽搁，他犹豫了一下，跟着护士进去了。

夏一心抱膝坐了一夜，不知道过了多久，迷迷糊糊之中，似乎感觉到周围亮了起来。她抬起头，惺忪的眼睛半眯着，才看清有光从墙上的窗缝外透进来，房子里的窗户都是小方格的，整齐地排列在墙上。

她揉了揉眼睛，慢慢地站起身。房子很大，是长条形的，屋顶低矮，面积宽敞，放着大大小小的圆桶，应该是堆放东西的仓库。

夏一心走近一个圆桶，桶身上早就锈迹斑斑，她蹲下身，桶身上隐隐可见“卓越防水”四个字。

她听父亲说过，秦宇川很早之前是做防水生意的，后来投资摩配和地产之后，就放弃了之前的生意，这里应该就是他之前生产防水涂料的厂房和仓库。

夏一心在房子里转了一圈，除了她之外，并没有其他的人，看来秦宇川说她父亲在这里，是骗她的。

她走到窗前，看见窗户上安装着指头粗细的铁条，铁条外是菱形格的铁丝网。她用手摇了摇，但这些生了锈的铁条竟然十分牢固。

她朝窗外大声地喊着：“有人吗？”

喊了几声，都没有人回应。

夏一心暗忖，秦宇川是想把她关在这荒无人烟的地方，让她自生自灭。

她不能坐以待毙。

秦宇川做防水生意是二十几年前的事了，厂房荒废在这里，总会有被侵蚀残缺的地方，她必须找到一个缺口，才能从这里出去。

夏一心将窗口一个一个试了一次，但窗口都坚固如初，没有一点松动。她又试着在墙上找缺口，青砖的墙面有些地方出现裂纹，她找了一根铁棍，敲打了几下，都没有松动的迹象。

她待了一个晚上，滴水未进，现在又用了些力气，只感到口干舌燥。刚才她在仓库里转了一圈，除了一桶一桶笨重的防水涂料桶，什么都没发现，更别说食物和水了。

如果她不能尽快出去，就只能饿死在这里。

时间一点一点地过去，太阳升高，随着温度的提高，铁皮房顶开始吸收热量，整个仓库的温度也跟着升高，变得焦热起来，像个密封的蒸笼。

夏一心在地上找到一把铁锹，用力地击打起窗户上的铁栏杆……

所幸秦烁从窗户跳下去的时候是腿先着地，只有小腿骨折了，打上了厚厚的石膏，额头被地上的石子磕出一道伤口，足足缝了五针。司昭南叫来南宫旭，让他在医院打理秦烁的事。

司昭南追踪夏一心定位的手机，发现她是在公司大楼的车库被人带走的。他去了警察局，想通过高速监控来查找她的下落。

此时已经是下午，温度升高，仓库里闷热得难受，夏一心瘫坐在地上，连呼吸都变得压抑起来。之前她使出了全身的力气，也没能把窗户上的铁栏杆弄断，这些栏杆看似腐蚀生锈，质地却非常坚硬，凭她的力气，根本撬动不了。

坐下后，她身体一软，本能地往后靠，不料身后的铁桶是空的，她一靠，铁桶就倒在地上，滚动了两圈，而她筋疲力尽地往后一仰，躺在地上。

她的头磕到一个硬硬的东西，很不舒服，她伸手一摸，是一块沾满了灰尘的手表，估计是以前的工人落下的。

夏一心抖了抖表上的灰，银色的表带在阳光下立即折射出耀眼的光芒，Logo清晰可见，江诗丹顿，翻过来，表带的内侧刻着“飞翔”两个字。

她的手在颤抖，这是父亲的手表。

夏一心担心自己看错了，忙坐起身来，借着明亮的阳光，一点一点地看。她确定，这就是父亲的手表，父亲买的时候是想在表带上刻自己的名字，但师傅下刀的时候，他说就刻“飞翔”吧，这是他的理想，让事业高飞翱翔。

夏一心恍然大悟，秦宇川说的不是玩笑话，父亲真的在这里。

仓库里堆放着很多铁桶，她心里闪过一个可怕的念头，难道父亲的遗体在某一个桶里？

她决定一个一个地打开。她摸到旁边的防水涂料桶，用力推了推，感到很重，于是拿起地上的铁锹，开始击打桶身。

夏一心气喘吁吁，但对父亲的思念让她突然来了力气，在桶身上敲开一条口子，漆黑黏稠的防水涂料从里面流了出来，看来这一桶不是。

她赶紧寻找下一个，在推倒靠墙的铁桶时，露出了墙面上一排黑色的字，字迹非常工整，是用硬物一点一点刻上去的。

夏一心蹲下身，仔细辨认，上面写着："一心，我很希望有一天你能看到这些，或许这是我在这世上最后能留给你的东西——我的爱。不能陪着你长大，是我一生的遗憾，但我坚信，你会活得好好的。"

最简单的言语，最朴实的祝福，夏一心轻轻抚摸着墙上的字迹，红了眼眶。

看来在思伊时，父亲并没有被秦宇川害死，而是被他关在这间僻静的厂房里。她能体会到父亲的心情，在这个恶劣的环境里度过了人生最后的时刻。

夏一心的手指摸到"活得好好的"这五个字时，她开始懊恼。她不该这么冲动孤勇，让自己身陷危险，如果她因此身亡，怎么对得起父亲的期望？

她深吸了一口气，暗暗发誓，一定要从这里出去。

她没再继续敲打下去，躺到地上，试图让自己冷静下来，保存体力。

夏一心突然想到一个办法，坐起身来，从自己的外套上扯下一块布来，拧成一根绳子，然后绑在窗户上的两根铁栏杆上，拿铁棒往打结处一串，通过绞动的力，来扭曲两根铁杆。她咬着牙，使出全力，当布带被拉到极致时，两根铁栏杆也跟着力道的方向扭曲变形。

铁栏杆排列密集，即使将两根铁栏杆扭到极致，中间的空隙也不足以让她挤身出去，她需要摇动固定铁栏杆的顶端，让它慢慢松动，然后将铁栏杆全部取下来，才能从四方形的窗口出去。

经过之前的敲击，铁栏杆已经略微松动，再经过扭曲，取下来了一根，间隙终于变大了一点。

仓库里的炎热和长时间没有喝水的乏力让夏一心气喘吁吁，想要重复刚才的动作，有些力不从心，她赶紧蹲坐下来休息，希望能保存一些体力。

她看看手上的表，现在是下午五点，快接近傍晚，这高温应该会慢慢地降下去。她抿了抿嘴唇，嘴里已经干得一点唾液都没有。

恐惧让她心烦气躁，她忙告诫自己要冷静。

Chapter 33

司昭南目不转睛地看着监控录像回放。他站在显示屏前面，一动不动，一站就是一上午，手在纸上不停地写画着，寻找嫌疑车辆的路线。

他这样让警察看着都揪心，正常人看电视几个小时就会眼酸，他却就这么一动不动地看了四个小时，警察担心地问："你眼睛不痛吗？"

司昭南说："还好。"

"要不你歇一下，喝口水。"

"不用。"司昭南脑海里只有一件事，就是赶紧找到一心，时间越久，她的危险就越大。

一直站到天边晚霞满天，司昭南才坐了下来。他在纸上画出线路后说："我找到那辆黑色别克了，车牌号为庆A3089，车子下高速的地方是庆市最边上的黄兴镇。"

黄兴镇是一个枢纽小镇，算是庆市下属比较繁华的区县小镇，那里可以去临近几个小县城，还连接着外省的一个少数民族自治县。区县有监控的地方很少，而且如果要全部调出来查看，需要花很多时间，他能等，只怕夏一心等不了。

司昭南跟秦宇川打过很长时间的交道，知道他在庆市区县有些零碎的产业，说不定会将夏一心安置在那些地方。

夏一心休息了一会儿，准备起身，却感觉四肢软得无力，只好伸手扶着墙面站起来。

她还是头眩晕得厉害，不禁有些懊恼，自己从小到大娇生惯养，没吃过什么苦，做这点事情，就像耗尽了力气一样，真没用！

肚子咕咕地叫，她吃力地来到窗边，继续着之前的动作——将两根铁栏杆绑在一起，用力绞动，让它们松动脱落。

她用力推了推外层交错成菱形的铁丝网，网丝又厚又粗，并不能轻易地撼动。她疲软地坐回到地上，靠着墙，突然觉得自己的行动有点愚蠢可笑，如果真的这么容易逃出去，聪明的父亲怎么可能一去无踪?

她又累又饿，缓缓地闭上了眼睛。

不知道是不是幻觉，夏一心听到了轻微的脚步声一点一点向她靠近。她颤动着嘴唇："是谁？"

没有人回答她，但她的眼皮太沉，像灌了铅一样，艰难地半睁开，只见一个高大的身影立在她的面前。她认得那双鞋，上面有一只用水彩笔画上去的歪歪扭扭的蝴蝶。她微笑着叫了一声："爸。"

父亲的手轻抚她的脸，她能感觉他掌心的温度。她有点激动，不知道这是幻觉，还是父亲真的在这里，一直活着，活着等待她的到来。

她开始撒娇："爸，我好累。"

父亲蹲下身来，带着她熟悉的微笑："我的一心，你长大了。"

她说："是的，我等你回来，都快等老了。"

夏一心紧紧拉着父亲的手不松开，怕一转眼，他又不见了。她说："爸，我不知道现在的你是真实存在的，还是我的幻想，如果是幻觉，爸，你就带我走吧，让我和你一起消失，这样我们就永远不会分开了。"

不知不觉中，泪水模糊了她的眼睛，她依旧紧紧地拽住父亲的手。

父亲温柔的声音再次响起，他说："一心，我所做的一切只是希望你能好好地活下去，因为只有活下去，未来才有希望，你没有我，但你还有司昭南。"

听到"司昭南"三个字，夏一心突然醒了。父亲的身影不过是南柯一梦，她用手抹去了眼角的泪痕。天已经黑下来，仓库里伸手不见五指，没有任何人的身影，四周宁静得只能听到自己急促的呼吸。

天空响起了惊雷声，夏一心吓得打了个寒战，心里却轻松起来。只要有雨，她就能喝到一点水。

她又蹲坐下来，尽量保持平稳的呼吸，安静地等待下雨，相信有了雨水的滋润，她的力气会恢复一些。

雷声不停，她偶尔往外瞥一眼，便能看见有闪电划过长空，随即又消失不见。她一直等到后半夜，才下起瓢泼大雨。铁丝网眼太小，她的手根本伸不出去，她只能静静地听着，水滴声隐隐地响起，她开始在仓库里摸索着向雨滴传来的地方靠近。

终于，有雨水从墙角房顶的位置滴落进来，她仰起头，豆大的雨滴从上滴下，滴在她的额头上，慢慢地往下滑，来到她的嘴角。

雨水夹杂着沙石铁锈的味道，让她隐隐作呕，但为了活下去，她不得不强行咽下去。她太渴，喝得太快，呛得咳嗽起来，剧烈的咳嗽让整个肺部都在抽搐。

不知道什么时候才能逃出去，为了保护这珍贵的水源，她赶紧拉过来一个铁桶，铁桶的顶部有凸起的桶沿，正好可以蓄少量的水。一个铁桶盖上蓄满了，她轻轻地将之推到一边，又去摸索另一个。

雨没下多久就变小了，掉进来的水滴变得很小。她靠着铁桶坐下来，终于可以好好地休息片刻，打算等待天亮后再想办法自救。

司昭南到医院找秦烁，拿出那辆黑色别克轿车的图片，问他有没有什么印象。

秦烁看着车："这辆车我没见过，不过我爸的车多，到底有几辆我也不知道。"

司昭南问："这辆车最后驶进了庆市最偏远的黄兴镇，你爸在这个地方有什么公司、工厂或是仓库的吗？"

秦烁摇头："我爸很少会把公司的业务做到郊县去，他一直觉得那种地方前途不大。"

看来线索又断了。正当司昭南失望的时候，秦烁突然说："我爸在开置业公司之前是做防水的，他以前的防水厂好像就在黄兴，只是不知道还在不在。"

司昭南赶紧追问："在黄兴镇的什么地方？"

秦烁皱起眉头，犹豫起来，司昭南着急，摇着秦烁的胳膊："那地方确切的位置在哪里？！"

秦烁本来就全身疼痛，被他这么一摇，磕到床板上，更痛，叫着："轻点，我快被你弄散架了！让我想想吧，那时候我太小，不太记得是什么地方了。"

他想了想又说："我记得去仓库的路上有一棵很大的榕树，树干要五个人手拉手才能抱住，树叶很茂密，我一直叫它'大蘑菇'。"

司昭南赶紧拿出手机，在百度里搜索黄兴镇大榕树的词条。现在各地都在招商引资，发展旅游，像这样稀有的榕树，很可能会成为吸引游客的噱头。他一按搜索键，果然跳出好多关于黄兴镇大榕树的新闻。

说什么那是唐朝一位大丞相路过种下的，千年古木，很有灵性，不少善男信女在上面挂上许愿牌，树神就会实现他们的愿望。

司昭南赶紧查看地址，查到这棵树就在黄兴镇一个叫坡子街的地方。他准备马上出发，秦烁拉着他的衣角："带我一起。"

司昭南说："你要在医院养病，如果再弄伤脚会变瘸子的。"

秦烁却坚持："到了那棵大榕树下，我可以给你指路，如果我不指路，你瞎找半天不是耽误时间吗？”

他说得也对，司昭南说：“那走吧。”

秦烁说：“我现在打着石膏，怎么走，你得背我。”

司昭南皱了一下眉头，没办法，为了尽快找到夏一心，他只好示意旁边的南宫旭背他。

南宫旭一瞪眼：“我是秘书，不是苦力！”

司昭南一心都挂在夏一心的身上，懒得跟他啰唆：“快！”

南宫旭很不情愿地往秦烁前面一蹲：“上来吧。”

护士进来：“你们要去哪里？”

秦烁开玩笑：“我们去约会。”

小护士的脸一下就红了，司昭南有点忍无可忍：“你不要这么阴阳怪气的好不好！”

“谁让我帅得这么迷人，我是想断了她们的念想！”

南宫旭把秦烁塞到后排座上。司昭南叮嘱秦烁：“你自己抓紧，掉下去可别怪我。”

南宫旭用力地关上门，门内的扶手正好磕到秦烁的脚，秦烁惨叫起来：“你是故意的！”

南宫旭恨恨地看着对方：“知道我是故意的，就别再在我面前开暧昧玩笑，我是直的。”

司昭南把车开得飞快，从高速路在黄兴镇的路口出来，有一段路因为年久失修有些凹凸不平，他没有放慢速度，一颠簸，秦烁就惨叫：“你能不能轻点，我都颠坏了！”

司昭南没好气地说：“都说让你别来了，你自己愿意，忍着点。”

车来到那棵大榕树下，榕树的周围圈起了栅栏，留着一个入口和一个出口，有人坐在入口处收费，秦烁笑了笑：“拿钱许愿，这样的愿望真的能实现吗？”

司昭南满脑子都是夏一心，没心思听秦烁嘀咕，只问：“现在往哪里走？”

秦烁皱起眉头，努力回想小时候的场景，说：“那时候我坐在车里，榕树在我的左边，然后一拐弯，可以看到一个小山坡，上面有几棵不知名的树。”

大榕树的周围建满了房子，都是想搭这股旅游风青云直上的，哪还有什么小山坡，不过往右拐的确有条小路。开出榕树旅游区，就进入了一条荒无人烟的小道，路面年久失修，坑洼不平。昨晚下过大雨，泥泞不堪，车开在上面就跟走在海绵上差不多，忽上忽下。

司昭南继续往前开，大约一公里后，在一个岔路口看到一块生锈的指示牌，上面隐约可见“卓越涂料厂”几个字。

他拐进去往涂料厂的路，远远地看到一排整齐的厂房。把车停在长满杂草的院子里后，司昭南迅速下车，跑到厂房的窗口向里面张望，焦急地叫着夏一心的名字。

夏一心靠在墙角，夜里的大雨让天气迅速降了温。她单薄湿透的衣服无法抵御寒冷，天快亮的时候，她全身发烫，身体却感到寒冷僵硬，应该是感冒了。

她蜷缩着，尽可能让自己温暖一点，头痛得太厉害，所以她很快又睡着了，听到有人在叫她的时候，她以为是幻觉，仍然紧紧地闭着双眼，没有任何回应。

“一心！夏一心！”

是司昭南，这个声音她再熟悉不过了。夏一心鼻子发酸，她生命里最爱的两个人，一个是父亲，一个是他，她好害怕和他们的见面只是太过想念的梦境，触动她心底最深的渴望，却又消失不见。

没有期望，也就不会有失望。

“一心，你在吗？！”

她猛地睁开眼睛，那不是幻听，真的是他的声音。她立即站起来，奔向窗口，大声地回应着：“昭南，我在这里！我在这里！”

司昭南的脸出现在窗外，夏一心将手指头从铁丝网的间隙里伸出去，他赶紧握住：“你还好吧？”

真的是他，夏一心点点头：“我没事。”

司昭南侧头，看到大门的位置，说：“你等着，我马上救你出去。”

他四下查看，找到一把生锈的铁铲，对着门上的大锁一阵猛击，他力气大，锁很快就被他砸得断成两截掉在地上。他几乎是飞奔着跑进去，一把将她抱在怀里，不停地问：“你还好吧？有没有受伤？”

司昭南没控制好力道，夏一心被他有力的手臂箍得发疼，咳嗽了两声。他摸了摸她的额头：“这么烫？”

司昭南又捧起她的手，掌心的位置都是划痕伤口。他把她打横抱起来，直奔车上，她却指着仓库说：“我爸，我爸在里面！”

司昭南一愣：“夏爸爸在里面？”

夏一心说：“秦宇川说的，我爸在里面，我在墙上看到了他写的字。”

司昭南立即返回仓库，仓库里没有其他人，只有一个个密封的铁桶，他的猜测跟她一样，夏爸爸的遗体难道在这些桶里？

他没想太多，抡起铁铲，将一个个铁桶拦腰击破。他累得气喘吁吁，夏一心怯怯地站在门口，说：“休息一下吧。”

因为想找到真相，他根本就停不下来，秦烁一瘸一拐地走过来：“我也来帮忙吧。”

夏一心说：“你腿不方便，还是回车里去休息吧。”

真相对秦烁最为残酷，自己的父亲成了杀人凶手，如果背弃父亲，他会是个不孝的儿子；如果选择父亲，他又会受到良心的谴责。

夏一心让秦烁回车里去休息，秦烁不肯，找了一根废弃的铁棍，用力撬着桶盖。

司昭南把仓库里的桶都打开了，里面都是漆黑的防水涂料，根本没有夏爸爸的一点踪影。他的掌心全是血，夏一心赶紧从身上的T恤上扯一块布下来，将他的掌心简单包扎好，防止伤口继续流血。

这时，一辆警车停在了工厂门口，几个身穿制服的警察跑进来问：“刚才谁报的警？”

夏一心看了一眼司昭南，刚才两个人只顾着找她的父亲，还没有意识到要报警，突然，秦烁站了出来：“是我报的警。”

夏一心惊讶地看着秦烁，他需要多大的勇气，才会报警举报自己的父亲？

秦烁将夏一心被秦宇川绑架，还有夏翔文失踪的事都说了出来，警察立即勘查现场，开始收集证据。

坐到车上，秦烁一直低着头，夏一心看不清他的表情，只好将手放在他的手上，表示安慰。秦烁抬起头，红着眼眶道：“我没事儿。”

“谢谢。”对于秦烁的大义，她很感激。

回到市区，司昭南先送夏一心去医院做了体检。因为挨了饿，她的血糖有点低，感冒只是普通的伤风，没有大碍。医生给她开了些药，说可以回家去休养。司昭南让她住院观察，但她不喜欢医院的味道，坚持要回家。

警察在医院的治疗室里给夏一心做了简单的笔录。秦宇川把她关在仓库里，顶多就是非法拘禁的罪名，眼下，警察会着重调查她父亲的失踪案。

司昭南开车把夏一心带去了别墅。她现在脾胃虚弱，司昭南下厨给她煮了些白粥，知道她吃不惯清淡的菜式，又快速做了一小碟樱桃小萝卜。

坐在温馨的餐厅里，夏一心穿着司昭南带着香水味的睡衣，面前是他亲手做的爱心美食，再想到自己在漆黑脏乱、散发着恶臭的仓库里挨饿受冻的情形，更加珍惜起跟他相依相伴的时光。

“我梦到我爸了，他说他已经离开了，但我还有你。”她突然哽咽起来，“有你真好。”

夏一心被关在偏僻破旧的厂房里的时候，尽管害怕，但她知道，司昭南一定会想尽办法来救她，所以她一直支撑着不让自己倒下去。

司昭南轻轻抹去她眼角的泪：“傻丫头！”

Chapter 34

秦宇川被带去了警察局。三天之后，负责她父亲案子的梁警官打电话过来，说秦宇川已经承认了，当年夏翔文的失踪案，正是他所为。

秦宇川和夏翔文是在商会认识的，两人的关系不错。十年前，秦宇川是朝峰摩配的一个小股东，那一年，秦宇川连着在两个收购案中失利，中了对方的圈套，损失不少，当时夏翔文正在计划通过研发环保节能的新型发动机正式进入机动车市场。

有人知道他跟夏翔文的关系，说愿意出三千万买下这个新发明的设计图，秦宇川鬼迷心窍，三千万正好可以解他的燃眉之急。他原想神不知鬼不觉地将图纸偷出来卖掉，他知道，凭夏翔文聪明的头脑，即使设计图纸被别人使用了，夏翔文也能想出办法来克服难关。

这钱，几乎跟白捡一样，所以他动心了。

但他没想到会被买图纸的人摆一道。夏翔文知道了他的意图，开始对他疏远，甚至要将他赶出股东会。

秦宇川是个爱面子的人，如果事情败露，损失股份事小，他被骗导致亏损的事情也会跟着暴露。一个偷窃别人设计图的罪名足以让他在庆市商界失去辛辛苦苦建立起来的威望，所以，他请了夏翔文的司机当中间人。

在秦宇川看来，夏翔文是个正直过头的人，面对他的请求，看在多年的交情上，也应该放他一马，但夏翔文对他表示出了轻视的态度，言辞锐利，句句戳心。秦宇川这辈子最恨被别人看不起，所以当时脑子一热，两人争执起来，愤怒的秦宇川失去理智，拿起旁边的烟灰缸砸晕了夏翔文。

秦宇川已经无路可退了，如果让夏翔文走，对方肯定会报警，到时候自己的声誉就会被毁掉；如果杀了对方，他又做不到。他只能先将夏翔文带走，等确定可以和平解决这件事，才能放手。

情急之下，他威胁林父帮助制造了失踪现场。其实在那一刻，他就已经起了杀心，不过酒店不是动手的地方。

在杀害夏翔文之后，他原想通过控制夏一心来控制朝峰的股份，谁知道夏翔文一失踪，银行和贷款公司就来催债，朝峰不堪重负，只能转卖偿债，而他也顺利地得到了那张图纸。为了不让警察对他起疑，他不敢明目张胆地将设计图外卖，而且知道设计图的还有几个公司高层，副总就是一个，他费了很大一番功夫才将这几个人摆平，他们答应守口如瓶，这才有了后来他跟霍光宗的合作。

夏一心对梁警官说："我想见秦宇川一面。"

梁警官说："现在恐怕不行，案件正在侦查阶段，嫌疑人是不能和案件关联人见面的，这是规定。而且秦宇川请了律师，他现在不见任何人。"

夏一心又问："我爸呢，我爸的遗体在哪里？"

无论如何，她都要让父亲的遗体葬进夏家的墓地，让他落叶归根，入土为安。

梁警官说："我们正在打捞。"

司昭南陪着她来到峡峰水库，峡峰水库离秦宇川的防水涂料厂很近，那里是一个堰塞湖，面积不大，却有十几米深。他们赶到那里的时候，警察正在水下进行严密的搜寻。

警察局请来了市里的潜水队，他们都是一些专业的潜水队员，几个人轮番下去探查。

太阳正当头，天气炎热，司昭南将夏一心拉到一片树荫下，找了一块大石头，用手帕擦了擦，按着她的双肩，让她坐下。

夏一心的手在身侧攥得紧紧的。她既害怕，又担忧，无法预料看到父亲的遗体的那一刻，会是怎么样一个场景。

司昭南伸手将她半抱在怀里，示意无论发生什么情况，他都会陪在她的身边。

潜水队的水下搜寻似乎不太顺利，到傍晚的时候都没有发现任何情况，而且水库太深，无法到达底部。

收队的时候，夏一心的身体有点摇晃。天气炎热，她本来就身体虚弱，又在热气里熬了一天，司昭南见她脸色惨白、呼吸急促，只得背着她下山，她的头无力地搭在他的肩头，他很担心，却又不知道怎么安慰。

回到家，夏一心一直懒懒地蜷在床上。他知道她心里难过，哄着她把半碗粥吃完后，自己也躺到了床上，把她抱在怀里。

她现在最需要的就是他温暖的怀抱，被那双结实有力的手臂包围着，她就能安心躺在这遮风避雨的港湾里。

夏一心说："有你真好。"

司昭南笑："又开始说这种傻话了。"

他们彼此需要，彼此陪伴，谁都不亏欠谁，谁也不用感谢谁。

司昭南说："夏爸爸最后的心愿就是让你幸福快乐地活着，所以你要打起精神来，不能再消沉下去，他会不高兴的。"

夏一心斜靠在他的肩头，半垂着眼睛："为什么明明有着像兄弟一样深厚的情谊的两个人，最后的结局竟然会变为拔刀相向呢？想想我就觉得后怕，如果不是银行和贷款公司因为我父亲失踪，担心贷款收不回来，催着朝峰还清贷款导致公司败落，我要真落在他手里，还不知道会是什么下场。”

司昭南把她抱得紧紧的：“别乱想，最艰难的时候已经过去了，以后什么都会好起来。”

夏一心笑了，是的，他随时随地在关注着她、保护着她。

她问：“烁哥哥怎么样了？”

“他的腿伤还没有恢复，现在回家去疗养了。”

自从秦宇川被“请”进警察局后，天临集团的股票连着两天都跌到停板，正遭受着前所未有的重击。记者对在医院养病的秦烁围追堵截，为了安心养病，他只好回家休养。夏一心这两天只想着父亲的事，忽略了秦烁，他所受到的打击不亚于她，如今又正伤着腿，孤身一人面对着股东、媒体和天临上上下下几万员工。

第四天，梁警官打电话过来，告诉夏一心她父亲的遗体已经有下落了。

根据秦宇川供述，他是将夏翔文装在一个铁箱子里再将其沉入湖底的。警方用仪器探测，已经在湖底找到了大型金属物品的迹象。司昭南顾不得休息，立即开车载着夏一心过去。

他们到达水库的时候，铁箱子已经捞上来了。这是一个两米左右的方形铁皮箱子，警察正准备打开，梁警官问夏一心：“你需不需要回避一下？”

夏一心摇头：“他是我爸，我为什么要回避？”

当铁皮箱子被打开时，一股清澈的湖水从箱子里流了出来，跟着露出来的还有几截泛白的骨头。她俯身上前，却被司昭南紧紧地抱住：“别动，警察会处理的。”

一个警察探进铁皮箱子里查看，清理出一堆人骨，经过长年累月的浸泡，遗体早就变得腐烂散碎，法医拿出特制的塑料袋，将这些遗骨一点一点装好，带回去做鉴定。

这时，警察在铁皮箱的内部发现了情况，梁警官快步过去查看。夏一心心急，也探身过去，明媚耀眼的阳光照射在箱壁上，能清晰地看到几道深深的划痕，那是用手指甲抓上去的，证明夏翔文被沉入湖底的时候，人是活着的。

夏一心再也控制不住情绪，大声地叫着："我要杀了他，我要杀了他！"

如果秦宇川此刻在她面前，她一定会冲上去杀了他，父亲竟然是在绝望和恐惧中一点一点步入死亡的，在她看来，秦宇川半点人性都没有。

她颤抖得很厉害，发疯一样的情绪难以克制。司昭南赶紧把她带离现场，她奋力地挣扎，情急之中，咬伤了他的手掌。鲜红的血流出来，她才慢慢冷静下来，怀着歉意道："对不起。"

司昭南笑着说："只要你能冷静下来，这点伤算不得什么。我们先回去吧，那具遗体是不是夏爸爸，还需要做检验。"

法医让夏一心去医院采血，跟遗骨做DNA对比。

DNA的对比结果很快就出来了，那一堆白骨的主人确实跟她存在亲子关系，遗骨是她的父亲夏翔文的。

司昭南主张将夏父的葬礼办得隆重一些，要让很多人都记得这么一位有才华又有爱心的商业巨子不幸陨落。夏一心却坚持简单办，隆重只是做给外人看的，她不需要那些华而不实的围观，她要的是真诚的祝福与哀思。

夏一心将举办父亲葬礼的时间登了报。灵堂布置得很简单，正中放着夏翔文的照片，那是一张他年轻时候的照片，二十多岁，带着浅浅的笑容，正值青春年华。因为遗体残缺，夏一心只能把父亲生前的衣物放在灵堂中间，黄色的菊花簇拥着那几件衣物。

出乎她的意料，来的人很多，有认识的，有不认识的，有父亲生前的好友，也有在朝峰工作过的工人，她竟然在人群中看到了蒋筝。

蒋筝走到夏一心面前，弯腰鞠躬，说："受过夏爸爸恩惠的人很多，我看到朝峰孤学院同期的同学来了好多。"

为了打探设计图的事情，蒋筝放弃国外高薪的工作，不顾安危深入光启产业，也是想要报答她父亲的恩情。夏一心向他鞠躬还礼："谢谢你。"

父亲的失踪案曾经轰动一时，又颇具影响力，葬礼上来了好几家媒体。夏一心一直担心媒体为了关注度会夸大其词，甚至带来负面的影响，但他们来的时候都遵守礼节，用白布包了份子钱，向她父亲的衣冠敬礼，而且承诺报道在公布前，会先跟她确定内容，她对他们的体谅表示了感谢。

一切都有条不紊地进行着，夏一心向每个来宾鞠躬行礼，抬起头，听到门口传来一片唏嘘声，紧接着秦烁走了进来，紧跟在他身后的是天临集团的一帮高管。

秦烁穿着整齐得体的西装，头发梳得整整齐齐，却难掩他脸上的疲倦与悲伤。腿还没有痊愈，他一瘸一拐地向夏一心走过来。

夏一心赶紧上去扶他，叫他："烁哥哥。"

秦烁低着头："我原本是没脸来见你的，但夏伯伯对我一直很好，我应该来送送他。"

司昭南告诉夏一心，秦烁的腿是为了逼秦宇川说出她的下落，情急之下，从别墅的四楼跳下来摔的。她从来就没有想过要恨他，父辈之间的恩怨，跟他们的友情无关。

夏一心说："你腿有伤，去旁边坐着吧。"

秦烁摇头："我一定要去给夏伯伯磕头谢罪。"

夏一心只得扶着秦烁来到父亲的衣冠前。秦烁吃力地跪下去，额头紧贴到地面，抬起头时，地上已有了一摊水渍，秦烁的脸颊上全是泪。夏一心说："哥，你的心意我都明白。"

秦烁说："我有事想单独跟你谈谈。"

"明天吧，等我爸的葬礼结束。"

天临集团的那帮高层整齐有序地向夏父的衣冠敬礼，送上了满是白菊的花篮，旁边的媒体不停地按着相机拍摄键。夏一心暗忖，他们的到来，应该是天临集团的危机公关。

梁警官也来了，在夏父的灵堂前鞠躬后，走到夏一心面前，说："我很惭愧，这么多年才结案。证据已经收集得差不多了，秦宇川很可能会被判处死刑。"

他用那么残忍的方法杀害了她的父亲，一命抵一命，那是应该的。

火化的时候司昭南没让夏一心进去，担心她会触景生情，难过起来身体吃不消。

夏一心最近瘦了很多，精神变得恍惚，她心心念念的父亲回来了，即使她已经有了心理准备，知道迎回来的可能只是父亲的遗骨，但这一刻真正来临的时候，她依旧无法接受父亲已经离开的事实。失踪，至少还给她留了一点点痴念，他没有回来，只是找不到回家的路了，而现在，唯一的痴念也没有了。

一切事宜都是司昭南在打点。火化室外面，芸竹一直陪着夏一心，她安慰着："夏伯伯终于沉冤得雪，你也应该打起精神来，好好生活。夏伯伯虽然不在了，但他的聪明才智都在你身上，所以你得保重好身体，才能将他遗传给你的东西发扬光大。"

夏一心弯了一下嘴角："就你会劝人！"

司昭南抱着夏父的骨灰出来的时候，天空中下起了蒙蒙细雨，似乎连老天爷都在悲悯这样一位英才的逝去。

夏氏墓园在夏一心的老家庆市一个叫"白头"的小镇上。一行人护送着夏父的骨灰来到夏氏墓园，这里已经葬着夏一心的爷爷、奶奶、难产而死的母亲，现在父亲也葬了下去，很多年后，她也会来和他们团聚。

司昭南把夏一心送回公寓，秦烁很快就来了。

秦烁的精神状态很糟糕，一双漂亮的凤眼深深地凹下去，乌黑的头发间掺杂着一些白发，脸上找不到一点曾经的意气风发。他走路依旧一瘸一拐，显得非常吃力。夏一心心疼地责备着："腿是自己的，也不好好保养，要是真变成瘸子，有你受的，看你那些嫩模美女还要你吗？"

秦烁苦笑："你还真以为她们是喜欢我这个人呢？不过是喜欢我的名声、我的钱而已，知道秦家败落了，跑得影儿都没了。"

人走茶凉，才是最真实的人际关系。

夏一心说："我没料到结局会是这样的，所以……"

她一直坚持着要让秦宇川血债血偿，这也直接导致天临集团败落，让秦烁陷入困境之中。她想了想，说："对不起。"

秦烁赶紧反驳："是我对不起你，我们秦家都对不住你。"

"那是你爸的错，跟你无关。"

秦烁背着一个鼓鼓的背包。他把包打开，将里面的东西往沙发上一倒，那是一沓一沓像是文件的东西，还有硬壳的产权证。夏一心疑惑："你这是要做什么？"

秦烁双手合十，像是忏悔，又像是在乞求："一心，如果不是我爸当年害了夏伯伯，夏家也不会败落，你也不会变成孤儿。我不知道做什么可以补偿你这些年的损失，这是秦家在天临集团的股权，还有几处房产，我想尽可能地弥补我爸曾经犯下的罪过。"

秦烁的举动让夏一心很震惊，但她不能收，说："烁哥哥，秦伯伯对我爸的所作所为，我无法原谅，这是他必须付出的代价。至于你，还有天临集团是没有错的，这个时候，你应该坚强地挑起秦家的担子，因为天临集团的安危不仅仅关系到你一个人，天临集团有几万员工，他们的生死存亡，都在你的一念之间。”

秦烁像失去了力气一样，整个人滑坐到地上，绝望地抱着头：“我不知道该怎么办！”

夏一心蹲下身去，将双手放在他的肩头，鼓励着：“烁哥哥，你是有这个能力的。这些年，你心里有委屈，才故意放纵自己的生活，现在已经到了天临集团生死存亡的关头，你必须勇敢地站出来，我相信你会做得很好。”

秦烁垂着眼睛，似乎还在迟疑和犹豫，秦宇川事件所带来的负面影响对天临集团几乎是灭顶之灾，他的肩臂还没有自己想象中的结实，要扛起这个担子，有些怯懦无助。

夏一心轻轻捧起他的脸，然后低头亲吻他的额头，给了他一个亲人间的鼓励之吻。

秦烁的眼睛突然亮起来：“你会支持我？”

“当然，你对我的好，我会永远记在心头，我们之间的情谊永远不会改变。”

秦烁笑起来：“好的，我一定振作起来，让你看到一个重生的秦烁。”

秦烁在一堆文件里翻了翻，找出一份股权合同：“这是光启产业的股权合同书，这家公司能创办起来，跟夏叔叔的设计图有关，我觉得这应该是属于你的东西。”

夏一心苦笑了一下，男人对事物的认知似乎都是一样的，司昭南也是如此。的确，他们盗用了父亲的图纸，但今天的成就与她无关，她不屑于这样不劳而获，更不觉得这样的补偿就能抚平她心里的遗憾与伤痛。

秦烁坚持不肯拿回去，夏一心说：“那就先放在这儿吧。”

Chapter 35

最近夏一心情绪低落，一直没去公司，卓颖体谅她，帮忙照看着公司。

电视里在播放午间新闻，女主播正在解说近日来一直处在舆论风口浪尖上的天临集团。自从天临集团的创始人秦宇川因杀人入狱之后，天临集团的股票骤跌，整个公司摇摇欲坠，大厦将倒，不过就在今天早上，天临集团首次公开回应了这件事。

画面转到发布会的现场，作为发言人的秦烁穿着严肃的黑色西装，梳着整齐的大背头，神色疲惫，却没有了前两天的消极与无助。他表情沉重，先对夏翔文和夏一心表达了深深的歉意，并承诺他将带领天临集团进入新阶段的发展。做事先做人，以诚实为本，公平竞争，将是他严守的底线。

其实在发布会之前，天临集团聘请的公关公司来找过夏一心，希望她看在与秦烁的深厚感情上，能够出席发布会，申明罪行只是秦宇川一人犯下的，她不会记恨秦家，这样更有利于扭转大众对天临集团的形象。

夏一心素来低调，不喜欢抛头露面，不想直面残酷的事实，也不想成为大街小巷讨论的话题，但如果不去，又担心秦烁会误会她心有记恨，原谅他的话不过是嘴上说说而已。她没想到秦烁很体谅她，先替她谢绝了公关公司的邀请，知道这条路不好走，但他会勇敢地走下去。

顾丛诚来找夏一心，说他已经去警察那里把当年陈振东被害的经过说了出来，这段时间他想了很多，被欲望和恨意冲昏了头，做了不少错事，现在的他会尽力弥补。

顾丛诚已经向芸竹道过歉了，过往的是非已经不重要，芸竹豁达地原谅了他，等陈振东的案子完结后，他准备出国深造，弥补不足之处。

夏一心向他伸出手："谢谢你。"

秦宇川的案子影响很大，在收集完证据之后，法院就开庭审理了。司昭南担心庭审会影响到夏一心的心情，不方便开车，一大早便去接了她。十点开庭，九点钟，法庭外就汇集了很多来听审的市民。虽然是十年前的案子，但在庆市的影响非常大，两个家喻户晓的富豪间的恩怨纠葛，引得不少人好奇其中缘由。

夏一心走进庭审现场，看到旁边架起了不少摄影机，还专门隔出一块地方用于媒体报道。她还没有走到座位边，已经有记者看到她，立即冲过来，将麦克风对准她，问着："夏小姐，你希望今天的结果是什么？对于今天的庭审，你有什么看法？"

夏一心不想接受采访，只好低着头。司昭南挡在她身前，阻挡了记者的视线："不好意思，我们不接受采访。请你们体谅被害人家属的心情，给她一点空间。"

有司昭南的帮助，夏一心很快就脱身了。她坐到了听审席最前排角落的位子，那里不容易被打扰。

司昭南很自然地坐到她旁边的位置，隔绝一切对她的打扰。

这时，秦烁也走了进来，媒体的攻势又转向他，但他带着保镖，记者根本不能靠近。他径直走到了听审席的另一边，坐下。

法官进来的时候，喧闹的观众席立即安静下来。秦宇川被两个狱警押着，步伐沉重地走上庭审现场。他好像突然老了几十岁，满头白发，面容苍老，跟之前精神矍铄的模样大相径庭。

出示证人证词的过程漫长又严谨，法官问秦宇川对所出示的证据有何异议时，他对杀害夏父、偷取图纸，后来担心罪行被公布，又买凶杀害司昭南，并连带杀害了陈振东这些事实都供认不讳。他说这件事在心里憋了十年，他的日子也不好过，每天都在接受良心的谴责，无论什么样的审判结果他都能承受，因为这是他该还的。

下午开庭秦宇川绑架夏一心的案子，秦宇川面向夏一心，深深地鞠躬，表示了歉意。他并没有杀死她的想法，把她关在废弃的仓库时，他的心也在挣扎，毕竟这十年，他对她处处防范，却也用真心照顾过她，供她念完大学，她创业，他便同意儿子将店面给她，有什么事只要她开口，秦宇川都是应允的。情感和恐惧交织在一起，令秦宇川不能自已。

秦宇川又看向儿子，说："对不起，家里的事都交给你了，以前我拆散你们，就是怕看到她我会更加恐惧自责，我知道错了，以后，帮我好好照顾一心，毕竟我们秦家欠她的。"

生活的阴云一点一点被光明驱散，如今已是晴空万里。夏一心今天的心情格外好。她亲手把别墅打扫了一遍，把司昭南以前的衣服送去清洗，熨烫整齐再拿回来，做好了准备迎接男主人回来。

夏一心给司昭南打电话，叫他回来吃晚饭，电话那头的他说："好的，我一定准时到。"

挂断电话，夏一心去小区对面的超市搬了一大堆食材回来，尽管她厨艺不精，但还是坚持要做一桌好菜来答谢他。

如果不是他，父亲的案子恐怕真的要石沉大海。顾丛诚帮他澄清了陈振东的案子，他也能恢复身份，重新回到九戬。夏一心只要想到未来和他相依相伴的生活，心底就有满满的幸福感。

她做了六小碟菜，尽管味道不尽如人意，但她知道，他是不会介意的。

为了让晚餐有些情调，她还准备了一瓶好酒。

司昭南很准时地回来了。走进大厅的时候，他手里拿着一个文件袋，夏一心俏皮地打趣着："真是越来越不浪漫了，以前还知道要带花回来，现在两手空空，就带嘴回来吃饭。"

夏一心推着司昭南坐到餐桌旁边："以前都是你做饭给我吃，以后我会多多练习，当一个贤妻。怎么样，开心吧？"

司昭南的脸上没有笑容，反而有种严肃的沉默。夏一心问："昭南，你怎么了？"

司昭南把文件袋放在桌子上，说："我已经把财产转让书签好了，这栋别墅，还有九戬的股权全部转到你的名下，算是对你的补偿。我跟卓颖谈过了，她会留在九戬帮你一段时间。"

"补偿？"她担心自己听错了，"为什么要给我补偿？"

"一心，我要离开这里了。"

他说要离开？夏一心怀疑自己是在做梦，她用力捏了一下自己的手臂，原来不是梦，他的决绝是真的。

"为什么要走？陈振东的案子已经水落石出，你是清白的，我们还可以像以前那样生活。"

司昭南摇头："一心，你太单纯了，这一切都是我不好，我要的人生是海阔天空，而不是局限在一个小小的世界里。我决定回美国，那里有我更想要的平台。"

夏一心有点蒙："我可以跟你一起去。你到哪里，我就跟到哪里，我不会阻碍你做任何想做的事。"

司昭南把颤抖的手藏到身后："一心，谢谢你陪我走过一段难忘的日子。报答了夏爸爸的恩情，我的心愿已了，我明天就走。”

夏一心拽住他的手臂。她不相信他能毫不留恋地转身离去：“昭南，你不要离开我。”

他无情地甩开她的手：“夏一心，难道你听不明白吗？这两年，我在美国已经有了其他的女人，我不想辜负她，只能离开这里！”

话一说完，他猛地站起身，快步离开了。

走到别墅外，司昭南还能听到夏一心的哭声。她向来坚强，从不轻易落泪，此刻的哭声，却撕心裂肺。

司昭南也想留下来吃饭，他一直渴望吃她亲手做的菜，但他怕吃了，就真的走不掉了。

回到车里，他放声哭起来，这是他这辈子唯一一次落泪，也是最后一次。南宫旭听着揪心，却知道不能劝，于是发动车子，消失在喧闹的街道上。

夏一心想了一夜，仍无法甘心，第二天开车去了他租住的别墅，但别墅已经人去楼空，打扫干净，等待着下一位租户。司昭南就这么消失了，不留一点痕迹，就像他从来没有回来过一样。

芸竹知道夏一心心情不好，约她去江边烧烤。天气变凉快了，坐在江边，江风清凉，让人神清气爽。芸竹发挥贤妻良母的特质，买菜、洗菜、串上竹扦，再到生火、烤肉，一一包揽。夏一心坐在一旁，情绪低落。

芸竹只得安慰她：“或许他有很重要的事去办，办完了人就回来了，我能看出来，他心里只有你，不可能抛下你不管的。”

这样的理由太自欺欺人，如果舍不得夏一心，他不会说绝情的话，连她最后的希望一并带走。

芸竹深吸了一口气，想着把话说得决绝一点，或许夏一心心里会好受一些，于是说：“他在外面待了两年，两年里发生了什么你我都不知道，万一他真的又有了其他的女人，不想伤害你，所以才走了呢？”

夏一心明白司昭南的为人，如果他真的已经有了另一半，那个南山的夜，他就不会留她下来。

芸竹又说：“万一他要死了呢？所以才不告诉你。”

夏一心脸色一沉：“你就不能说点吉利的话！”

夏一心吃得很少，只顾着不停地喝酒。芸竹一把抢过她手里的瓶子：“行了，你这哪里是在喝酒，完全是在灌鸭子。”

夏一心红着眼睛：“让我喝吧，这样心里会好受一点。”

芸竹不知道怎么安慰她，又不想让她痛苦下去，左右为难，最后把心一横：“好，我陪你喝，今天不醉不归。”

两人喝得醉醺醺的，芸竹在清醒的时候给秦烁打了个电话，让他过来接人，她们俩连站都站不稳，更不可能开车回去。

秦烁来的时候，夏一心已经喝晕了，倒在躺椅上似乎睡着了。芸竹坐在地上抱着酒瓶，迷迷糊糊地说着：“看吧，我就说你酒量没我好，来，我再陪你喝，把那些薄情寡义的臭男人都忘了！”

秦烁过去拍芸竹的脸，想把她拍醒：“你要疯自己去，干吗拉着一心，她要有个三长两短，我找你算账！”

芸竹咧咧嘴：“是她不开心，拉着我喝酒，要怪就怪那个司昭南，人跑了，影都没有，早知今日，何必当初，真是害人！”

秦烁心里一沉，不知道司昭南那边情况怎么样了，他也不好开口跟夏一心说，担心她无法承受结果。

秦烁把夏一心背上车，让她在后排座上躺好，又把芸竹扶进副驾驶座，系好了安全带。

车子还没发动，后排座上的夏一心就哭起来了。大概是喝了酒的缘故，她像个孩子一样，肆无忌惮地放声大哭，听得叫人心疼。

秦烁一咬牙，踩下油门，车飞驰而去。他把两个人都带回了自己的公寓，准备等她们酒醒了再送她俩回去。

芸竹还有意识，下了车，自己摇摇晃晃地往屋里走，然后四肢大张地倒在沙发上，呼呼地睡去。

秦烁去背夏一心，她刚才哭了一路，现在声音已经变小了，但嘴里仍旧哼哼地不知道在说什么，不知是睡着后的呓语，还是酒劲产生的幻觉让她在对谁倾诉。

她的脸颊湿湿黏黏的，他拿纸巾帮她擦，却怎么也擦不干。他把她背起来，往房间里走，她的眼泪很快就把他的衫衣浸湿了。

秦烁终于忍不住说："一心，司昭南他病了，他不知道还能不能活着回来，所以不敢告诉你。你再等等吧，如果他能回来，我真心地祝福你们；如果他回不来，我照顾你一辈子。"

他话音刚落，背上的夏一心问："你说什么？"

"我……"秦烁以为她喝得不省人事才敢说这些话，没想到她的意识是清醒的，他赶紧敷衍，"我没说什么。"

她的声音迷迷糊糊，思路却清晰："我明明听到你说他生病了！"

在美国马里兰州巴尔的摩市的约翰霍普金斯医院里，司昭南穿着白色的病号服，躺在手术专用的推床上。快要进入手术室了，他突然紧张起来。

喻婉安慰他："会没事的，等你出来，我和阿旭给你准备一瓶好酒。"

司昭南笑了，说："好，我一定会出来的。"

一开始，他是拒绝手术的。他只有两成的机会能活着走下手术台，他再坚强，对死亡也有着本能的恐惧，而且，他不能带着"嫌疑犯"的身份死去，至少要证明自己的清白，让自己没有遗憾地面对死神。但见到夏一心的那一刻，他对生的渴望开始无限地生长，哪怕只有两成的机会，他也想要试试。

司昭南不敢告诉夏一心真相，如果他能活着，一定会回去请求她的原谅；如果他死了，就让他成为她生命里一个无情无义的过客。

这时，护士出来提醒他：“司先生，我们马上就要进手术室了，请你放轻松，一切都会好起来的。”

护士的善意并没有让他放松多少，他看向南宫旭：“其他的事就拜托你了。”

南宫旭点点头，眼泪挂在眼眶上。他知道手术的复杂性，尽管这里有成功的案例，但只是少数，能存活下来的人很少。生命是经不起任何意外的，南宫旭也担心这会是最后的诀别，于是说：“放心，我会安排好的。”

两个护士走过来推动了推床，一扇大门缓缓地打开，就在推床快要完全进入手术室的时候，司昭南听到一个熟悉的声音在后面叫着：“昭南，你等等我！”

他以为是幻觉，当声音再次响起，他才发现那声音近在咫尺。他支起身，回头，夏一心俏丽的身影越来越近，然后她跑上来握住他的手。

真实的触感，带着温暖的体温，令他有点不敢相信：“一心，真的是你？”

夏一心轻轻地笑着：“是我，傻瓜，你怎么不早点告诉我你的病情？我什么都可以接受，我已经熬过两年没有你的日子，没有什么可以打倒我。”

司昭南点点头，说：“那我进去了。”

夏一心的眸子明亮如星，她看着他：“去吧，我等你。等你睁开眼睛的时候，第一个看到的人一定是我。”